Postfach 121111 | 10605 Berlin
www.transit-verlag.de

Umschlagabbildung, unter Verwendung
eines Fotos von Robert Wheatley, Biking,
und Layout: Gudrun Fröba
Druck und Bindung: CPI Group Deutschland
ISBN 978-3-88747-342-6

Hans Schefczyk

DAS DING DREHN

ROMAN : **TRANSIT**

»Was ihr den Geist der Zeiten heißt,
Das ist im Grund der Herren eigner Geist,
In dem die Zeiten sich bespiegeln.«
Goethe, Faust

EIN MANN SPÄHTE VERSTOHLEN um die Hausecke der Carrer del Doctor Dou in Barcelona und hoffte, dass er sich getäuscht hatte. Denn sonst hatte er soeben alles verloren: seine Arbeit, seine Wohnung, seine Freundin, seinen Namen, alles. Der Mann war dreiundfünfzig Jahre alt, doch tiefe Furchen um seinen Mund und die faltigen Tränensäcke ließen ihn zehn Jahre älter aussehen, und weitere zehn Jahre älter noch fühlte er sich in diesem Augenblick.

Er kam von einem Konzert Lluís Llachs, wo er mit Lara Rotwein aus Plastikbechern getrunken hatte. Im Taxi hatte sie beschwipst *L'estaca* angestimmt, bis erst der Fahrer und schließlich auch er eingefallen waren. »Segur que tomba, tomba tomba«, immer wieder nur den Refrain:

»Ich drücke hier, und du ziehst weg.
So kriegen wir den Pfahl vom Fleck,
werden ihn fällen, fällen, fällen,
werfen ihn morsch und faul zum Dreck.«

Lara ließ sich vor ihrer Wohnung absetzen. Sie tröstete ihn mit einer Verabredung zum Essen am folgenden Abend und mit einem langen Abschiedskuss, den der Taxifahrer wohlwollend im Rückspiegel beobachtete. Dann schwebte sie hoch in ihre Wohnung.

»Warten Sie bitte eine Sekunde«, wies er den Fahrer an. Und tatsächlich kam Lara noch ans Fenster. Winkte und warf ihm eine Kusshand zu.

Als das Taxi in die Carrer del Doctor Dou einbog, fiel ihm ein weißer Transporter auf, der vor einem mit Graffiti besprühten Rolltor parkte. Seine Wohnung lag im dritten Stock des Altbaus gegenüber. An Sommerabenden stand er oft auf dem schmalen Balkon an die gusseiserne Balustrade gelehnt und stimmte sich mit einem Glas Porto auf den Feierabend ein. Das Rolltor war dann hochgezogen, die Glastüren des Schnellrestaurants standen offen und vom Grill wehte ein Geruch aus altem Fett und frischem Curry zu ihm hinauf, den er lieben gelernt hatte – der Geruch seiner neuen Heimat.

Es war die Ladezone des Bistro Marrakesh, auf der der Lieferwagen parkte. Morgen früh wird er abgeschleppt, dachte er, und dann sah er – oder glaubte gesehen zu haben, ganz sicher war er nicht – wie der Transporter für einen kurzen Moment eine Art Knicks machte, indem der linke hintere Stoßdämpfer eine Handbreit nach unten federte, als sei im Laderaum jemand kurz aufgestanden.

»Fahren Sie weiter!«, herrschte er den Taxifahrer an, bedauerte sogleich seinen Ton und sagte dann ruhig mit seiner sonoren Stimme: »Nächste Straße rechts, bitte!« Dort stieg er aus und ging zurück zur Ecke, von wo aus er den

Transporter beobachtete, der still und unbewegt im Halteverbot stand. Aber er *hatte sich bewegt*! Oder nicht?

Zum Glück hatte er abstehende Ohren. Und eine kleine Lücke zwischen den Vorderzähnen. Sonst hätte Ronja ihm die Brieftasche mit der Post geschickt. Sonst wäre er ihr zu perfekt gewesen. Mit seinen Augen in dem satten Blau der Trikots, in denen italienische Nationalmannschaften ihre Spiele bestreiten. Mit seinem tiefschwarzen, dichten, gewellten Haar, das er lang trug und nach hinten gebürstet (womit er die Segelohren verdeckte). Mit seinem spitzbübischen Lächeln. Mit seiner auf Ronjas Geschmack zugeschnittenen Größe. Groß. Über eins achtzig. Aber nicht zu groß für den Meter vierundsechzig, auf den sie kam, wenn sie Absätze trug (was sie immer tat, außer ausgerechnet jetzt!). Er wäre ihr einfach zu hübsch gewesen, zu glatt. Deshalb hätte sie ihm die Brieftasche mit der Post geschickt und ihn nie kennengelernt. Ihn nicht und sein Zahnlückenlächeln nicht, mit dem er ihr jetzt die Treppe hoch entgegenstürmte, und das sein Gesicht strahlen ließ und ihm eine zugleich jungenhafte und leicht ordinäre Anmutung gab. Er war, dachte sie, der perfekte Liebhaber, um Erik zu vergessen.

Und beim Blick in den Spiegel nicht an Nele zu denken.

Sie lehnte am Türrahmen, noch in Arbeitskleidung: Jeans, weites Sweatshirt, kein BH, obwohl das längst aus der Mode war. Sogar Hausschuhe hatte sie an. Er kam pünktlicher als erwartet. – *Das hätte ich mir wirklich denken können. Das hat man ihm in den sieben Jahren beigebracht.*

Sie schickte ihm ein Lächeln die Treppe hinunter, die er nun, so angespornt, in nähmaschinenschnellen Skippings heraufraste. Oben hätte ihn der Schwung fast umgerissen, aber sie fing ihn auf. Sie lagen sich lachend in den Armen. Ronja stellte sich auf die Zehenspitzen, er beugte seinen Kopf hinunter, und noch im Treppenhaus küssten sie sich.

Sie hob ihren rechten Fuß und schlappte mit dem Pantoffel. »Ich bin noch nicht angezogen«, entschuldigte sie ihre Aufmachung, als stünde sie nackt vor ihm. »Ich bin mit dem Musikvideo noch nicht durch.«

Ohne ihn dabei loszulassen, schob sie ihn an den Schultern etwas von sich fort und begutachtete ihn von oben bis unten: seine nackten, schlanken Füße in Slippern, die s.Oliver-Jeans, das weit geschnittene Hemd in changierendem Bordeauxrot, drei Knöpfe offen. »Sehr schön, gefällt mir«, sagte sie und knöpfte den untersten zu. Er griff irritiert an seinen Kragen.

Sie lächelte. Ihr gefiel, diesen Dreitagebartkerl verunsichert zu sehen. Das hätte sie bei einem Mann wie ihm nicht erwartet. Eher überschäumendes Selbstbewusstsein. Aufbrausen. Reden statt Zuhören. Dominanz. Sturheit. Verschlossenheit. Aggressivität. Aber nein! Er sah aus wie ein GQ-Modell mit seinem dunklen Teint, den hageren, gleichmäßigen Gesichtszügen und der drahtigen Figur. Doch er *war* zurückhaltend, aufmerksam, fast ein wenig schüchtern.

Sie nahm ihn an die Hand und zog ihn in die Wohnung, in ihr Wohnzimmer, das zugleich ihr Arbeitszimmer war. Auf drei Monitoren flimmerten Standbilder eines Sängers mit Filzhut. »Du musst dich noch etwas gedulden, nur noch drei Schnitte, tut mir leid. Ging nicht schneller. Musikclips sind vertrackt.«

»Ich habe was für dich.« Er gab ihr einen verschlossenen Geschenkumschlag. Sie fand darin zwei Karten für ein Spiel des 1.FC Köln.

»Statt Blumen«, sagte er. »Ich dachte, da du dauernd drüber redest, willst du vielleicht auch mal ins Stadion. Haupttribüne Ost, bei den feinen Leuten.«

Lachfalten wie Sonnenstrahlen, dachte Ronja und sagte: »Eigentlich bin ich eine Frau für die Südkurve! Aber ich freue mich trotzdem, danke!«

Sie schlang ihre Arme um seinen Hals und küsste ihn lange. Danach fragte sie: »Für wen ist die zweite Karte? Kommst du mit?«

»Ich zum Fußball?! Nee, lass mal. Außerdem kann ich an dem Wochenende nicht. Da musst du einen deiner vielen anderen Lover mitnehmen.« Er sah sie prüfend an.

Versteckte Fragen kommentierte sie grundsätzlich nie. Ungerührt sagte sie: »Sehr großmütig. Trotzdem: Du sollst nicht so teure Geschenke machen.«

»Das Geld habe ich doch von dir.«

»Aber es war deins.«

Als habe jemand auf eine Stopptaste gedrückt, so leer und starr lag die Straße vor ihm. Kein Mensch, keine Katze, keine Maus. Nichts bewegte sich. Kein Fenster, das schlug. Kein Laternenlicht flackerte. Kein Blatt Papier, das ein Windstoß über den Bürgersteig wehte. Auch der Lieferwagen parkte heimtückisch still.

Er fragte sich, ohne den Blick von der Straße zu wenden, wie sie ihm auf die Spur gekommen sein konnten. Waren gefälschte Papiere aufgefallen? Hatte ihn ein deutscher Tourist erkannt? Ein Urlauber, der sich an das rot umrandete Fahndungsplakat mit seinem Passbild erinnerte, dem er längst nicht mehr ähnelte? Irgendjemand, der auf einem Sit-in vor fünfundzwanzig Jahren einmal neben ihm gesessen hatte und sich jetzt 50 000 Mark Belohnung verdienen wollte? Der ihm auf der Straße begegnet war und der noch seinen Namen wusste? Wolfgang Morlock. Er erinnerte sich selbst kaum noch daran, so lange hatte er ihn nicht benutzt.

Solange er diese Fragen nicht beantworten konnte, durfte er zu keinem seiner spanischen Freunde Kontakt aufnehmen, auch nicht zu Lara. Er durfte nicht einmal die Verabredung morgen Abend absagen. Lara würde sich Sorgen machen, dachte er. Sie würde herumtelefonieren, ob einer ihrer Freunde ihn gesehen hätte. Jeden, den sie anriefe, würde die spanische Polizei als potentiellen Kontakt observieren. Hatte er irgendeinen Bekannten, dem er sich anvertrauen konnte und der mit Sicherheit nicht unter Beobachtung stand? Er zermarterte sich den Kopf, doch es fiel ihm niemand ein.

Die Ruhe der letzten Jahre hatte ihn in Sicherheit gewiegt. Er hatte nicht vorgesorgt. Er hatte keine Anlaufstelle, kein Notquartier, keine Papiere, nichts. Wobei ... vielleicht hatte der Schweizer Personalausweis ja die zehn Jahre in dem Erddepot an der Ronda del Dalt überstanden.

So hatten sie sich kennengelernt: Er hatte in der Bahn ihr gegenübergesessen, in eine Stadt-Revue vertieft, weshalb er den Ausstieg verpasste. Er war aufgestürzt, zum Ausgang gerannt und aus der Bahn gesprungen. Sein Portemonnaie blieb auf dem Sitz. Ronja griff es sich, schlug mit der flachen Hand ans Fenster, gestikulierte wild und winkte mit der Geldbörse.

Aber er schaute nicht zurück.

Schon als er ihr gegenübergesessen hatte und mit dem Zeigefinger über die Zeilen in der Zeitung fuhr, hätte sie ihn gerne angesprochen, wenn ihr nur ein Vorwand eingefallen wäre. Sie hatte Lust auf Neues. Zwei Jahre hatte sie um ihre letzte Beziehung getrauert, zwei lange Jahre war es ihr nicht gelungen, den Verlust zu akzeptieren und nach vorne zu schauen. Und das, obwohl die Umstände der Trennung überaus unerfreulich waren. Von einem Tag auf den anderen war Erik aus ihrem Leben verschwunden, ohne die Gelegenheit für einen Abschied, einfach abgehauen, und mit ihm Nele auf ihren langen Beinen. Zu gerne würde Ronja ihre Trauer unter einem neuen Flirt begraben. Ein unbekannter Beau kam ihr gerade recht. Eine Zufallsbekanntschaft aus dem Nirgendwo. Ein Wink des Schicksals.

In dem Portemonnaie fand sie einen Personalausweis und einen Führerschein auf den Namen Lutz Trede, 170 Mark in Scheinen nebst einigen Münzen, eine EC-Karte der Postbank und einen Kassenbon eines Deutschen Supermarktes.

»Ich hatte ja gehofft, dass die Papiere abgegeben werden«, sagte Trede später. »Aber dass ich sogar das Geld zurückkriege... Gibt nur wenige so ehrliche und gesetzestreue Menschen wie dich.«

Ronja hatte gelacht. »Genau!«, sagte sie. »So bin ich.«

Es war einer der neuen, fälschungssicheren Ausweise. Kunstofflaminiertes Papierinlett, Hologramm, 10,5 mal 7,4 Zentimeter, stellte Ronja fest. Rotstichiges Porträtfoto, das Gesicht verkniffen, geboren am 28. Juni 1959 in Regensburg. Am 18. Januar 1991 von der Stadt Köln ausgestellt, was bedeutete, die Anschrift dürfte aktuell sein.

Ronja beschloss, das Portemonnaie unangemeldet vorbeizubringen.

Und dann mal schauen.

Bei der Endkontrolle vor dem Spiegel glomm kurz ein Zweifel auf. Immerhin war sie sechs Jahre älter, außerdem hatte sie selbst sich nie besonders attraktiv gefunden. Ihre Haare schon, das wohl. Dicht, lockig, kastanienbraun und lang. Je nach Tagesstimmung trug sie sie offen (dann reichten sie bis zu den Hüften), hochgesteckt, zum Dutt gebunden oder als Pferdeschwanz. Die Nase dagegen: zu lang, mit einem hexenhaften Höcker. Der Mund etwas zu groß. Und sie selbst definitiv etwas zu klein und zu füllig.

Was die Männer allerdings keineswegs zu stören schien. Männer nahmen sie offensichtlich anders wahr als sie sich selbst. Wo sie Röllchen sah, sahen jene Rundungen. Eine römische Nase anstelle der Hakennase. Einen Kussmund statt einer großen Klappe. Einen Korb jedenfalls hatte bislang noch kein Mann Ronja verpasst – wenn der vor zwei Jahren entlaufene Ex nicht gewertet wurde –, und so machte sie sich mit ausreichendem Selbstbewusstsein auf über den endlos breiten Rhein mit den überfluteten Riehler Wiesen und den an die Kaimauern des Mülheimer Hafens leckenden Wellen in die Montanusstraße, gegenüber dem Bahnhof, wo sie ein Portemonnaie abgab und nach zwei Tassen Kaffee und kurzem Abtasten ein Angebot unterbreitete, welches Lutz Trede nicht abgelehnt hatte. Der Form halber fragte er auf dem Weg ins Schlafzimmer noch: »Sollten wir uns nicht erst ein wenig besser kennenlernen?«

Worauf Ronja zu bedenken gab: »Aber wenn wir uns dann nicht leiden können?«

Wenn er sich aber geirrt hatte? Wenn das Taxi über eine Bodenwelle gefahren war und ihm die Bewegung des Transporters nur vorgetäuscht hatte? Wenn niemand in dem Lieferwagen lauerte? Dann könnte er zurück in seine Wohnung, und sein Leben ginge weiter wie gewohnt.

Morgen um 11 Uhr würde er den Kopierladen aufschließen, der auf Laras Namen lief, von ihm aber betrieben wurde. Tagsüber würde er wissenschaftliche Seminararbeiten kopieren und mit Studenten über den katalanischen Nationalismus plaudern, und für die Federación Anarquista Ibérica würde er ein Plakat zu einer Veranstaltung über den Anarchismus in Andalusien der dreißiger Jahre drucken. Abends würde er mit Lara in einem kleinen Restaurant im Studentenviertel Seehecht essen, sie würde ihn in ihre Wohnung mitnehmen, und am folgenden Morgen würden sie gemeinsam im Bett frühstücken.

Wenn er sich getäuscht hatte. Wenn niemand in dem Lieferwagen saß.

Sonst.

In dem Augenblick, in dem er die Haustür aufschloss, würde die hintere Doppeltür des Transporters aufspringen und sechs vermummte Elitepolizisten der Grupos Operativos Especiales de Seguridad ihre Maschinenpistolen auf ihn richten, ihn zu Boden werfen, mit Kabelbinder fesseln und in die nächste Kaserne verschleppen. Bis zu dreizehn Tagen würde er in Incommunicado-Haft gehalten, ohne Kontakt zur Außenwelt oder zu einem Anwalt. In den ersten Tagen, an denen er der Willkür der Guardia ausgeliefert wäre, würden sie ihm mit Plastiktüten den Atem rauben, den Schlaf entziehen, mit Telefonbüchern auf den Kopf schlagen und auf die Nieren und welche verschärften Verhörtechniken sie sonst noch aus Francos Zeiten bewahrt hatten. Sie würden ihn zu seinen Kontakten zur baskischen ETA befragen, und sobald sie sich vergewissert hatten, dass es keine gab, würde ihr Interesse an ihm erlahmen. Eine Schießerei in einem Steinbruch in Deutschland? Das war Sache der Deutschen. Sie würden die Verhöre und die Misshandlungen einstellen, ihn noch einige Tage incommunicado halten, bis seine Verletzungen verheilt waren. Dann würden sie ihn nach Deutschland abschieben, wo er wegen *Zerstörung wichtiger Arbeitsmittel, Gründung einer terroristischen Vereinigung, Rädelsführerschaft in den Anarchistischen Zellen* und *Versuchtem Mord* verurteilt würde. Lebenslänglich.

So oder so. Alles hing davon ab, ob er sich getäuscht hatte. Er schaute auf seine Uhr. Unter dem Plastikarmband stand Schweiß. Es war kurz nach zwei, genau ließ sich die Zeit nicht erkennen, seine Uhr hatte ein Ziffernblatt ohne Ziffern. Stattdessen die Zeichnung einer dampfenden Kaffeetasse. Zwanzig Minuten würde er den Lieferwagen noch beobachten. Dann würde er sich entscheiden.

Er sah genau hin. Wartete auf eine weitere Bewegung, auf Gewissheit.

Wartete.
Nichts.

Ronja saß vor zwei Monitoren mit Rekordern und spulte durch das Rohmaterial vor und zurück in einer Geschwindigkeit, die ihn schwindeln ließ. Sie schnitt Großaufnahmen des aufgeschwemmten Gesichts eines Sängers in eine wilde Montage durcheinanderrollender roter Golf-Cabrios. Lutz Trede stellte sich hinter sie und drückte einen trockenen Kuss auf ihre hochgesteckten braunen Locken. Sie beendete ihre Arbeit, fuhr den Rechner herunter, schaltete die Rekorder aus, stand auf und drehte sich vor ihm in ihren Pantoffeln.

»Kann ich so gehen, oder soll ich mich anziehen?«

»Schuhe wären nicht schlecht.«

Er folgte ihr ins Schlafzimmer, wo sie die Kleiderbügel auf der Stange hin und her schob, mal dieses blaue oder jenes geblümte Kleid heranzog und sich vor die Brust hielt, ohne es vom Bügel zu nehmen. Schließlich fiel ihre Wahl auf ein Sommerkleid, so quietschbunt, wie von Jackson Pollock persönlich vollgetropft. Mit freizügigem Wickeldekolleté, in das Trede gutgelaunt hineinschaute.

Ronja schüttelte den Kopf. »Und? Gefallen dir meine Schuhe?«

»Die Pantoffeln?«, fragte er verwirrt.

Ronja lachte schallend auf. Trede schaute ratlos drein. Darüber musste sie wieder lachen.

»Was ist?«, fragte er und schickte ein »Nanu?« hinterher, da Ronja ihm den dritten Knopf am Hemd wieder aufgeknöpft hatte. »Doch besser drei offen?«

Ronja knöpfte auch den vierten Knopf auf und alle anderen, streifte ihm das Hemd von den Schultern und zog ihn zum Bett.

Schließlich trafen sie sich für nichts anderes. Warum also warten?

Morlock fragte sich, wie lange sechs Männer bewegungslos ausharren konnten, die in stickiger Luft auf der Ladefläche eines Transporters zusammengepfercht waren. Lange. Denn es waren Elitepolizisten. Zähe Männer, die minutenlang im Kopfstand die Luft anhalten und dabei zielgenau in eine meterweit entfernte Flasche pinkeln konnten. Aber trotzdem, dachte Morlock, klemmt auch ihnen irgendwann der Sack und will zurechtgerückt werden. Und dann ruckelt der Wagen. Er musste nur Geduld haben und lange genug den Lieferwagen im Auge behalten. Wie lange noch? Ihm begannen die Beine und die Augen zu schmerzen. Er blinzelte.

Das alles wegen Ereignissen, die irgendwann zwischen dem Aussterben der Dinosaurier und der Revolution in der DDR stattgefunden hatten. Taten aus längst vergangenen Zeiten. Begangen von Anarchistischen Zellen. Schon der Name! Morlock sagte immer: Anachronistische Zellen. Womit er Max auf die Palme gebracht hatte, als er ihn das letzte Mal getroffen hatte. Was schon eine Weile zurücklag ..., Morlock musste überlegen: fast zwei Jahre, im Sommer 1989. Gorbatschow hatte in Berlin den Fall der Mauer für möglich erklärt. Das chinesische Militär massakrierte Demonstranten auf dem Platz des Himmlischen Friedens, und zwei alte Anarchisten trafen sich im Dalí-Museum in Figueras.

Max hielt Vorträge über die Kämpfe im Ostblock. Er führte ihn zu einem Gemälde, das zwischen schwarzen und gelben Drei- und Vierecken drei Lenins als Chinesen verkleidet zeigte. »Der Kommentar zur Zeit«, sagte er.

»Schwachsinn«, urteilte Morlock.

»Warte ab!« Max zog ihn vier Meter zurück. »Das ist es.« Die Perspektive verwandelte die Lenins mit ihren Chinesenhüten und die Farbflächen in das Bild eines Königstigers. »Das ist künstlerische Vorahnung: Die Lenins verschwinden und ein Königstiger erscheint. Was sagst du jetzt?«

»Schwachsinn von einem royalistischen Arschloch«, bestätigte Morlock sein erstinstanzliches Urteil, wofür er von Max eine Interpretation über den Schädel gezogen bekam. Morlock hörte nicht zu. Draußen vor seinem Ohr rauschte ein Wildbach aus Worten vorbei. Irgendetwas von asiatischer Produktionsweise und dass man Lenin auf den Kopf stellen müsse, wodurch sich Kräfteverhältnisse verschieben würden und weshalb Morlock aus seiner Altersstarre aufwachen müsse.

»Komm mir nicht mit den Anachronistischen Zellen«, sagte der nur.

Max, der sonst jedem Kalauer lachend um den Hals fiel, erwiderte übellaunig: »Du musst die Sache mit dem Steinbruch endlich vergessen. Seitdem ist nichts mehr los mit dir.«

Morlock sagte: »Ich hätte um ein Haar einen umgelegt.«

»Sonst wären wir jetzt nicht hier, sondern im Knast oder tot. Ich auch, ich war nämlich dabei, wenn du dich erinnerst.«

»Du hast nicht geschossen.«

»Weil ich keine Waffe hatte.«

»Du *hast* nicht geschossen! Und du musstest nicht untertauchen.«

Schweigend gingen sie die Säle ab. Im Hof umkreisten sie Dalís Regentaxi. Max warf ein Einhundert-Peseten-Stück in den Münzautomaten, worauf eine

Sprinkleranlage den Innenraum des Straßenkreuzers fluten sollte. Doch die Installation funktionierte nicht, und der Automat wollte auch das Geld nicht wieder herausrücken. Max trat dagegen, bis ein Wärter herbeieilte und ihm die Stelle an der Seite zeigte, gegen die man schlagen musste. Die hundert Peseten klackerten in den Münzschacht. Max ließ sie dem Wachmann als Trinkgeld.

Das war Morlocks letzter Kontakt mit einem seiner alten Genossen. Er ging weiter jeden ersten Samstag im Monat für eine Stunde in die Caféteria eines Möbelhauses und wartete. Das war alles, was ihn mit seinem früheren Leben verband.

Ein Kitzeln am Oberarm weckte Trede auf. Ronja stützte sich auf ihren linken Ellbogen und streichelte versonnen über das Tattoo an seinem Oberarm. Er konnte sie im von den weißen Nesselgardinen gedämpften Mondlicht nur schemenhaft erkennen.

»Hab ich dich geweckt?«, fragte sie.

Er war noch zu benommen und kam nicht auf die Antwort. Er rollte sich zu ihr hin, bettet seinen Kopf zwischen ihren Brüsten und wollte weiterschlafen.

Sie kraulte in seinen dichten Haaren. »Weißt du was …« Sie ließ den Satz unvollendet durchs Zimmer schweben. Trede gab auf. Er wuchtete den Kopf aus seinem weichen Lager in Gesprächsposition hoch.

»Was?«, fragte er schläfrig.

»Du fragst mich nie etwas.«

Wozu diese Feststellung?, fragte er sich. Bei Vollmond, im Bett, in einer lauen, fast sommerlichen Frühlingsnacht? Wahrscheinlich ein Vorwurf. Oder vielleicht noch nicht ganz ein Vorwurf, eher ein östrogenhaltiges Samenkorn von Skepsis, aus dem ein Vorwurf erwachsen könnte. Oder vielleicht auch nicht, wenn ihm eine befriedigende Antwort einfiele, wobei … es war ja gar keine Frage. Also versuchte er eine scherzhafte Replik, die allerdings missglücken sollte, da ihm schlaftrunken noch das Gefühl für Feinjustierung fehlte: »Doch«, fragte er sie, »wie spät ist es jetzt?« Er setzte sich auf und fingerte eine Zigarette aus der Schachtel auf dem Nachttisch.

Ronja bedeutete ihm, auch rauchen zu wollen. Er schüttelte mit einer lässigen Bewegung aus dem Handgelenk die Packung und hielt sie ihr hin. Ronja zog sich mit spitzen Fingern die Zigarette, die am weitesten herausragte.

»Ich meine etwas Persönliches.« Sie zündete sich die Zigarette an und paffte. »Man könnte meinen, du interessierst dich nicht für mich.«

»Was sollte ich denn fragen?«

»Wie es mir geht, was ich denke und fühle, was ich heute gemacht habe. Was man so wissen will, wenn man sich für jemanden interessiert.«

Ein Lufthauch beulte die Gardine auf, und ein Streifen Mondlicht strich über Ronja. Wie der Strahl eines Fotokopierers, dachte Lutz, versunken in den Anblick. Ronja lag ins Bett gegossen, von der dünnen Steppdecke umflossen. Er hielt sich die Zigarette vor die Augen und schaute der Glut beim Abbrennen zu. »Wenn wir zusammen sind, sind wir zusammen«, sagte er schließlich, »wenn nicht, nicht. Jeder sein Leben und so weiter. Das waren deine Worte. Schon vergessen?« Es klang bitter, bemerkte er erschrocken.

»Es ist ja noch nicht klammern, wenn man sich für die Frau interessiert, mit der man vögelt. Also: Sind dir andere Menschen völlig egal? Oder bist du einfach nur nicht neugierig?«

»Was du mir erzählen willst, wirst du mir erzählen. Und was du mir nicht sagen willst, wirst du mir auch nicht sagen, wenn ich danach frage. Und das geht so in Ordnung. Besonders in unverbindlichen Bettgeschichten. Deine Worte!« Er sog an der Zigarette, hielt den Rauch in den Lungen und ließ ihn schließlich langsam durch die Nase entweichen. »Deine Worte«, wiederholte er. »Nicht meine.«

Ronja lächelte versöhnlich. »Du musst nicht jedes Wort von mir auf die Goldwaage legen.«

»Ich nehme nur ernst, was du sagst.«

Ronja stand auf und schloss das Fenster. Es war Anfang Mai, eine warme Nacht. Im bläulich schimmernden Mondlicht sah sie aus wie eine Eiskönigin, dachte Trede. Und: Von keiner Frau weiß ich so viel und verstehe ich so wenig wie von ihr.

Ronja hüpfte zurück ins Bett, gähnte, zog die Decke über sich und sagte: »Ich weiß gar nichts von dir. Erzähl mal!«

Aber bevor er anfangen konnte, rollte sie sich ein und war eingeschlafen. Trede schmiegte sich an ihren Rücken, schlang seinen Arm um sie und lag noch lange wach.

Einerseits, andererseits, Morlock konnte sich nicht entscheiden. Als er 1978 untertauchen musste, hatte ihm ein Netz von Unterstützern geholfen. Noch in der Nacht der Schießerei brachten ihn Freunde über die grüne Grenze nach Belgien und von dort nach Paris, wo er in einer großbürgerlichen Wohnung im sechsten Arrondissement übernachtete. Am nächsten Tag fuhren ihn zwei Studenten der Sorbonne in einem rostigen R4 in den südlichsten Zipfel Frankreichs, nach Collioure. Von dort schleusten ihn katalanische Genossen über die Grenze nach Spanien.

Aber jetzt? An wen konnte er sich wenden? Wie kam er ohne Unterstützung aus Spanien hinaus? Ohne Fahrzeug, ohne Pass, ohne Unterschlupf? Sein Notgeld wäre in wenigen Tagen aufgebraucht. Nüchtern betrachtet, war seine Lage aussichtslos. Deshalb, und da der Lieferwagen nun seit einer halben Stunde nicht geschwankt hatte, beschloss er, in seine Wohnung zurückzukehren.

Er ging um die Ecke und blieb gleich wieder stehen. Ein Pärchen schlenderte engumschlungen auf den Hauseingang zu. Die beiden wohnten mit drei anderen jungen Männern und einer Frau in der Wohnung über ihm, in der bis tief in der Nacht aus mannshohen Lautsprechern Bässe wie Dieselrammen wummerten. Eine nervtötend eintönige Musik, ein Fabriksound, der an Körperverletzung grenzte. Fand Morlock und sagte es auch seinen Nachbarn, die ihm, dem alten Spießer, Besserung versprachen, aber nicht einhielten. Er wollte niemandem aus der WG über den Weg laufen. Er wollte nicht zum Gruß gezwungen sein. Olà, olà. Er wartete, bis sie im Haus verschwanden. Als die Haustür hinter ihnen zurückschwang, sprang die Klapptür am Heck des Transportes auf und sechs vermummte Polizisten in Kampfanzügen sprangen heraus und stürmten ins Haus, bevor die Tür ins Schloss gefallen war.

Morlock erstarrte. Sie haben gelauert, bis jemand ins Haus geht, damit sie die Tür nicht aufbrechen müssen, dachte er verwundert.

Paradoxerweise war er im ersten Moment erleichtert, da ihm die Last der Entscheidung abgenommen worden war. Doch schnell wich die Erleichterung Verzweiflung. Tut mir leid, Lara, dachte er. Ich kann morgen nicht kommen. Er starrte ins Halbdunkel der Straße.

Er war allein. Sein ganzer Besitz bestand aus dem, was er bei sich trug. Braune Ledersandalen. Eine sandfarbene Leinenhose. Ein kurzärmeliges weißes Hemd. Ein Opinel-Klappmesser. Eine Armbanduhr der Marke Swatch. Eine angebrochene Packung Fortuna-Filterzigaretten. Ein Sturmfeuerzeug. Ein Ledergürtel, in den US-Dollar und Schweizer Franken im Wert von etwa zweitausend Deutschen Mark eingenäht waren. Ein wildlederner Brustbeutel mit 11 500 Peseten, Wohnungsschlüsseln und einem österreichischen Reisepass auf den Namen Michael Leitner.

Ein guter Pass, so gut wie echt. Nun war er wertlos. Er war nicht mehr Michael

Leitner. Nicht mehr Wolfgang Morlock. Wie heiße ich jetzt? fragte er sich. Er konnte sich an den Namen in dem Schweizer Personalausweis nicht erinnern.

Das nächtliche Gespräch schien Ronja im Traum weiterbeschäftigt zu haben, denn am Frühstückstisch knüpfte sie daran an und überhäufte ihn mit Fragen, die er wortkarg beantwortete. Wo er aufgewachsen sei?

Regensburg.

Die Fragen, ob er nicht zur Arbeit müsse und wovon er lebe, beschied er mit dem Wort »Ersparnisse«. Die Fragen nach seinen Eltern, ob er ein gutes Verhältnis zu ihnen habe, wo sie lebten und was sie beruflich machten, waren ihm einen vollständigen Satz wert: »Meine Eltern sind schon lange tot.« Und als sie ihre Frage bedauerte, fügte er hinzu: »Ich bin im Heim aufgewachsen.«

Er goss ihr Kaffee nach, sobald ihre Tasse leer war. Aufmerksam. Wie immer.

»Weißt du, was die Rote Hilfe ist?«, fragte Ronja mit lauerndem Blick.

»Die helfen Knackis.«

»Haben sie *dir* geholfen?«

Trede konzentrierte sich auf das Umrühren seines Kaffees. Ein Lächeln huschte über sein Gesicht und verblasste sofort wieder.

»Worauf willst du hinaus?«, fragte er.

»Du hast gesessen.« Keine Reaktion, weshalb sie fortfuhr: »Ich habe damit kein Problem. Aber ich habe den Eindruck, dass *du* damit ein Problem hast. Deshalb sollten wir darüber reden.«

»Ich habe keine Probleme, schon gar nicht mit dir«, sagte er, ohne den Blick von seinem Kaffee zu wenden, den die Milch in ein sattes Braun gefärbt hatte. Er schien zufrieden mit der Farbe. Dann schaute er zu ihr hoch. »Ich find's wunderbar mit dir. Du hast ein paar Regeln aufgestellt, wie es zwischen uns zu laufen hat, Vorsicht, Distanz, Rücksicht blabla... Und ich akzeptiere deine Regeln. Was willst du noch?«

»Ein Minimum an Austausch. Das muss sein. Auch bei einer Bettgeschichte.«

»Ach ja? Na dann!«

Er schmierte sich eine Scheibe Vollkornbrot. In der Küche war es still, nur das Schaben des Messers war zu hören. Wie ein Stuckateur die frisch verputzte Wand betrachtete Trede den Aufstrich. Hier war etwas zu viel, dort zu wenig. Er besserte nach. Dann legte er Fleischwurst auf die Schnitte. Sein Blick schwenkte über den Frühstückstisch, wo er nicht fand, wonach er suchte. Er stand auf und holte Senf aus dem Kühlschrank, mit dem er die Wurst reich bestrich. Ronja beobachtete ihn. Schließlich stand sie auf, ebenfalls wortlos, holte aus dem Hängeschrank ein Glas süßsaurer Gurken und reichte es ihm. Er dankte mit einem Lächeln, fischte mit den Fingern eine Gewürzgurke, teilte sie der Länge nach und belegte damit die Wurst.

»Und von mir weißt du auch nichts«, sagte sie.

»Stimmt. Aber dass lässt sich ändern. Also: Wie geht's, wie steht's?« fragte er mit vollem Mund.

»*Der* Witz schon wieder«, stöhnte Ronja. »Du machst es dir etwas zu einfach.«

Er grinste. Erst die Spannung mit einer scherzhaften Ironie aus der Situation nehmen, und dann wieder ernst werden, ein moderates Einlenken, und alles stünde zum Besten in der Besten aller Welten. Also sagte er: »Woher hast du das? Wie kommst du darauf, ich hätte gesessen?«

»Die Blender-Rolex«, erklärte sie.

»Was hast du gegen meine Rolex?«

»So Uhren tragen nur Angeber – was du nicht bist – oder Knackis. Weil ihnen die Uhr nicht abgenommen wird. Es ist das einzige Statussymbol, das sie im Knast behalten dürfen. Dann dein Tattoo auf dem Oberarm! Wenn's kein Anker ist, dann ist's ein Kreuz, wie bei dir. Schlecht gestochen, verlaufende Ränder. Und dazu mit blauer Tinte. Im Knast nimmt man Kugelschreibertinte, und zwar die, die man gerade hat. Wenn keine schwarze da ist, dann eben blaue.«

Ein blaues Tattoo sieht älter aus, dachte Lutz.

»Und du warst nicht nur im Knast. Du warst *lange* im Knast. Jahre. Weißt du, woran man das erkennt? Samstag, als wir ins Restaurant gegangen sind. Da bist du vor der Tür stehen geblieben, und hast gewartet, dass ich sie dir öffne. Eigentlich sollte es umgekehrt sein, der Herr hält der Dame die Tür auf.«

»Ich dachte, du wärst emanzipiert.«

Sie überging seinen Einwand.

»Ein Knacki kann keine Türen öffnen. Es braucht immer jemanden, der sie für ihn aufschließt. Und wer sich in langen Jahren angewöhnt hat, vor einer Tür auf einen Schließer zu warten, der behält diese Gewohnheit in Freiheit bei. Er wartet, dass jemand die Tür für ihn öffnet.«

Lutz nickte zufrieden. »Du bist mir ja eine Expertin.«

»Weswegen hast du so lange gesessen?«

»Weil ich gestanden habe.« Er grinste. Weil Ronja ihn nur mit ihren großen, braunen Augen anschaute, fügte er hinzu. »War nur 'n Witz.«

»Jaja«, sagte Ronja unbewegt, »lustig. Den höre ich immer wieder gerne. Noch lieber wäre es mir allerdings, wenn du auf persönliche Fragen nicht immer nur mit Kalauern antworten würdest.«

»Na gut.« Er ließ sich Zeit mit seiner Antwort, sie sollte zu ungehalten für einen Scherz und zu gelassen für einen Streit klingen. »Falls ich gesessen haben sollte, dann wegen nix. Ein Justizirrtum. Unschuldig. Und eigentlich habe ich keine Lust, drüber zu reden. Basta.«

Er schien den richtigen Ton getroffen zu haben, stellte er befriedigt fest, denn seine Gesprächsverweigerung amüsierte Ronja.

»Korrekte Antwort«, lachte sie.

Morlock lehnte am Tresen der letzten geöffneten Bodega im Raval und trank Rotwein. Die Sägespäne auf den Fliesen waren seit Tagen nicht ausgekehrt worden. Sie hatten sich mit verschüttetem Bier vollgesogen und mit Zigarettenkippen vermischt. Ein Geruch nach Vergärung stieg vom Boden auf. Eine aufgeschwemmte Nutte koberte ihn an und ließ sich nicht abwimmeln, zupfte an seinem Hemd, bis er sie verärgert anschnauzte, weswegen ihn der Wirt hinauswarf. Sie war Stammgast, er nicht.

An einem Montag um vier Uhr morgens fiel selbst Barcelonas Rotlichtviertel in tiefen Schlaf. Alles war geschlossen, verrammelt, verriegelt. Alle Neonlichter erloschen. Ihm blieb nichts anderes, als durchs Viertel zu spazieren und auf den nächsten Tag zu warten. Ihn fror in seinem kurzärmeligen Hemd. Um sich aufzuwärmen ging er forschen Schrittes. Als hätte er ein Ziel.

Der Rotweinnebel in seinem Kopf lichtete sich langsam und wich Resignation und Müdigkeit. Er sah, dass er im Kreis gelaufen war, vor ihm schloss nun auch die Bodega, aus der er rausgeflogen war. Der Grund seines Hinauswurfs stand schwankend am Bordstein und wartete auf ein Taxi. Morlock ging auf sie zu. »Zehntausend«, bot er ihr. Sie betrachtete ihn misstrauisch aus glasigen Augen. Ihr in vielen Jahren gewachsener Instinkt warnte sie. Mit diesem Freier war etwas faul. Er war nicht betrunken genug, ihr um diese Zeit ein Angebot zu unterbreiten. Sie musterte ihn. Sie sah den Brustbeutel, dessen Kontur sich über seinem Bauch durch das Hemd drückte. Er war alt, er war nicht gefährlich. »Vale«, sagte sie und nahm ihn in eine Absteige mit, in der niemand Fragen stellte. Im Zimmer legte sie ihm eine Hand auf die Hüfte und streichelte mit der anderen mechanisch seine Brust, als wollte sie seine Haut abhobeln. Dann verlangte sie ihren Lohn. Morlock gab ihr 10 000 Peseten. Sie knöpfte sein Hemd auf.

»Nicht nötig«, wehrte er sie ab. Und weil sie ihn aus ihren weit aufgerissenen, umschatteten dunklen Augen erstaunt anschaute, lieferte er ihr einen Grund nach: »Ich will nur reden. Meine Frau, wissen Sie ... wir haben Streit. Sie hat mich rausgeworfen.«

Das verstand sie, das gab es öfter. »Vergiss deine Frau«, sagte sie. »Sie wird sich wieder beruhigen.«

Sie nahm die Zigarette, die er ihr anbot. Schweigend bliesen sie gemeinsam Qualm in die Luft. Sie versuchte sich vergeblich an Rauchringen. Sie überlegte, was sie ihm für die 10 000 Peseten noch schuldete. Fragte sich, was er erwartete. Egal was, Hauptsache, es ging schnell. Männer die reden wollen, können lästig werden, Reden dauerte. Deshalb zog sie fickende Männer den redenden vor. Aber sie hatte das Geld genommen mit dem Versprechen, ihn glücklich zu machen. Wenn er lieber redete, dann redete sie mit ihm. Gute Arbeit für gutes Geld, so war ihre Einstellung.

»Sie haben recht«, sagte der Kunde. »Mit dem, was Sie über meine Frau gesagt haben. Es war gut, dass ich mit Ihnen gegangen bin. Jetzt kann sie in Ruhe nachdenken. Sie wird sich wieder beruhigen.« Er lächelte.

»Was ist mit Ficken?«

»Ich möchte einfach nur schlafen. Ich liebe meine Frau, wissen Sie. Ich will sie nicht betrügen, nur wegen dem Streit.«

»Schlafen solo kostet extra«, sagte sie.

»Ich habe nur noch 1500 Peseten.« Er zeigte ihr seine Geldbörse. Sie tippte mit dem Zeigefinger auf seinen Brustbeutel.

»Ich habe nur noch diese 1500«, bekräftigte er und drückte ihr das Geld in die Hand.

Sie überlegte. »Na gut«, gab sie schließlich nach, »weil du mich gesiezt hast. Also, schlaf dich aus.«

Er zog Hose und Schuhe aus, rollte den Brustbeutel in seine Hose und nahm sie als Kopfkissen.

Sie legte sich neben ihn, drehte ihm den Rücken zu und wünschte ihm eine gute Nacht. »Das war nett«, sagte sie noch. »In dreißig Jahren hat mich kein Kunde jemals gesiezt. Du bist der Erste. Es gefällt mir.« Sie zog die Decke hoch, murmelte: »Höfliche Leute, die Deutschen.«

»Ich bin Schweizer«, verbesserte er sie. Doch das hörte sie nicht mehr. Sie schlief und schnarchte leise und gleichmäßig. Das Geräusch beruhigte ihn, die Augen fielen ihm zu, und als er vier Stunden später aufwachte, schlief sie noch.

In ihr Schnarchen hatte sich ein helles, rhythmisches Pfeifen gemischt. Ein dünner Schweißfilm ließ ihr Gesicht glänzen. Sie hatte sich nicht abgeschminkt, ihr Make-up hatte das Kissen verschmiert. Ihre Wangen waren fleischig und aufgedunsen. Sie hatte schöne dichte, lockige Haare, die vom dauernden Blondieren brüchig geworden waren. Ein Friseurbesuch war überfällig, am Ansatz dunkelten bereits drei Zentimeter ihrer ursprünglichen Haarfarbe durch. Kastanienbraun. Ihre Geschäfte mussten schlecht laufen, der Friseur, vermutete Morlock, war sicher das Letzte, an dem sie sparte. Abgesehen vom Alkohol vielleicht.

Er strich ihr sanft über die Haare. Die Frau drehte sich um, ohne aufzuwachen. Kurz huschte Ärger über ihr Gesicht mit den geschlossenen, großen Augen und den falschen Wimpern. Sie stieß einen Ton aus, ihre Hand fuhr durch die Luft, dann entspannten sich ihre Züge wieder. Sie schlief weiter, in Frieden. Was immer sie im Traum bedrängt hatte, sie hatte es verscheucht. Ein Lied von den Scherben kam Morlock in den Sinn. Er sang es tonlos, mit leicht geändertem Text, während er sie betrachtete. »Du bist zehntausend Jahre alt, und dein Name ist Mensch«. Morlock erzählte bei jeder Gelegenheit, er sei mit Lanrue befreundet, einem der Gründer der Band. Mitte der Siebzigerjahre hätten sich ihre Wege getrennt, behauptete er. Ton, Steine, Scherben gingen aufs Land und schrieben anstelle der alten Kampflieder poetische Songs. Er dagegen ging zu den Zellen und schoss. Die verdammten Schüsse.

Heute war er froh, dass der Polizist nicht gestorben war. Juristisch allerdings änderte das die Angelegenheit nicht wesentlich. Würde er sich jetzt stellen, dürfte er keinen größeren Strafnachlass erwarten. Der Bundesanwalt würde sagen, er habe nur wegen der Aussichtslosigkeit seiner Lage aufgegeben. Kein Beweis für Reue, kein Grund für eine Strafmilderung. Nur Verzweiflung, weil er in Barcelona aufgestöbert worden war.

Was sollte er schon darauf erwidern? Es stimmte ja.

Er dachte an seine Stunden in der Caféteria des Möbelhauses. Ob die Verabredung noch galt? Jeden ersten Samstag im Monat, so war es noch in den Siebzigern beschlossen worden, sollte in jeder Stadt, in der jemand von den Zellen lebte, ein Genosse zwischen 12 und 13 Uhr mittags im IKEA-Restaurant warten und Zeitung lesen. Wer versprengt war, wer Unterstützung brauchte, der konnte dort Hilfe finden. Es war nie jemand gekommen, und manchmal hatte er gezweifelt, ob von dieser Verabredung überhaupt noch jemand wusste. Vielleicht nahm man ja inzwischen auf eine völlig andere Weise konspirativ Verbindung auf. Max hatte ihm etwas von einem Datenföhn, einem Akustikkoppler erzählt, mit dem man Informationen durch das Telefon verschicken konnte, Computer würden zu Netzen zusammengeschlossen, Morlock hatte kein Wort verstanden. Er misstraute Computern. Computer, das war für ihn Volkszählung. Überwachung. Das waren Horst Herolds NADIS und die BEFA, die beobachtende Fahndung. Waffen des Feindes.

Er jedenfalls war den alten Absprachen treu geblieben. Lara hatte ihn einmal gefragt, was ihn so oft zu IKEA treibe. »Nichts«, hatte er geantwortet. »Ich schaue den Menschen zu. Es ist gut gegen Heimweh. Es beruhigt mich.«

Lara hatte den Kopf geschüttelt und nie mehr nachgefragt. Lara, die er heute Abend versetzen würde. Reiß dich zusammen, dachte er. Vergiss Lara. Du musst raus aus Spanien. Nach Toulouse. Um dort jemanden zu finden, der bei IKEA Kaffee trank und dabei eine Zeitung aus einer anderen Stadt las.

»Hast du mir nachspioniert?«, fragte Lutz Trede.

»Nein«, log Ronja.

Er ließ seine Brotscheibe in der Luft kreisen, was weiter, weiter heißen sollte.

»Ein Bekannter von mir, ein Journalist«, fuhr sie fort, ohne einen Namen zu nennen, »hat es mir gesagt. Wir hatten uns lange nicht gesehen und uns gegenseitig ausgefragt, wie es geht, was wir so treiben. Ich habe ihm von dir erzählt. Und dann hat er mich gefragt: Ist das *der* Lutz Trede? Mein Bekannter ist bei der Roten Hilfe. Und an die hatte sich ein Gefangener namens Lutz Trede gewandt, weil sein Magenleiden nicht behandelt wurde. Zwei Briefe gingen hin und her, und dann habe dieser Lutz Trede den Kontakt abgebrochen. Sei nach Wittlich verlegt worden, da sei er wohl gesundet, jedenfalls habe er nicht mehr geschrieben. Er wurde dann entlassen. Bist du das? Bist du *der* Lutz Trede?«

»Ich glaub's ja nicht!«, spielte Trede Empörung. »Da machst du einen auf Sherlock Holmes. Die Uhr! Das Tattoo! Das Warten vor der Tür! Und was ist? Jemand hat's dir erzählt.«

»Ist eins zum anderen gekommen«, grinste sie.

»Da du ja eh schon alles weißt«, sagte er, »gibt's da ja nun nichts mehr zu besprechen. Ich will diese alten Geschichten einfach vergessen. Das ist alles Vergangenheit. Jetzt fängt was Neues an.« Er nahm einen großen Bissen und schob mit vollem Mund hinterher: »Oder willst du gehen, weil ich gestanden und gesessen habe?«

Ronja schüttelte lächelnd den Kopf. »Du bist unverbesserlich. Wirklich. Wobei … wenn du dir diese Kalauer nicht abgewöhnst, dann gehe ich wirklich.«

»Tust du nicht«, stellte er fest.

»Aber im Ernst, zwei Fragen hätte ich noch. In Ordnung?«

»Schieß los.« Er räumte den Frühstückstisch ab. Sie blieb sitzen.

»Wie geht's dem Magen?«

»Ist in Ordnung. War nervös.«

Die nächste Frage schien vertrackter zu sein. Jedenfalls rang Ronja um die Formulierung. »Warum hast du nicht ausgesagt? Du hättest dir einige Jahre ersparen können. Schwierige Kindheit, dein erster Überfall, angestiftet von den Älteren. Du hättest einen auf Mitläufer machen können. Wegen deiner Sturheit hast du die Strafe komplett abgesessen. Warum hast du nicht mit der Staatsanwaltschaft kooperiert?«

»Weil das *ihr* Spiel ist. Da hatte ich keinen Bock drauf.«

»Du hattest keinen Bock? Das war alles?«

»Das war alles.«

Sie stand auf, nahm ihm die schmutzigen Teller und Tassen aus der Hand und stellte sie zurück auf den Tisch. »Lass stehen«, sagte sie. »Ich mach das später.«

Sie griff nach seiner Hand und zog ihn hinter sich her.

Bis zur Tür ließ er sich von ihr ziehen, dann schnappte er sie sich, weil er sich sonst wie ein Hündchen vorgekommen wäre, das an der Leine dem Herrchen hinterhertrottete. Und während er sie auf seinen Armen zur Couch trug, dachte er an die große Lüge von der Unverbindlichkeit. Nur Körper, sonst nichts! Nur eine schöne Zeit gemeinsam verbringen, keine Ansprüche! Den Moment genießen und nicht an morgen denken! Zusammensein, wenn man zusammen ist, und Freiheit lassen, wenn man getrennt ist. Umarmen ohne zu klammern. Das klappt eine Nacht, wenn man sich danach nicht mehr sieht. Affären waren wie Atomkraftwerke. Eine Zeitlang konnte man sie kontrollieren. Aber irgendwann, früher oder später, brannte ein Reaktor durch. Er wollte sich nicht verlieben. »Dann mach es doch einfach nicht«, dachte er sich. »Wer nicht rauchen will, der raucht einfach nicht. Wenn du dich nicht verlieben willst, dann tu's nicht.« Ganz einfach. Oder vielleicht doch nicht ganz so einfach. Jedenfalls wollte er auf keinen Fall, um keinen Preis, dass es endete. Er wollte sie nicht verlieren.

Das komplizierte sein Leben ungemein.

Es war Dienstag, der 30. April 1991. Der 4. Mai war der erste Samstag des Monats. Ihm blieben vier Tage und vier Nächte, um nach Toulouse zu kommen.

Das Erddepot lag in einer kleinen Grünfläche, die umzingelt war von einer Schnellstraße, einem Autobahnzubringer, einem Tunnel und einer Unterführung. Sechs zwergenhafte, asthmatische Pappeln ragten aus dichtem Gebüsch, das sich an den Boden krallte. Morlock kratzte mit einem Stock die wegen der Trockenheit der letzten Wochen knochenharte Erde auf. Nach fünfzehn Minuten hatte er den in Plastik eingeschlagenen Erste-Hilfe-Kasten ausgegraben. Schweiß tropfte von seiner Stirn auf den Deckel. Er öffnete ihn. Er wickelte die Pistole aus einem öligen Tuch. Er ließ das Magazin aus dem Griff gleiten und schob es wieder hinein. Er schaute in den Lauf. Er wickelte die Pistole wieder in den Lappen und legte sie zurück in den Kasten.

Der Ausweis hatte Feuchtigkeit gezogen. Das Schweizer Kreuz hatte sich braun eingefärbt. Die Unterschrift unter seinem alten Passbild war verlaufen. Rolf Blättler, las er. Der Name gefiel ihm, aber die Fälschung taugte nichts. Sie hatte weder das richtige Papier noch eine authentische Nummer. Fast alle französischen Grenzstationen waren über Minitel mit einem Zentralrechner in Paris verbunden. Die Zöllner konnten die Ausweise am Bildschirm überprüfen. Eine falsche Nummer flog sofort auf. Der Ausweis mochte für einen Hotelportier reichen, auf keinen Fall kam er damit im Zug bei Port Bou über die Grenze. Er musste durch die Berge, über einen der Pyrenäenpässe, über die schon unter Franco die Menschen nach Frankreich geflüchtet waren. Irgendwo im Naturpark, zwischen Puigcerdà und dem französischen Bourg-Madame, wollte er es versuchen.

Er holte den österreichischen Pass auf den Namen Michael Leitner aus seinem Brustbeutel und legte ihn zu der Pistole in den Kasten. Vielleicht würde sich für ihn noch einmal eine Verwendung finden. Es war ein guter Pass, ein echter Pass. Nur das Foto darin war falsch. Er stellte den Kasten in das Loch und schob mit dem Fuß Erde darüber.

Es waren 320 Kilometer bis Toulouse, das war zu Fuß in vier Tagen nicht zu schaffen. Er brauchte ein Fahrrad, dachte er. Schlafsack, Karten und Kleidung, mit der er die Nacht im Hochgebirge überleben würde. Er überschlug im Kopf, was ihm nach den Einkäufen von seinem im Gürtel eingenähten Geld bleiben würde. Was, fragte er sich, wenn er in Toulouse niemanden antraf?

Er grub den Kasten wieder aus. Er nahm die Pistole heraus und steckte sie sich hinten in den Hosenbund. Der Erste-Hilfe-Kasten der Pandora, dachte er. Die Plagen entweichen und die Hoffnung bleibt darin zurück.

WAS RONJA ÜBER IHREN Geliebten Lutz Trede erfahren hatte, traf im Großen und Ganzen zu, abgesehen von einem allerdings entscheidenden Detail: Lutz Trede war tot. Er starb am 28. September 1990 in der Justizvollzugsanstalt Regensburg, gut drei Monate vor seiner Entlassung aus der Haft. Ein früher Tod nach einem Leben, in dem ihm das Brot immer auf die Butterseite gefallen war.

Nur wenige Tage nach seiner Beerdigung besuchte Armin Benz, Regierungsrat beim Bundesamt für Verfassungsschutz in Köln, einen ehrgeizigen jungen Absolventen der Bundesverwaltungsschule in dessen Wohnung und machte ihm ein Angebot. »Mit dir habe ich etwas Besonderes vor«, sagte er. »Ich will dich ins Gefängnis schicken.«

»Tatsächlich?«, fragte der Anwärter mit der Gelassenheit eines älteren Gentleman. Er war achtundzwanzig Jahre alt und brannte auf einen Einsatz. »Was habe ich verbrochen?«

»Bewaffneter Raubüberfall.«

Sie saßen in der geräumigen Küche an einem runden Tisch aus Rosenholz und tranken Wasser aus großen Gläsern. Benz stellte seine abgewetzte Aktentasche auf den Tisch und schloss den Schnallenverschluss auf. »Ich möchte«, sagte er, »dass du den Platz dieses Mannes einnimmst.« Er zeigte ihm Polizeifotos, die er aus der Aktentasche gezogen hatte. »Interessiert?« In Erwartung der Antwort lehnte er sich über die Tischplatte und verdrehte den Oberkörper, so dass er dem Anwärter seine linke Gesichtshälfte zuwendete. »Tauchunfall«, sagte er und tippte erläuternd auf sein rechtes Ohr. »Auf dem höre ich schlecht. Souvenir aus meiner Zeit als Marinetaucher.«

Der Anwärter zuckte die Achseln. »Vielleicht«, sagte er. Benz schob ihm ein Dossier über den Tisch. Der junge Mann blätterte die Dokumente durch und las dann schweigend die zehn Seiten, auf denen das kurze Leben des Lutz Trede aufgelistet war. Benz drängte nicht. Er trank ein weiteres Glas Wasser. »Und?«, fragte er schließlich, als der Anwärter von seiner Lektüre aufblickte und sich mit den Fingern die Haare aus der Stirn strich. »Wie soll ich dich nennen?«

»Mein Name ist Lutz Trede«, lautete die Antwort. »Ich wurde am 28.6.1959 in Regensburg als Sohn des Reisekaufmanns Metin Kilisli und der deutschen Hausfrau Waltraud Trede geboren. Mein Vater war Eigentümer eines Reisebüros in Regensburg. Von ihm habe ich den dunklen Teint und die schwarzen lockigen Haare. Meine Mutter erbte von ihm einen Berg Schulden, als er mit seinem BMW von gerader Straße abkam und beim Aufprall auf einen Baum tödlich verletzt wurde. Nach dem Tode meines Vaters ging ich nicht mehr zur Schule, ich begann zu stehlen und beging Einbrüche. Ich kam ins Erziehungsheim und später ins Gefängnis, weil ich mich der Hagen-Bande anschloss und bei einem Raubüberfall auf eine Postfiliale verhaftet wurde.«

»Sehr gut«, sagte Benz, »du hast ein ausgezeichnetes Gedächtnis.«

»Da ich jegliche Zusammenarbeit mit den Behörden verweigerte, stellte man mir eine schlechte Sozialprognose und ich muss meine siebenjährige Haftstrafe bis zum letzten Tag absitzen. Anfang Januar 1991 werde ich entlassen.«

»Wir werden dich in die JVA Wittlich verlegen, dort kennt niemand Lutz Trede«, sagte Benz, der inzwischen einen halben Liter Wasser getrunken hatte. »In drei Monaten kommst du raus, voller Zorn auf Staat und Justiz. Und du wirst andere Menschen kennenlernen, die deine Wut teilen.«

»Was ist mit dem anderen Lutz Trede?«

»Vor einem Jahr erkrankte er am Magen. Er fühlte sich ungenügend behandelt. Wohl zu Recht, wie man aus heutiger Sicht einräumen muss. Er ist vor kurzem an einem Magendurchbruch gestorben.«

»Herr Doktor, der Simulant aus Zelle dreizehn ist gestorben...«, entfuhr es dem Anwärter, doch die Pointe ließ er dann in einem gemurmelten »... den kennen Sie wohl schon«, versickern.

»Ein Strafgefangener stirbt«, sagte Benz, »ein Agent schlüpft in seine Haut und sitzt in einem anderen Gefängnis die Reststrafe ab. Eine perfekte Tarnung.«

»Auf wen werde ich angesetzt?«, fragte der neue Trede seinen V-Mann-Führer.

Benz reichte ihm fünf Fotos. »Seiler, Beate. Spitzname Ronja.«

»Hübsch«, sagte Trede. »Gefällt mir.«

»Es wird nicht einfach, sie ist eine harte Nuss.«

»Sie sind Beate Seiler, geboren am 26. Oktober 1954 in Köln, wohnhaft Ludwig-Windthorst-Straße 2 in 50674 Köln. Richtig?«

Keine Antwort.

»Ich habe Sie als Zeugin im Ermittlungsverfahren gegen die Beschuldigten Lasker, Erik und Wahls, Nele wegen Mitgliedschaft in der terroristischen Vereinigung Anarchistische Zellen vorgeladen. Ist Ihnen der derzeitige Aufenthaltsort der Beschuldigten bekannt?«

Schweigen.

»Sie sind als Zeugin zu einer Aussage verpflichtet. Zuwiderhandlung wird mit einer Geldstrafe oder Beugehaft bis zu sechs Monaten bestraft. Ich frage Sie daher noch einmal nach dem Aufenthaltsort von Erik Lasker und Nele Wahls.«

Schweigen.

»Eine eventuelle Beugehaft entbindet Sie nicht ihrer Verpflichtung zur Zeugenaussage. Beugehaft kann daher im Rahmen einer Zeugenbefragung in derselben Strafsache mehrmals verhängt werden. Ist Ihnen das bekannt?«

Schweigen.

»Sie sind in dem genannten Verfahren nicht als Beschuldigte benannt. Dennoch weise ich Sie auf den Paragraph 55 StPO hin, der von der Verpflichtung zur Zeugenaussage befreit, wer sich durch seine Aussage selbst oder einen Angehörigen ersten Grades belasten würde. Berufen Sie sich auf Paragraph 55 StPO?«

Schweigen.

»Wenn Sie mit dem Beschuldigten ein Versprechen eingegangen sind, eine Lebenspartnerschaft zu begründen, sind Sie auch von der Verpflichtung zur Zeugenaussage befreit. Sie sind mit Erik Lasker verlobt?«

Schweigen.

»Die Vernehmung dauerte zwei Stunden«, erzählte Benz. »Die ganze Zeit hat sie kein Wort gesagt, nicht einmal Ich verweigere die Aussage.«

»Erik Lasker, seit zwei Jahren gesucht wegen Mitgliedschaft und einem Sprengstoffattentat auf die Stromzuführung eines Kernkraftwerkes«, zeigte Trede sich sachkundig. »Gemeinschaftlich begangen mit Nele Wahls und weiteren, unbekannten Mittätern. Warum werde ich auf Beate Seiler angesetzt, wenn sie nicht zum Kreis der Beschuldigten gehört?«

»Wir spielen über Bande.« Benz erläuterte nicht, was damit gemeint war, weil sich ein anderer Gedanke vordrängelte: »Vergiss den Namen Beate. Du wirst sie als Ronja kennenlernen.«

»Also Ronja, gut. Warum aber sollte ich bei ihr weiterkommen als der Untersuchungsrichter?«

»Weil Eigennamen eine strukturierende Funktion für die Konstitution der subjektiven Realität zukommt, wie Dr. Andrea Brügge vom Psychologischen Stab es ausgedrückt hat. Kennst du sie? Man übersieht sie sehr leicht, aber sie hat Ideen.«

»Diese Idee kommt mir aber komisch vor: Man ist, wie man heißt, wenn ich das richtig verstehe.«

»Wenn eine Frau mit dem geläufigen Namen Beate sich Ronja nennt, wie niemand heißt außer der Heldin eines Kinderbuches, dann hat das allerdings etwas zu bedeuten. Kennst du die Geschichte von Ronja Räubertochter?«

»Das ist ein Mädchenbuch.«

»Ronja ist die Tochter des Räuberhauptmanns Mattis. Eine tiefe Kinderliebe verbindet sie mit Birka, dem Sohn des Räuberhauptmannes Borka. Birkas und ihre eigenen Eltern sind gegen diese Freundschaft.«

»Klingt nach Romeo und Julia für Kinder.«

»Du wirst Ronjas Räuberhauptmann.«

»Ein Romeo-Agent, wie die Typen aus der DDR, die hier die Sekretärinnen genagelt haben?«

»Mit deiner Ausdrucksweise wirst du bei Ronja nicht landen können.«

»Ich mache mich also an Ronja ran...«

»Du wirst dich an niemanden ranmachen und du wirst niemals Fragen stellen. Man darf auf diese Leute nicht zugehen. Das macht sie misstrauisch. Du wirst warten, bis man dich anspricht. Ronja wird *dich* anmachen. Dafür sorge ich.« Er verstummte, was seine Art war, das Wort zurückzugeben.

Trede wog ab, wie er es sagen sollte. Bisher hatte er vermieden, seinen künftigen Vorgesetzten direkt anzusprechen. Er wollte den Auftrag, aber sollte er sich deshalb so weit demütigen, einen Mann zu siezen, der ihn duzte? Die Entscheidung wog schwer. Sie brauchte Zeit. Jede weitere Sekunde Stille im Raum schien ihr weiteres Gewicht zu geben. Benz sah Trede in die Augen und ließ dabei seinen Finger auf den Rändern des Wasserglases kreisen, bis ein schriller Ton erklang.

»Das meinst du also mit über Bande spielen«, sagte Trede schließlich.

Benz lächelte zufrieden. Die Haftstrafe des toten Tredes hatte sich wegen »Missachtung des Gerichtes« um drei Tage verlängert, weil er den Richter geduzt hatte. Und sein Nachfolger duzte seinen Vorgesetzten, als seien alle Hierarchien abgeschafft. Benz beglückwünschte sich zu seiner Personalentscheidung.

Trede bemerkte das Lächeln und setzte erleichtert fort: »Über Ronja komme ich an Erik Lasker ran. Durch die Bekanntschaft mit ihm geadelt, kann ich in die Zellen eindringen.«

»Genau so zerstört man Zellen. Wie ein HI-Virus. Andocken. Eindringen. Seit zwanzig Jahren bekämpfen wir erfolglos einen unsichtbaren Gegner. Hunderte von Anschlägen und Sabotageakte und keine einzige Verhaftung. Mit deiner Hilfe wird sich das ändern.«

Trede stand auf, ging zum Kühlschrank und fand nichts darin. Er murmelte, bisschen Luft wäre nicht schlecht, öffnete das Fenster und schaute auf die Straße.

»Wenn's noch ein Problem gibt, dann spuck es aus«, ermunterte Benz ihn.

Trede drehte sich um und lehnte sich gegen das Fensterbrett. »Ich tu mich generell schwer mit politischen Diskussionen«, räumte er zögerlich ein »Ist nicht meine Sache. Und dann noch mit Linksextremisten...« Er wedelte mit der Hand in der Luft, als versuchte er dort ein passendes Wort zu schnappen. Es gelang ihm nicht, weswegen er den Satz unvollendet ließ.

»Das wird schon«, beruhigte ihn Benz, der schwerwiegendere Bedenken befürchtet hatte. »Nur immer für die Schwachen gegen die Starken eintreten. Für die Armen gegen die Reichen. Für die Ohnmächtigen gegen die Mächtigen. Ganz einfach.«

Das munterte Trede auf. »Für David gegen Goliath«, setzte er die Reihe fort. »Für St. Pauli, gegen den HSV. Für Kleinwagen, gegen Mercedes? Für Fahrräder, gegen Kleinwagen?«

Benz ließ ihm die Albernheit durchgehen. »Die Witzeleien kann dir wohl keiner abgewöhnen. Nun, Einsatzort Köln, vielleicht passt das ja.« Er reichte ihm die Hand zum Abschied. Trede schlug ein. »Ist doch irgendwie gar nicht so schlecht«, sagte er, als Benz schon mit der Aktentasche unter dem Arm an der Tür stand. »Mit den Ohnmächtigen gegen die Mächtigen.«

MORLOCK SCHLÄNGELTE SICH AUF Wirtschaftswegen über die Pyrenäen nach Frankreich. Das *Bici Todo Terreno,* das er sich in Barcelona teuer gekauft hatte, und das ihm im Laden so leicht vorgekommen war, wog tonnenschwer. Jeder Tritt in die Pedale war eine Qual. Wadenkrämpfe zwangen ihn zu Pausen, die immer zu kurz waren, da er sich an seinen Marschplan halten musste. Spätestens Samstag um 13 Uhr musste er im Möbeldiscounter ankommen, sonst würde er einen Monat lang keinen Kontakt aufnehmen können. Einen Monat als Clochard, in dem er sich mit Diebstählen im Supermarkt über Wasser halten und unter einer Garonne-Brücke schlafen müsste, denn sein im Gürtel eingenähtes Notgeld hatte er für Fahrrad, Kleidung und Proviant bereits ausgegeben. Er stemmte sich in die Pedale, hoch, hoch. Schweiß strömte seinen Rücken hinunter. Auf einer Passstraße voller Schlaglöcher stand in verblassender weißer Tünche, wie ihm zum Hohn, Allez Jaja! Allez! Anfeuerung für Laurent Jalabert, der hier bei der letzten Tour de Souffrance dennoch nichts gewonnen hatte.

Von Autos umbraust, schmutzig und verschwitzt strampelte er am Samstagvormittag auf Toulouse zu, das zehn Kilometer vor ihm in der Vormittagssonne döste. Das Möbelhaus lag außerhalb der Stadt. Auf der entgegengesetzten Seite. Er hatte weitere fünfundzwanzig Kilometer vor sich, zehntausend Tritte in die Pedale. Sein Rad war eine Sonderanfertigung aus Blei, dessen Reifen mit Sekundenkleber bestrichen waren. Seine Oberschenkel bestanden aus Schmerz. Links, rechts, links, rechts. Es war Viertel vor zwölf, als er sich die letzten Meter über den IKEA-Parkplatz quälte. Er stellte das Rad ab, verstaute sein Gepäck in einem Schließfach und schleppte sich zu den Toiletten. Er wusch sich mit kaltem Wasser den Oberkörper und das Gesicht. Sein Bart juckte. Er hatte kein Rasierzeug. Er hatte keine Francs. Aber er war rechtzeitig angekommen.

In der Caféteria schlenderte er zwischen den Tischen entlang auf der Suche nach einer Person, die eine Zeitung las, die nicht aus dem Ort war. Aber hier las überhaupt nur ein Einziger, ein Mann in schwarzer Cargohose, marineblauem Hemd und einer abgewetzten braunen Lederjacke, die er über die Stuhllehne gehängt hatte. Er saß fünf Tischreihen entfernt und las Le Monde, wobei er genüsslich einen Kaffee schlürfte und gelegentlich ein Wort in einem gelben Wörterbuch nachschlug.

Morlock sprach ihn auf Deutsch an. »Kennen wir uns irgendwoher?«

»Es heißt ja, über fünf Ecken kenne jeder jeden.«

Die Parole, auf die Morlock gehofft hatte. »Freut mich«, sagte er und setzte sich. »Du ahnst nicht, wie froh ich bin, dich zu treffen.«

Erik Lasker faltete die Zeitung zusammen und schaute sich Morlock genau an. Dann schüttelte er den Zeigefinger in der Luft ab, als könnte ihm dies beim Erinnern helfen. »Ich glaube, ich habe in einem Postamt schon einmal ein Bild von dir gesehen«, sagte er.

»Auf einer Briefmarke?«

»Auf einem Plakat. Wolfgang, vermute ich. Richtig?«

»Nein. Ich heiße Rolf Blättler, geboren am 28. August 1937 in Bern.«

Er zog den Ausweis aus seinem Brustbeutel und schob ihn über den Tisch. Erik blätterte ihn kopfschüttelnd durch. »Damit kommst du nicht weit.« Er gab den Pass zurück. »Was ist passiert?«

Erik und Nele wohnten in einem winzigen Studio in der Rue Denfert Rocherau, einer Straße, in der Zuhälter in Cafés und Animierbars herumlungerten, und die in einen kleinen Platz mündete, dessen Zentrum eine von Fixern umlagerte öffentliche Toilette bildete.

»Gute Gegend«, sagte Erik. »Nicht weit zum Bahnhof und zu den Markthallen, wo man hervorragend zu Mittag essen kann. Und niemand stellt hier Fragen. Aber dein Fahrrad nimmst du besser mit in die Wohnung.« Er griff nach dem Lenker, um es ihm hochzutragen. Morlock schob Eriks Hand beiseite. »Sehe ich aus, als könnte ich meine Sachen nicht allein schleppen?«

Erik öffnete achselzuckend die Haustür und hielt sie Morlock auf. »Ich habe jemanden mitgebracht«, rief er oben, bevor er die Wohnung betrat. Nele las irgendwas von Camus. Sie legte das Buch beiseite und begrüßte Morlock über das Fahrrad hinweg, das dieser mit beiden Händen am Lenker hielt, mit zwei Küsschen auf die Wange. Sie trug Tennisschuhe, eine Cordhose und ein T-Shirt. Ihre Haare waren länger als auf dem Fahndungsfoto. Sie hatte sie nach hinten gebürstet. Eine große, schlanke Frau mit von der Sonne aufgehellten, mittellangen Haaren, die hinten fransig abstanden. Kein Make-up, kein Lippenstift, kein Parfüm. Eine auffällige Frau, bemerkte Morlock missmutig. Wenn sie schon im Ich-wäre-lieber-ein-Junge-Look herumlief: die Haare könnte sie sich wenigstens färben. Aber er verkniff sich den Hinweis.

»Wolfgang Morlock«, stellte Erik ihn vor.

»Willkommen«, sagte Nele. »Möchtest du etwas trinken? Wasser? Kaffee?«

»Ja gerne.« Morlock schaute sich in dem Raum um. Keine zwanzig Quadratmeter groß. Unter dem Fenster stand ein Tisch für vier Personen. Neben der Tür zur Toilette lag auf einem zwanzig Zentimeter hohen Bettkasten eine breite Matratze. Eine Tagesdecke aus schwarzem Cord bedeckte die Kissen und eine breite Steppdecke. Drei Nackenrollen und ein Riesenkissen in dunkelblauem Strickbezug verwandelten tagsüber die Matratze in eine Couch. An der einzigen freien Wand stand ein Kellerregal mit dem gesamten Hausstand. Morlock lehnte sein Fahrrad gegen den Tisch, hängte seinen Rucksack an den Lenker und dachte, hier kann ich nicht bleiben.

Im Gegensatz zu ihm ertrugen Nele und Erik das Leben zu dritt auf wenig Raum erstaunlich gelassen. Morlock aber litt unter der Enge. Seine Knochen schmerzten vom Schlaf auf der Isomatte, und wenn er nachts zur Toilette musste, dann stolperte er immer wieder über die Matratze, auf der Erik und Nele schliefen. Konnte er nicht einschlafen, fühlte er sich ans Bett gefesselt, da es keinen Raum gab, in den er sich zurückziehen konnte, und bei Licht lesen wollte er nicht, um Nele und Erik nicht zu wecken. Er wurde jeden Tag gereizter.

An einem späten Nachmittag gingen sie auf den Kapitolsplatz. Zeit für den Aperitif und für entspannte Unaufmerksamkeit, zu der Jacketts und Handtaschen achtlos über Stuhllehnen hingen.

Morlock sagte: »Toulouse, die rosa Stadt. Von wegen!« Hier war nichts rosa. Blutrot leuchteten die Ziegel der Häuser in der tief stehenden Sonne.

Nele zeigte auf ein Paar, das Arm in Arm über den Platz flanierte. »Der Mann mit dem himmelblauen Jeanshemd.«

»Jeanshemd zum Jackett«, sagte Erik. »Touristen.«

Morlock schätzte beide auf etwa sechzig Jahre. Der Mann hatte den rechten Arm um die Hüfte der Frau gelegt. Sein leinenes Knitterjacket hing an seinem linken Zeigefinger. Es baumelte seinen Rücken hinunter und zog dabei leicht nach links. Vom Gewicht der Brieftasche, dachte Morlock.

Im Schatten der Arkaden gegenüber dem Rathaus blieb das Paar stehen. Die Frau lachte über eine Bemerkung des Mannes und küsste ihn vergnügt auf den Mund. Ein Küsschen, das sich zu einer Knutscherei auswuchs. Hingebungsvoll, mit geschlossenen Augen. Berührend und befremdlich, dachte Morlock, wenn sich Alte so leidenschaftlich küssen. Ob es ebenso aussah, wenn er Lara küsste? Befremdlich?

Er schlenderte unauffällig auf die beiden zu. Als der Mann seine Lippen von denen seiner Begleiterin löste und die Augen wieder öffnete, kreuzten sich für einen Moment sein Blick mit dem Morlocks. Ein lausbubenhafter Stolz blitzte aus seinen wässrig-blauen Augen. Grüngrau bräuchte er, dachte Morlock, grüngrau wie seine eigenen. Aber er meinte, in der Iris des Mannes auch einen leichten türkisen Schimmer gesehen zu haben. Das reichte vielleicht. Die Augenfarbe war ein viel unsichereres Identifikationskriterium, als die meisten Menschen glaubten. Lara hatte grünbraune Augen. Je nach Licht wirkten sie hellbraun oder dunkelgrün. Ein bläuliches Türkis, das sollte auch für grüngrau durchgehen. Also gab Morlock Erik und Nele ein Zeichen, trat überraschend hinter einer Bogensäule vor und rempelte den Mann an. Dabei verlor er selbst das Gleichgewicht und stürzte. Die Frau stützte ihren Mann, der ins Straucheln gekommen war. Morlock lag mit schmerzender Hüfte am Boden. Der Mann reichte ihm die Hand und half ihm auf. »I'm sorry«, sagte er. »No problem«, sagte Morlock. Erik blieb die ganze Zeit unsichtbar wie ein chinesischer Geist. Morlock fragte sich, wie er das machte.

Nele bückte sich, als höbe sie etwas auf, und schwenkte die Brieftasche, die Erik ihr kurz zuvor zugesteckt hatte. »Est-ce que vous avez perdu ceci?«, fragte sie. Der Mann bedankte sich und wollte die Börse einstecken.

»Vaut mieux verifier«, forderte Nele ihn auf Französisch auf, und als der Mann sie verständnislos anschaute, deutete sie auf die Brieftasche und sagte »Regardez! Regardez!«

Der Mann stöberte in den Fächern für die Karten. ADAC, EC, Kundenkarte, Kreditkarte. Flüchtig zählte er das Bargeld, Francs und DM. Alles da.

»In der Brieftasche waren 300 Mark«, murrte Erik auf dem Heimweg. »Die hätten wir gut gebrauchen können.«

»Wir beklauen keine Rentner«, wies Nele ihn zurecht.

»Wenn Geld und Scheckkarte noch da sind«, fügte Morlock an, »wird er nicht von einem Diebstahl ausgehen. Also macht er keine Anzeige und keine Personenbeschreibung von Verdächtigen.«

Als Nele und Morlock in die Rue Denfert-Rochereau einbogen, ging Erik geradeaus weiter. »Ich besorge was zu essen«, rief er den beiden zu, und nichts an seinem Ton hörte sich vorwurfsvoll an oder wie Weil wir das Geld nicht genommen haben und Morlock uns auf der Tasche liegt, muss ich Essen klauen und riskiere Jahrzehnte Knast. Aber Morlock verstand es dennoch. Er kannte die eiserne Regel für Flüchtlinge: keine Geschwindigkeitsübertretung, keine Ordnungswidrigkeiten, keine Bagatelldelikte, nie auffallen. Das Risiko stand in keinem Verhältnis. Aber sie hatten kein Geld, und essen mussten sie doch. »Ich komme mit«, sagte er, und Nele schloss sich ihnen an.

SIE TRAFEN SICH IN EINEM Wochenendhaus in der Eifel und redeten sich mit den Namen der Städte an, aus denen sie angereist waren. Ronja kannte von den Teilnehmern nur »Berlin«, Max Draguhn, von dem man erzählte, er sei nicht von seiner Mutter entbunden, sondern aus einem Seyfried-Comic ausgeschnitten worden. Er trug ein verwaschenes Hemd, von dem Ronja vermutete, der Zentralrat der umherschweifenden Haschrebellen habe es 1969 nach dem Smoke-in im Tiergarten in die Altkleidersammlung gegeben. Taub für jede Kritik an seinem Äußeren sagte Max: »Ich habe tatsächlich noch die Weste, die ich da getragen hatte. Rubinrot, mit goldenen Stickereien. Sie riecht nach Marihuana, Tränengas und Mottenpulver.«

Am Samstagmorgen lockte Ronja ihn von den anderen fort. Sie stapften über eine von Butterblumen gelb gesprenkelte Wiese. Der Tau nässte ihre Strümpfe und Hosen bis zum Knie ein. So beiläufig, wie es ihr eben möglich war, spuckte sie aus, was ihr den ganzen Spaziergang schon auf der Zunge brannte: »Hast du eigentlich mal was von Erik und Nele gehört?«

»Ist über ein Jahr her.«

»Und?«

»Naja ... Geldsorgen. Das Übliche.«

»Ich wollte eigentlich nicht über Geld reden.«

»Und ich wollte nicht über Beziehungen reden«, knurrte Max. »Da halte ich mich raus.«

Untergehakt gingen sie weiter. Ronja schwieg lautstark, auch Max sagte nichts. Doch irgendwann gab er ihrer Neugier nach. »Es ist nicht einfach zwischen den beiden. Sie haben sich ihre kleinbürgerliche Zweisamkeit ja nicht selbst gewählt. Und dann der Fahndungsdruck und die miesen Lebensbedingungen ... ganz schön viel Stress für eine Beziehung, in die man nur so reingeschlittert ist. Damit muss man erst einmal klarkommen.«

»Und? Kommen sie klar?«

»Du hast die Trennung wohl immer noch nicht verarbeitet, oder?!« Er gab sich keine Mühe zu verbergen, dass er dafür kein Verständnis hatte.

Am Rand eines Hains setzten sie sich auf eine Holzbank, ohne diese vorher abzuwischen. Jetzt waren auch ihre Hintern nass. Sie schauten hinunter in das sattgrüne Tal, hörten das Rascheln von Blättern in den Bäumen und das Rauschen von Autos auf der Bundesstraße weit unten.

»Verlassen werden schmerzt«, sagte Ronja. »Aber jetzt bin ich drüber weg. Außerdem habe ich jemanden.« Der Gedanke an ihn ließ sie strahlen.

»Schwarze lockige Haare, einen Wahnsinnshintern und aufmerksam ist er auch.« Sie machte eine Pause. »Ein Exknacki, Raubüberfall.«

Max verzog das Gesicht. Er teilte Ronjas Vorliebe für Gangster nicht. »Pass bloß auf. Knackis sind käuflich.«

»Er nicht. Das hat er in seinem Prozess schon bewiesen.«

Ein samtener Wind fuhr durch das Laub der Buchen. Ein Sonnenstrahl, der sich zwischen Blättern und Ästen durchgemogelt hatte, blendete Ronja. Sie hielt die Hand über die Augen und schaute hoch in das glitzernde, von den Blättern in alle Richtungen verstreute Licht. Ronja brach sich einen Ast als Spazierstock zurecht, dann gingen sie zurück. Der Weg schlängelte sich vom Hügel hinunter zu dem niedrigen, grauen Fachwerkhaus, in dem sie nach dem Essen über die Zukunft der Gruppe diskutieren wollten.

Köln, Berlin, Bremen, Hannover, Rhein-Ruhr, Frankfurt und München: aus jeder Stadt ein Vertreter, nur einer auch aus Berlin, wo es mehrere Zellen gab. Die Illegalen kamen nicht zu solchen Strategietreffen. Der Aufwand wäre zu hoch, das Risiko zu groß, für sie und für die anderen. Auch von den Hamburgern war niemand gekommen. Ein stiller Abschied, eine Abstimmung mit den Füßen. Insgesamt waren es fünf Männer und zwei Frauen, neben Ronja aus Köln eine sehr ernste, sehr sehnige Frau, Frankfurt, die lange gegen die Startbahn West des Frankfurter Flughafens angerannt war, bis sie sich, der Konspiration wegen, dort zurückgezogen hatte. Sie saßen in dem verqualmten Wohnzimmer – die Raucher hatten die Abstimmung gewonnen – und Max sagte: »Wir können das Konzept der Anarchistischen Zellen nur noch als leeren Anspruch formulieren. In Wahrheit sind wir von der Geschichte überrollt worden.«

Frankfurt wollte wissen, was das bedeute.

Max redete sich in einen Rausch. »Wir müssen einfach die Konsequenz aus der Erkenntnis ziehen, dass die Form und Struktur unseres Kampfes Ausdruck einer bestimmten Phase der Entwicklung der gesellschaftlichen Widersprüche in der BRD nach 1968 war, die unwiderruflich mit dem Zusammenbruch des Realsozialismus ihr Gepräge verändert haben.«

»Was schert uns denn der Zusammenbruch der kommunistischen Diktaturen?«, fragte Ronja. Sie zündete sich eine Zigarette an der Glut ihrer letzten an, paffte hektisch und blies den Rauch angeekelt aus.

»Der Bankrott des Kommunismus an der Macht fällt uns auf die Füße«, sagte Bremen.

»Ach was«, fauchte Ronja gereizt aus einer Wolke von Tabakqualm heraus.

»Was meinst du mit diesem abgehobenen Scheiß? Welches Gepräge verändert der Sturz der DDR-Diktatur für uns?«, fragte Frankfurt. »Worauf willst du hinaus? Willst du damit sagen, die AZ sollten sich auflösen?«

»Wir müssen uns neu verorten«, orakelte Max.

Frankfurt verlangte eine Abstimmung.

Jeder bekam ein Streichholz, ein abgebrochener Streichholzkopf bedeutete »Auflösung«. Max sammelte die Zündhölzer ein. Ronja starrte auf Max' Hand und konnte nicht glauben, was sie sah: vier geköpfte Streichhölzer. Auflösung. Ende. »Das geht nicht«, rief sie in einem Tremolo von Enttäuschung und Empörung, »das können wir nicht machen! Wir können doch nicht unser ganzes Leben für unnütz erklären!«

»Find dich damit ab«, sagte Max. »Wir lösen die Zellen nicht auf, weil wir so abgestimmt haben. Sondern wir haben überhaupt nur abgestimmt, weil sich die AZ faktisch im fortgeschrittenen Stadium der Auflösung befindet. Wo sind die Hamburger? Was war denn in Köln, nachdem Erik und Nele aufgeflogen sind? Die anderen zwei sind auch gegangen...«

»Was heißt gegangen?«, warf Ronja mürrisch ein. »Die haben sich so schnell verpisst, wenn jemand die Zeit genommen hätte, wären sie für die Olympischen Spiele qualifiziert. Aber eine Krise ist kein Grund für Auflösung. Bequemlichkeit ist einer. Feigheit ist ein anderer.«

»Das hat mit Feigheit nichts zu tun, Ronja. Im Zweiten Weltkrieg die Partisanen, danach die Guerilla in der Dritten Welt, das war plausibel und schlüssig bis in die Siebziger Jahre. Es gab einen weltweiten Aufstand, und die Metropolenguerilla war ein Teil davon. Doch das ist vorbei.«

»Jeden verdammten Morgen, wenn ich die Zeitung aufschlage, finde ich hundert gute Gründe, warum wir weitermachen müssen. Soll ich dir ein paar nennen? Willst du behaupten, es wäre alles falsch gewesen, was wir gemacht haben?«

»Wir haben verloren. Das war falsch.«

In dieser Art ging die Diskussion noch einige Stunden weiter, ohne dass sich am Ergebnis etwas geändert hätte. Max folgte der Auseinandersetzung erstaunlich wortkarg. Spät am Abend versickerten die Gespräche. Zigarettenqualm und Sprachlosigkeit füllten das Zimmer, es blieb kaum Luft zum Atmen. Es war vorbei, die Anarchistischen Zellen waren Vergangenheit. Sie hätten alle heimfahren können. Aber da sie nun mal schon das Haus bis Sonntag hatten, blieben Bremen, Ruhr, Berlin, Köln, Hannover, Frankfurt und München über Nacht. Frankfurt vögelte mit München und Ronja mit Max, wie sie es auf den sporadischen Treffen immer getan hatten, außer in der Zeit, als sie mit Erik zusammen war.

Sie musste dabei an ihren Liebhaber zu Hause denken. Ich liege hier mit einem Mann im Bett und denke an Lutz, dachte sie. Die Sache artet aus. Aber in dieser Nacht brauchte sie jemanden, an dem sie sich festhalten konnte, und das ging bei niemandem besser als bei Max. Die Auflösung der Zellen hatte ihr den Boden unter den Füßen weggezogen, es war, als löste sie selbst sich auf. Über zehn Jahre lang hatte sie in einer schizophrenen Welt gelebt, mit bürgerlichen Freunden, die Teil jener Fassade waren, hinter der sie sich für ihre nächtlichen Anschläge verbarg. Ihr ganzer Alltag war eine Camouflage für die wenigen Stunden, in denen ihr eigentliches Selbst zum Vorschein drang, die Rebellin, die Stadtguerillera. Das Wahre gab es nun nicht mehr, es blieb nur die Täuschung, die entkernte Fassade. In dem nebligen Schwebezustand beim Einschlafen ging ihr eine Zeile durch den Kopf, die sie irgendwo aufgeschnappt hatte: Ich bin ein Reh, ich arbeite nur als Maus. Sie schreckte hoch und sagte laut: »Ich bin eine Maus.«

Damit weckte sie Max, der mühsam die Augenlider hob und einen leeren Blick langsam zu ihr hinüberschwenkte.

»Was machen wir jetzt nur?«, fragte sie ihn.

Max versuchte die Müdigkeit abzuschütteln. Er stützte sich auf den Ellbogen und dachte nach. Dann sagte er: »Du schneidest Dokumentarfilme. Ich bringe meinen Berufsschülern Schweißen bei. Was ändert sich schon groß?«

Auf dem Rücken liegend zitierte Ronja in einem stoßweise gehauchten Sprechgesang ein Lied der Scherben. »Alles-ver-ändert-sich-wenn-du-es-veränderst…« Sie schaute Max von unten an und versuchte zu erkennen, ob diese Erinnerung an alte Zeiten irgendein Gefühl bei ihm auslöste. »Gilt das denn alles nicht mehr, was deine Kumpel da gesungen haben. Du warst doch dicke mit Lanrue.«

»Ne, ich war nicht dicke mit Lanrue«, lachte Max. »Da verwechselst du mich. Ich habe aber Rio vor kurzem auf einem Konzert gesehen. Er trug einen weißen Anzug und einen weißen Stetson und hat solo am Klavier *Der Traum ist aus gesungen.*«

RONJA KANNTE DAS GEFÜHL AUS den Tagen nach Eriks Flucht. Damals war sie in eine Art Wachkoma gefallen. Wie aus einem porösen Fahrradschlauch die Luft, so war aus ihr langsam alle Energie entwichen. Sie hatte keine Kraft für nichts. Außer sich zu hassen. Für ihren weibchenhaften Liebeskummer. Für ihr Selbstmitleid. Für ihr Haben-Wollen, für ihre Besitzansprüche auf einen Menschen. Sie hasste sich, weil sie nicht loslassen konnte. Es dauerte Monate, bis sich all ihre hässlichen Gefühle so weit abgeschliffen hatten, dass sie wenigstens wieder den Alltag bewältigte. Kochte, putzte, all dies.

Lachen lernte sie erst wieder mit Lutz Trede. Sie lachte über seinen tollpatschigen Charme. Über seine unsäglich schlechten Witze. Über sein erfrischendes Temperament. Er war für sie, dachte sie, wie ein Sonnenstrahl während eines Unwetters, wenn für einen kurzen Moment die Wolkendecke aufreißt. Eine Verheißung auf besseres Wetter, auf bessere Zeiten. Gefühle wie aus der Kindheit, als sie noch *Mein Freund Flicka* und *Black Beauty* las.

Dann das Treffen in der Eifel, in dem sie aufgelöst wurde. Wo sie mit abgebrochenen Streichhölzern ausgeweidet wurde. Nur die leere Hülle war geblieben. Erst hatte Erik sie verlassen. Dann alle anderen.

Sie wäre gerne noch einige Tage mit Max auf dem Land geblieben, um sich von ihm trösten zu lassen. Max war ein begnadeter Tröster, obwohl er Mitgefühl eigentlich nur für die Entrechteten und Unterdrückten in aller Welt empfand. Nicht für die Menschen im selben Zimmer. Beim ihm war alles Verständnis. Es war nicht Mit*gefühl,* sondern Mit*wissen.* Er wusste um das Befinden des anderen und half, redete gut zu, unterstützte, weil er das *richtig* oder *gerecht* fand. Immer korrekt. Aber hatte er überhaupt Gefühle? Als sie ihm damals sagte, sie ginge weg von Berlin – und damit von ihm! –, äußerte er ... Verständnis.

Natürlich fragte er nicht, ob er mit ihr gehen könne. Er konnte *unmöglich* mitkommen! Wegen Morlock, wegen der Zellen, die gerade im Entstehen waren. Wegen des kommenden Aufstands. Er war im Ohne-mich-läuft's-nicht-Wahn. Er fühlte sich verpflichtet, in Berlin die Stellung zu halten. Immer das Richtige tun. Immer moralisch. In Moral, dachte Ronja, war Max unschlagbar.

Bis Nele auftauchte und ihn darin übertrumpfte, wie sie überall immer jeden übertrumpft, vor allem in Korrektheit. Nele, die so gar nicht zu Erik passte. Nele passte ganz und gar nicht zu Erik, fand Ronja. Und ihre Gedanken verhakten sich darin, wie wenig Nele und Erik doch zusammengehörten, sie aber dennoch zusammen waren, und wie sich alles auflöste und ihr bisheriges Leben vorbei war und alles verloren war, auch Erik, den sie nie wiedersehen würde.

Es dauerte fünf Tage, bis sie genug Kraft geschöpft hatte, Trede anzurufen.

Er war eifersüchtig, stellte Fragen. Das gefiel ihr.

Sie spazierten still nebeneinander her durch den Grüngürtel. Er bemerkte, wie blass sie war, und fragte, wie es ihr ginge, und als sie knapp »gut« antwortete, beließ er es bei einem skeptischen Blick und einem Achselzucken. Keine Nachfrage. Sie war dankbar dafür. Selten hatte sie so viel Einfühlungsvermögen bei einem Mann gefunden. Erik, ja Erik war ähnlich. Aber Erik mit seinem Hang zum Leichtsinn und seinem Ungestüm wirkte viel jungenhafter als Trede und viel mehr Macho. Auch wenn er immer die vorgeschriebenen Männerbewegungsfloskeln herunterbetete und nie eine Berufsbezeichnung ohne angehängtes großes »In« ließ. ElektroinstallateurIn, BundespräsidentIn, fehlte nur, dass er von Personen und PersonInnen gesprochen hätte. Lutz Trede dagegen wäre im Traum nicht auf die Idee gekommen, Berufsbezeichnungen zu feminisieren. Einmal sprach er vom »Gesundheitsminister«. Irgendwie war die Rede aufs Gefängnis und seine Magenkrankheit gekommen, und er hatte erzählt, dass er sich wegen der ungenügenden medizinischen Behandlung mit einem Beschwerdebrief an den Justiz- und den Gesundheitsminister gewandt hatte.

»Gesundheitsminister*In*«, hatte Ronja ihn versuchsweise verbessert, die letzte Silbe deutlich betonend. »Gerda Hasselfeldt. Das ist eine Frau.«

Jetzt nicht mehr. Jetzt ist sie Gesundheitsminister«, hatte Trede trocken erwidert. »Das ist ein Amt und kein Geschlecht.«

MISSMUTIG STAPFTE TREDE die Treppe zur psychologischen Praxis hinauf. Benz, dachte er, ist ein Kontrollfreak. Passt morgens beim Rasieren auf, dass ihm sein Spiegelbild nicht den Rasierschaum klaut. So jemand. Trede musste Benz jede Woche einen schriftlichen Bericht vorlegen – trotz des mit jeder Verschriftlichung einhergehenden Risikos der Enttarnung. Damit nicht genug, hatte sein V-Mann-Führer ihm auch noch die Brügge aufgehalst, zur »begleitenden Betreuung«, wie er es nannte. Zur inneren Überwachung, so sah Trede es.

Die Firma hatte ihr dafür eigens eine Praxis eingerichtet. Mit einem Firmenschild (»Dr. A. Brügge – Tiefenpsychologie«), einem immer leeren Wartezimmer, einer Telefonansage (»Derzeit können leider keine neuen Patienten angenommen werden.«) und einer mit meergrünem Samt bezogenen Chaiselongue, hinter deren Kopfende ein im Neunzig-Grad-Winkel ausgerichteter Sessel stand. »Die gleiche Konstellation wie im Hause Freud«, hatte ihm die Psychologin erläutert. »Warum vom Bewährten abweichen?« Eine passende Erwiderung hatte Trede sich verkneifen müssen, wegen Benz. Der stand auf der Brügge.

Die Psychologin empfing ihn in ihrer Halten-Sie-Distanz-Arbeitskleidung: einer perlmuttfarbenen Bluse mit langen Ärmeln und Stehkragen über einer erdbraunen Hose aus dickem Jersey. Die passende Kleidung zu ihren Fragen, von denen Trede keine beantworten wollte. Heute: »Wie ist es für Sie, mit Ronja zu schlafen?«

Unspektakulär, dachte er. Und gleichzeitig besonders. Weil es so leicht und unangestrengt, so unbefangen, so kopf- und gedankenlos war. Kein »Lass-das« und kein »Mach-das«, alles geschah von alleine. Er wuchtete seinen Kopf von der Lehne der Chaiselongue hoch und sah Dr. Brügge an, die mit übereinandergeschlagenen Beinen und von ihrer hochgeschlossenen Bluse geschützt mit durchgedrücktem Kreuz in ihrem Sessel saß und geduldig auf eine Antwort wartete. Sie sah nicht aus wie eine Frau, mit der er über Sex sprechen wollte.

Weil er schwieg, wiederholte sie ihre Frage: »Wie ist es für Sie, mit Ronja zu schlafen?«

»Befriedigend«, sagte Trede.

»Kein seltsames Gefühl am nächsten Morgen? Keine Scham?«

»Sie hat ihren Spaß, ich habe meinen Spaß. Wozu schämen?«

»Weichen Sie jetzt nicht meiner Frage aus?«

»Sie wollen wissen, wie es ist, morgens neben ihr aufzuwachen?«

»Ja. Was empfinden Sie am nächsten Morgen?«

»Ich bin spitz und habe einen Ständer.«

»Das ist eine rein somatische Reaktion, das sollten Sie nicht überbewerten«, wies sie ihn zurecht. »Was mich interessiert...« Sie verlor den Faden und setzte die Frage neu an. »Sie spielen Ihrer – wie sagen Sie: Zielperson? – gegenüber eine Rolle, für die Sie ein gewisses Mindestmaß an Sympathie und Empathie brauchen. Damit stecken Sie in einem Dilemma: Sie verraten einen Menschen, den Sie mögen. Ich möchte Ihnen dabei helfen, dieses Dilemma auszuhalten. Deshalb meine Fragen: Macht Ihnen das ein schlechtes Gewissen? Verspüren Sie gelegentlich den Drang, reinen Tisch zu machen? Ihr zu offenbaren, wer Sie wirklich sind?«

»Nein«, sagte Trede. »Ich mache einen Job. Das ist alles. Außerdem spielt sie mir auch was vor. Das ist doch normal, in Liebesgeschichten.«

»In *Liebes*geschichten?«

»So nennen Männer Bettgeschichten, wenn Frauen im Raum sind. Damit's nicht so somatisch klingt.« Das Wort gefiel ihm.

»Halten Sie Distanz«, sagte Dr. Brügge. »Das ist wichtig.«

Das war leider ganz und gar nicht nötig, dachte Trede. Denn derzeit hielt Ronja Distanz. Immer wieder verschwand sie tagelang. Dann tauchte sie unversehens wieder auf und fiel ihm um den Hals, als wäre sie nie fort gewesen.

Er fragte nicht, und sie gab nichts preis.

Am letzten Freitag hatte er sie gar verfolgt. Zum Sender. In das Kaufhaus, wo sie in der Unterwäscheabteilung nichts kaufte und das sie verließ ohne ihren im Parkhaus abgestellten Wagen. Sie hatte ihn abgeschüttelt, als sie ein Café durch den Hinterausgang verließ.

Als sie eine Woche später anrief, entschlüpfte ihm ein Vorwurf. »Ich habe dich vermisst. Ich hatte gehofft, wir verbringen das Wochenende zusammen.«

»Nach dem Motto, samstags gehört Mammi mir?«

»Ich hatte einfach Lust, dich zu sehen. Das ist doch nichts Schlimmes.«

»Mir passt diese spießige Routine nicht. Samstag ist Pärchentag. Jetzt ist Samstag, Verabredung mit Lutz. Scheiße. Wenn ich dienstagnachts um drei Uhr wach werde und Lust habe, dich zu sehen, dann hoffe ich, es lässt sich einrichten. Und wenn ich den Samstag ohne dich mit Kerstin in die Sauna gehe, dann sollte das auch kein Problem sein.«

»Du warst mit Kerstin in der Sauna?«

Ronjas Lachen: klang es herzlich oder hochmütig?

»Nö«, sagte sie. »Ich war bei einem meiner vielen Gigolos.«

Er hasste Scherze dieser Art, was Ronja seinem Schweigen anhörte.

»Bist du eifersüchtig? Das ist ja schmeichelhaft.«

Sie wartete geduldig auf seine Antwort. Er verwarf drei Fassungen. Schließlich sagte er: »Ich müsste verrückt sein, wenn ich bei einer Frau wie dir nicht eifersüchtig wäre.«

»Holla«, sagte Ronja.

Fast war sie sprachlos.

Sie brauchte lange für eine Formulierung, mit der sie, wie es ihre Art war, das Porzellan wieder zerschlagen konnte. »Du bildest dir doch hoffentlich nicht ein, du wärst der einzige Mann in meinem Leben?«

»Das bilde ich mir ganz und gar nicht ein. Aber manchmal stelle ich es mir vor.«

»Und wie gefällt dir die Vorstellung?«

»Im Moment gefällt's mir, wie es ist.« Unverbindlich!

Allerdings war er ihr auf diesem Feld nicht gewachsen. »Mal ganz generell«, erläuterte sie ruhig, »ich bin dir keine Rechenschaft schuldig, ganz egal, ob wir nun flüchtige Bekannte sind, eine Bettgeschichte miteinander haben oder das Traumpaar des Jahres werden. Ich werde bei dir keine Genehmigung einholen, wenn ich etwas ohne dich unternehme. Finde dich damit ab.«

Trede lauschte ihrem Schweigen und feilte an einer Erwiderung, als beiläufig noch ein Nachsatz angeschlendert kam: »Das heißt nicht, dass ich nicht trotzdem etwas in dich verliebt bin. Apropos: Was hast du heute Abend vor?«

Er würde schon gerne mit irgendjemanden über Ronja reden, und mangels Alternativen selbst mit der Brügge. Doch das war ausgeschlossen, denn dann würde Benz davon erfahren und ihn möglicherweise von Ronja abziehen. Er wollte nicht, dass es endete. Es sollte dauern, so lange wie irgend möglich. Also sprach er nicht über Ronja, sondern über den Tod seines Vaters. »Ich war damals fünf Jahre alt. Meine Mutter brachte mich ins Bett und gab mir einen Kuss, der nach Alkohol roch. Sie zog die Bettdecke hoch unter mein Kinn und löschte das Licht, als das Telefon klingelte. Mutter wünschte mir schöne Träume und schloss die Tür hinter sich. Nach einigen Minuten öffnete sich die Zimmertür wieder. Sie stand im Rahmen, als Schattenriss in dem grellen Licht, das aus dem Flur hereinfiel und mich blendete. Ich kann mich noch ganz genau an dieses Bild erinnern, ich sehe es immer noch genau vor mir ... Ich hatte sofort gespürt, dass etwas mit meinem Vater war.« Trede verstummte.

Nach wenigen Minuten Schweigen hörte er aus den Tiefen ihres Fauteuils die Stimme der Psychologin: »Ihr Vater ist nicht tot. Er lebt mit Ihrer Mutter in Mehrheim und ist Amtmann bei der Oberfinanzdirektion.«

Lutz Trede nahm sich Zeit für seine Antwort. Die Decke über ihm war schlecht gestrichen, man sah Streifen von der Rolle. Er solle doch immer einfach erzählen, sagte er schließlich, was ihm in den Sinn komme, und er habe eben an die Frage gedacht, wie es wohl für ein Kind sei, wenn sein Vater tödlich verunglückte. Wie der Vater von Lutz Trede.

Dr. Andrea Brügge zupfte nachdenklich ihre Manschetten zurecht. »Verwachsen Sie nicht zu sehr mit der Rolle«, sagte sie. »Vergessen Sie nicht, wer Sie wirklich sind.«

DAS KLEINE ZIMMER STANK NACH Entwicklerchemikalien. Auf dem Tisch stand ein rostiger Vergrößerer, den sie bei Emmaus gekauft und den Nele notdürftig repariert hatte. Daneben lagen Stempelgummi und -kissen, Fimo, Pinsel und Retuschierwerkzeug sauber aufgereiht. Morlock trug noch Eriks Hemd, das er für das Passfoto angezogen hatte. Es spannte über seinem Bauch, zwei Knöpfe waren abgeplatzt. Es war schwarz, um Ungenauigkeiten des Stempels zu verschlucken. Nele beugte sich über die Standlupe und studierte den gestohlenen Pass. Dann fotografierte sie den Stempel.

Morlock sagte: »Der Pass wird mich nach Kanada bringen. Und Lara hole ich später nach.«

»Weiß sie davon?«, fragte Erik.

Es war die Kurzform. Morlock verstand, was tatsächlich gemeint war: Du verschweigst einer Frau zehn Jahre, wer du bist. Deinen wahren Namen erfährt sie erst von der Guardia Civil, die sie bei der Gelegenheit vielleicht gleich misshandelt. Du lässt sie allein mit der Guardia und deinen Problemen an ihrem Hals zurück, verschwindest ohne Nachricht und meldest dich viele Monate später aus Kanada. Wieder mit einem neuen Namen und einem neuen Leben. Glaubst du wirklich, sie packt dann gleich die Koffer und kommt zu dir in den Untergrund?

Das hoffe ich, dachte Morlock und sagte: »Wir können verdunkeln.«

Sie verhängten die Fenster. Nele vergrößerte das Negativ und kratzte sorgfältig den Stempelaufdruck frei. Sie verkleinerte das Negativ wieder auf die Originalgröße, schnitt ein Stück Stempelgummi zurecht und belichtete es. Als sie den Stempel auf einem Blatt Papier ausprobierte, war er vom Original nicht zu unterscheiden.

Der Austausch der Passbilder war zu fein für Neles Mechanikerhände und Eriks von unzähligen Schlägen gegen das Makiwara groben Pranken. Morlock übernahm. Er löste mit einer Rasierklinge von seinem Passfoto die obere, belichtete Schicht ab. Als er das Gleiche mit dem Foto im Pass machte, war er deutlich angespannter. Ein falscher Schnitt würde alles verderben. Die untere Schicht musste unbeschädigt kleben bleiben, damit die Riffelung erhalten blieb. Es machte ihn nervös, wie Erik und Nele ihm über die Schultern schauten. Ohne den Kopf von seinem Werk zu heben und ohne in der Konzentration nachzulassen, entfuhr ihm gereizt eine nur notdürftig als Scherz maskierte Bemerkung.

»Was ist eigentlich mit euch? Mitten in der Woche! Habt ihr keine Arbeit?«

Nele reagierte auch auf Unverschämtheiten sachlich. »Ich habe keine Schicht gekriegt.«

Sie verkaufte in einer langen Kellnerschürze für ein Bistro auf der Straße Austern, die sie mit großem Geschick zu öffnen wusste. Kein schlechter Job, wenn auch etwas exponiert. In ihrem gelernten Beruf durfte sie sich keine Arbeit suchen. Die Zielfahnder hätten sie schnell aufgespürt. So verdiente die Automechanikerin Nele ihr Geld in der Gastronomie, während der Sozialarbeiter Erik sich als Schrauber durchschlug. Er reparierte Scooter und Autos von Studenten, immer in Konkurrenz zu Portugiesen oder Nordafrikanern, die Ersatzteile billiger besorgen konnten als er. Das alles hätte Erik erzählen können, stattdessen provozierte er Morlock: »Ich habe beschlossen, als Parasit von dem zu leben, was du in unsere kleine Kommune einbringst.«

»Kein Problem,« erwiderte Morlock bissig, »was mein ist, ist auch dein.«

»Hört auf, hier rumzuzicken«, schimpfte Nele.

»Ist doch wahr«, knurrte Erik. »Auf Dauer geht es so nicht weiter.«

»Wenn die Nacht am tiefsten, ist der Tag am nächsten«, zitierte Morlock die Scherben.

»Das ist Blödsinn«, sagte Nele. »*Mitternacht* ist die Nacht am tiefsten, dann ist der Tag am fernsten.«

Morlock hatte die obere Schicht des Passbildes abgelöst. Die Rückseite des Fotos blieb im Ausweis kleben. Er schaute schräg auf die Seite, um die Kontur der Riffelung zu erkennen. Sie war unbeschädigt.

Er sagte: »Ich habe eine Pistole. Wir machen eine Bank. Anders geht es nicht.«

»Kommt nicht in Frage«, fertigte Nele ihn ab.

Erik sagte: »Alle Banken haben bewaffnetes Sicherheitspersonal, mindestens einer am Eingang, bei größeren Banken sind noch zwei Bewaffnete im Saal.«

»Eine Schießerei kommt überhaupt nicht in Frage«, sagte Nele bestimmt. »Wir schießen nicht, die Zeiten sind vorbei. Es gibt dazu einen ganz klaren Beschluss.«

»Irgendetwas müssen wir machen. Ich kann mich nicht ewig von euch durchfüttern lassen.«

Nele überging seine Bemerkung. »Es wäre auch für dich besser gewesen«, sagte sie, »wenn es den Beschluss schon ein paar Jahre früher gegeben hätte.«

Dann hätte ich meine Strafe abgesessen und könnte jetzt mit Lara in Barcelona am Strand liegen, dachte Morlock.

»Hast du eigentlich damals absichtlich vorbeigeschossen?«, hörte er Nele fragen.

Morlock knetete das Fimo weich. Sie wartete auf eine Antwort. Er knetete und knetete das Fimo weich und machte im Pass einen Abdruck der Riffelung. »Und?«, fragte sie nochmals. »Mit Absicht oder ohne?«

»Ich war völlig überrascht, als ich eine Stimme aus dem Nirgendwo hörte. Halt! Stehen bleiben! Ich weiß nicht einmal, wer zuerst geschossen hat. Es lief alles automatisch ab. Ich tat gar nichts. Es geschah mit mir. Waffe ziehen, entsichern, abdrücken. Ich hörte den Knall, das Sirren des Querschlägers. Die Kugel traf den Polizisten in die Brust, warf ihn aber nicht um. Er schrie auf, aus Schreck, es war kein Schmerzensschrei. Dann ein verwunderter Blick. Dann sackte er auf sein rechtes Knie. Der Fuß des anderen Beines flach aufgesetzt, das Knie im rechten Winkel, der rechte Ellbogen auf dem Oberschenkel abgestützt, als warte er auf den Ritterschlag. So verharrte er kurz. Dann fiel er zur Seite um. Ich hörte auf zu schießen und floh. Auch der zweite Bulle, der Deckung hinter dem Passat gesucht hatte, hörte seltsamerweise auf zu feuern. Damals hatte ich kein schlechtes Gewissen. Jeder trägt die Konsequenzen seines Handelns. Das gilt für mich, wenn ich einfahre. Das galt aber auch für den Bullen. Auch er hat gewählt. Er hätte wegschauen können. Er hätte auf Verstärkung warten können. Er wollte mich verhaften, ich wollte meine Freiheit behalten. Es war kein Schicksal. Wir hatten beide die Wahl. Trotzdem finde ich heute, ich hätte besser nicht geschossen, besser nicht getroffen. Und ich bin ich froh, dass er nicht draufgegangen ist.«

Es tat ihm gut, es zu erzählen.

»Deshalb überfallen wir keine Bank«, sagte Nele. »Weil besser nicht geschossen wird.«

Dann schauten sie den Herd an, während darin die Modelliermasse härtete. Morlock bemühte sich, die Stimmung aufzuhellen: »Wisst ihr eigentlich, dass ich dick mit Lanrue befreundet war?«

Nele und Erik gingen dankbar darauf ein, obwohl sie nicht einmal wussten, wer Lanrue war.

»Ton, Steine, Scherben«, erklärte Morlock.

»Oh, eine wirklich alte Band, was hatten die noch für Instrumente? Cembalo und Zither?«, witzelte Erik. Dann schwärmte er von The Clash, »London calling to the underworld, come out of the cupboard, all you boys and girls.«

»Lanrue«, sagte Morlock und klopfte dabei mit dem Zeigefinger auf den

Tisch, »Lanrue ist der eigentliche Gründer der Band, nicht Rio. Er war es, der Rio zum Mitmachen aufgefordert hatte.«

»Interessant«, sagte Nele.

Mit Anekdoten ließ sich die Stimmung dauerhaft nicht heben, dachte Morlock.

»Wir brauchen die Hilfe der anderen«, sagte Nele. »Anders geht's nicht. Wir organisieren ein Gipfeltreffen.« Eine Zusammenkunft von Vertretern aller Zellen, einschließlich der Untergetauchten. Das erste dieser Treffen hatte in den österreichischen Bergen stattgefunden, daher der Name »Gipfeltreffen«, er wurde für die folgende Zusammenkunft an der Nordsee beibehalten, obwohl es dort so flach war, dass man die Jollen über die Wiese segeln zu sehen glaubte.

Morlock klebte sein Foto in den Pass, drückte mit Hilfe des Fimos die Riffelung hinein und stempelte das Foto. Mit der Standlupe kontrollierte er, ob der originale Teil des Stempelabdrucks exakt zu dem neuen auf dem Foto passte.

Erik nahm ihm den Pass aus der Hand und hielt ihn gegen das Licht. »Wir hätten dich auf dem Foto älter machen müssen. So glaubt kein Mensch, dass du erst vierundsechzig bist.« Er grinste breit.

Morlock schaute von ihm zu Nele. Die zuckte die Achseln. »Ich gebe die Kleinanzeige auf.«

TREDE BETRAT DIE AUSSTELLUNGSRÄUME einer Großhandlung für Wasserbetten, von denen nie eines verkauft wurde, da es sich um eine Tarnfirma des Verfassungsschutzes handelte. Über die Firma wurden konspirative Zahlungen abgewickelt, Reisetätigkeiten kaschiert und Legenden von Agenten unterfüttert. Trede war spät dran. Er eilte an verstaubten Wasserbetten vorbei auf die schwere Eisentür am Ende der Halle zu. In dem fensterlosen und abhörsicheren Raum dahinter wartete Benz, seine pralle Aktentasche vor sich auf dem Tisch. »Es gibt interessante Entwicklungen«, sagte er, wobei er seine Ledertasche streichelte. »Wolfgang Morlock ist in Barcelona aufgestöbert worden. Er lebte dort unter dem Namen Michael Leitner als Geschäftsführer eines Kopierladens.«

Er zog einen schweren Toshiba-Klapprechner aus der Tasche und fuhr ihn hoch, ohne dabei seine Ausführungen zu unterbrechen.

»Eine Drogenrazzia bei Nachbarn hat ihn aus seinem Unterschlupf vertrieben. Er hat den Polizeieinsatz wohl auf sich bezogen und ist abgetaucht. Das war dumm, denn dadurch ist die spanische Polizei erst auf ihn aufmerksam geworden. Die Kollegen überwachen nun sein Umfeld. Sollte er zu irgendwem Kontakt aufnehmen, haben wir ihn. Aber vermutlich hat er Barcelona verlassen.«

Benz schob eine Dreieinhalb-Zoll-Diskette in das Laufwerk und öffnete mit einem Passwort ein Entschlüsselungsprogramm, das ihm Zugriff auf eine Datei auf der Festplatte gab.

»Morlock braucht Hilfe. Er wird Kontakt zu seinen deutschen Gesinnungsgenossen aufnehmen. Der Vogel wurde aufgescheucht und wird den ganzen Schwarm in Aufregung versetzen. Und wir werden alles tun, um die Aufregung zu vergrößern. Wir werden in jedes Gebüsch einen Stein werfen. Offene Observation, Telefonüberwachungen, Verhöre, also Druck auf der ganzen Linie.«

Benz hämmerte auf die Tastatur ein. Endlich erschien ein Foto auf dem Monitor. »Max Draguhn, Berufsschullehrer aus Berlin. Ein alter Freund von Wolfgang Morlock. Beide vermutlich Gründungsmitglieder der Anarchistischen Zellen. Nachdem Morlock aufgestöbert wurde, haben wir Draguhn observiert. So geht's, der Feind weicht zurück, wir greifen an, hat das nicht Mao gesagt?«

»Kein Ahnung, was Mao gesagt hat. Ich bin Anarchist, kein Maoist.«

Benz lachte gurgelnd. Er war überhaupt allerbester Laune, seit er einen Ansatz sah, die Anarchistischen Zellen zu zerschlagen. Jahrzehntelang hatte es keine einzige Verhaftung gegeben.

»Ein ausgezeichneter Schwimmer übrigens, Mao Zedong«, sagte er. »Ich weiß, wovon ich rede.«

»Deswegen ist er auch nicht untergegangen«, kalauerte Trede.

Benz rang sich höflich ein Lächeln ab. »Am letzten Wochenende also schüttelt Max Draguhn das Observationsteam ab und verschwindet für ein paar Tage.« Ein Siegerblick, als sei damit das Schicksal der Zellen besiegelt.

»Und? Ist was passiert?«

»Keine Anschläge, wenn du das meinst.«

»Ein Gruppentreffen?«

»Möglich. Max Draguhn ist eine graue Eminenz, seit Jahrzehnten im terroristischen Umfeld aktiv, aber wir konnten ihn nie in Zusammenhang mit militärischen Operationen bringen.«

Trede hob erstaunt den Kopf vom Bildschirm.

»Na ja, mit Anschlägen halt«, sagte Benz. »Es gibt die Theorie, dass die AZ auch einen politischen Arm hat, wie die IRA die Sinn Fein. Leute, die sie ideologisch und logistisch unterstützen, sich aber ansonsten von allen Aktionen fernhalten. Was Gerry Adams für die IRA ist, könnte Max Draguhn für die AZ sein.«

Ein mutmaßlicher Berliner Terrorist verschwindet am Wochenende, und in Köln lässt sich gleichzeitig Ronja nicht blicken, dachte Trede und schwieg.

»Du hältst das Umfeld im Auge. Halt die Füße still, aber Augen und Ohren offen: wer trifft wen, wer taucht überraschend auf oder ist plötzlich weg. Na endlich ... dauert etwas, bis die geladen hat.«

Auf dem Bildschirm erschien eine Datei. Eintausendsechshundertachtunddreißig Verdächtige, ein Auszug aus der größeren Datei »Beobachtende Fahndung«. Kopien der Passfotos, gelegentlich Observationsfotos, Personenbeschreibung, eine Zusammenfassung der Erkenntnisse. »Das sind die Personen, die für eine Mitgliedschaft in den AZ in Frage kommen«, sagte Benz.

»SCHEISSE«, ENTFUHR ES RONJA. Sie ließ die Zeitung sinken. Sie hatte Lutz in ein Café zum Frühstück eingeladen, um sich über die Niederlage des 1. FC Köln gegen St. Pauli hinwegzutrösten. Trede hatte sich ein »Existenzialistenfrühstück« bestellt. Ein Croissant, ein Espresso und eine Roth-Händle ohne Filter.

»Was ist Scheiße?«, fragte er.

»Nichts, nichts.« Ronjas Gedanken flogen fort, durch die große Frontscheibe weit weg.

»Nun sag schon…«, drängte Trede, »… sag schon.«

Ronjas Gedanken kehrten zurück. Sie faltete die Zeitung quer zur Falz zusammen, strich sie auf dem Tisch glatt und schlug, irgendetwas bestätigend, mit der flachen Hand darauf. »Mucki Banach hat sich verletzt.«

»Oh, das tut mir leid«, sagte Trede. »Ein Freund von dir oder nur ein Fußballspieler?«

»Was heißt nur? Er schießt die Tore!«

Bald darauf verabschiedete sie sich von ihm. Sie habe noch zu arbeiten. Sie küsste ihn, sagte, sie riefe ihn die Tage an, und ging. Die Zeitung nahm sie mit.

Trede kaufte sich an einem Kiosk eine TAZ. Er überflog im Stehen den Sportteil und fand darin nichts über eine Verletzung von »Mucki« Banach, der, wie er der klein gedruckten Mannschaftsaufstellung entnahm, richtig »Maurice« hieß. Er ging ins Café zurück und winkte die kleine Kellnerin zu sich, deren schwarze Haare bis auf ihre Taille herabfielen. Sie trug Stöckelschuhe mit hohen Absätzen, weswegen ihre schlanken Wadenmuskeln gespannt waren, das Becken gekippt, der Oberkörper gestreckt. Er bestellte einen Espresso, sah der Kellnerin versonnen nach, wie sie zur Theke zurückeilte, legte die Zeitung zusammengefaltet vor sich auf den Tisch, schloss die Augen und nahm sie hoch, genau in der Art, in der dies Ronja getan hatte, mit einer wischenden Bewegung. Die Seite, die er so aufblätterte, befand sich im hinteren Teil. Es war nicht der Sport, den Ronja sonst als Erstes las.

Ein Hintergrundartikel über Winnie Mandela, die zu einer Gefängnisstrafe wegen Körperverletzung verurteilt worden war. Daneben Kurznachrichten aus aller Welt (Megistu flieht nach Zimbabwe, Flugzeugabsturz in Thailand, Gamsachurdia wird Staatspräsident in Georgien) sowie ein Spalte mit Kleinanzeigen. Das musste es sein. Dort war verborgen, was Ronja ein »Scheiße« entlockt hatte. Doch keine der Anzeigen schien ihm ungewöhnlich. Verkäufe, Kontakte, Reisen, eine Todesanzeige. Gedankenverloren rührte er zu viel

Zucker in seinen Espresso und beobachtete die schwarzhaarige Kellnerin. Die Kunst, analysierte er, schien darin zu bestehen, Absatz und Sohle nicht gleichzeitig aufzusetzen, was unbeholfen ausgesehen hätte, stöckelnd eben, sondern tatsächlich ein ganz klein wenig über die Ferse abzurollen, und zwar so wenig, dass der Absatz nicht abbrach. So entstand ein Schritt, der natürlich aussah, ohne es zu sein.

Er sah sich noch einmal die Kleinanzeigen an. Jetzt sprang ihm, als hätten die Stöckelschuhe sein Gehirn durchlüftet, die Todesanzeige in die Augen.

Wir nehmen Abschied von unserem Vater
Bernd Sorge
**18.2.1921 † 26.5.1991*
Die Trauerfeier findet am Donnerstag, den 7.6.1991
auf dem Friedhof La Charteuse in Bordeaux statt
Anmeldung für Unterkunft bitte unter der Tel. 0033-19670602

Sorge, dachte Trede, das war doch ein kommunistischer Spion! Diese Todesanzeige war eine Botschaft, eine codierte Nachricht, davon war er überzeugt. Endlich gab es einen lockeren Faden, mit dem man das terroristische Gewebe aufribbeln konnte! Er ging zu einer gelben Telefonzelle um die Ecke und wählte die Nummer aus der Anzeige. Sie war nicht vergeben. Dann versuchte er es mit anderen Ländervorwahlen und in den größten deutschen Städten. Nichts.

Benz bestellte ihn umgehend zu einer Sitzung in das Institut zur Erforschung des Marxismus-Leninismus in Ehrenfeld, das zur Hälfte vom BND und vom Verfassungsschutz finanziert wurde, weshalb deren Mitarbeiter das Privileg eines geheimen Zugangs durch ein Nachbarhaus hatten, von dem ein Tunnel direkt in den mehrgeschossigen Keller des Instituts führte, wo in endlosen Reihen von Schieberegalen Fachzeitschriften und hektografierte Botschaftsberichte mit allen Erkenntnissen über alle kommunistischen Länder der Welt gesammelt wurden. Das Archiv war, wie es sich für ein Archiv gehört, seiner Zeit hinterher. So wurden hier noch Informationen aus vielen Staaten gesammelt, die schon nicht mehr kommunistisch waren.

Benz wartete zwischen zwei Regalen, als müsste man sich verstecken. In seiner Begleitung ein junger Doktorand mit langen lockigen Haaren und Dr. Dr. Raimund Lissek, der Leiter der Kryptologie des BND, nebst Assistentin, deren Rocksaum erstaunlich hoch über dem Knie saß. Trede hatte sich den Kryptologen als bleichen Herren über Großrechner in gekühlten Kellerräumen vorgestellt. Und nicht wie den Leiter einer Werbeagentur, der sich seine Assistentinnen nach Aussehen aussuchte und seine Haare zu einem Pferdeschwanz band. Dabei fiel ihm ein Witz ein, und weil er gerade wegen der Entdeckung der Kleinanzeige Oberwasser hatte und generell zum Übermut neigte, erzählte er ihn auch gleich: »Gibt eine Frau eine Kleinanzeige auf: Suche Mann mit Pferdeschwanz, Frisur spielt keine Rolle.«

Außer ihm selbst lachte niemand, schon gar nicht Lissek, der mitleidig die Achsel zuckte und seiner Assistentin tief in die grünen Augen blickte.

Trede erklärte, die Anzeige in der TAZ enthalte eine geheime Botschaft. »Sorge war ein kommunistischer Spion. Das ist ein Hinweis!«

»Der hieß aber Richard Sorge, und nicht Bernd«, belehrte ihn der Doktorand.

Trede ignorierte ihn. Er sprach Lissek an: »Sie müssen uns bei der Entschlüsselung helfen.«

»Da gibt es nichts zu entschlüsseln«, antwortete Lissek.

Retourkutsche eines Humorlosen, dachte Trede. Und sagte: »Nichts zu entschlüsseln? Und was ist mit der Telefonnummer? Die gibt es nicht. Das muss ein Code sein.«

»Das Geburtsdatum dieses Bernd Sorge ...«, der Doktorand überging unhöflich Tredes scharfsinnige Beobachtung, »... das wird Ihnen ja sicher aufgefallen sein ...«

Nein, war es nicht.

»Am 18. F ebruar 1921 begann der Kronstädter Matrosenaufstand.«

»Sehen Sie!«, triumphierte Trede. Zu gerne hätte er mehr über diesen Aufstand gewusst, aber jetzt zu fragen wäre ungeschickt. Erfreulicherweise wollte der Doktorand sein Wissen auch dann mitteilen, wenn niemand danach fragte. »Der Kronstädter Matrosenaufstand gegen die Sowjetregierung mit seiner Forderung ›Alle Macht den Räten, keine Macht der Partei‹ ...«

»Jaja, das kennen wir«, unterbrach ihn Benz. »Der Bezug auf den Kronstädter Aufstand spricht für die Anarchistischen Zellen, warum glauben Sie dennoch, die Anzeige enthalte keine Botschaft?« Die Frage richtete er an den Pferdeschwanz.

»Ich habe nicht gesagt, sie enthalte keine Botschaft. Sie *ist* die Botschaft, wenn Sie verstehen, was ich meine.«

»Nein, verstehe ich nicht«, sagte Trede, und fuhr, allerdings nur in Gedanken, fort: Weil es Unsinn ist.

»Das heißt, es gibt nichts zu decodieren. Es gibt keine versteckte Botschaft. The message is the message, wenn ich es mal flapsig formulieren darf.« Der Linguist wendete sich Bewunderung heischend so dynamisch seiner Assistentin zu, dass ihm der Pferdeschwanz über die Schulter flog. »Die Anzeige selbst ist eine Botschaft, von den Anarchistischen Zellen für die Anarchistischen Zellen«, setzte er fort, ohne seine Assistentin aus den Augen zu lassen. »Das ergibt sich aus dem Hinweis auf den Kronstädter Aufstand, und vor allem aber aus dem Namen. Bernd Sorge, eine Anspielung auf Benno Ohnesorg, auf dessen Todestag auch die Telefonnummer verweist 19670602. Zweiter Juni 1967, in amerikanischer Schreibweise.«

Tredes gute Laune war dahin. Darauf hätte er auch selbst kommen können.

»Die Anzeige bedeutet: Es gibt eine Sorge, wir müssen uns treffen. Wo und wann das Treffen stattfindet, steht nicht in der Anzeige. Das dürfte vorher verabredet worden sein. Trotzdem empfehle ich, vorsorglich den Friedhof in Bordeaux zu observieren.«

Als die Fachleute mit ihrer Assistentin abgezogen waren, wartete Trede auf einen Kommentar von Benz. Der ließ lange auf sich warten. »Den Witz hättest du dir besser verkniffen«, sagte er schließlich im Tonfall völliger Belanglosigkeit. »Obwohl ich ihn gut finde, Mann mit Pferdeschwanz, Frisur egal. Gefällt mir. Ich habe aber trotzdem nicht gelacht. Weil solche Leute keinen Humor haben, schon gar nicht, wenn Frauen im Raum sind. Die lassen das nicht auf sich sitzen.«

»Diese – Entschuldigung, aber ist doch so – diese Sesselfurzer«, wehrte Trede sich, »sollen sich mal klarmachen, dass sie für uns arbeiten. Und nicht wir für sie.« Es gab keinen Anlass für Bescheidenheit. Immerhin hatte er die Kleinanzeige entdeckt.

SO SEHR IHM BENZ MIT SEINEM Kontrollwahn auf die Nerven ging, eins musste Trede seinem V-Mann-Führer zugutehalten: Als Ausbilder war er in einem Maße vorausschauend, das an Hellseherei grenzte.

Er war mit Ronja unterwegs zur Sauna, als in der U-Bahn zwei Studenten in vollem Wichs einen jungen Asiaten anpöbelten, der den Sitzplatz nicht räumen wollte, den einer der beiden Verbindungsburschen für sich reklamierte. Trede mischte sich ein und hätte gerne angewendet, was er in der Einzelkämpferausbildung gelernt hatte. Leider trollten sich die beiden Studenten so schnell, dass es ihnen fast die Tellermützen vom Kopf wehte. Als Trede sich umdrehte, stand Ronja direkt hinter ihm. Hatte sie ihm etwa helfen wollen? Sich in eine Schlägerei einmischen? Wie süß, dachte er und führte sie am Ellbogen zurück zu ihrem Sitzplatz. Sie ließ es geschehen.

»Du bist ja der weiße Ritter unserer ausländischen Mitbürger«, sagte sie. Es sollte ironisch klingen, hörte sich aber stolz an.

»Im Knast lernst du die Menschen richtig kennen. Da waren achtzig Prozent Ausländer, Türken, Araber, Neger. Viele von ihnen korrekte Typen.«

»Na, das wird unsere Mitbürger sicher beruhigen, dass die Knäste voll von netten Ausländern sind.«

Ronja amüsierte sich köstlich auf seine Kosten und gab ihm dafür als Entschädigung einen langen Kuss hinters Ohr. Als sie von ihm abließ, sagte er: »Ist ja eigentlich völlig schnuppe, ob die nett sind oder nicht. Hat doch keiner das Recht zu sagen, ich war als Erster da, ihr dürft nicht kommen.«

Das hatte ihn Benz gelehrt. Benz hatte ihn wirklich auf alles vorbereitet. Pöbelei in der U-Bahn hatte er ihn gar im Rollenspiel üben lassen. »Nur keinen Küchenbolschewismus«, hatte Benz ihm eingeschärft. »Merk dir nur das eine: für die Ohnmächtigen gegen die Mächtigen. Daraus ergibt sich alles andere von allein.«

So wusste Trede in jeder Situation, was er sagen konnte: »Die Konzerne gehen ins Ausland. Dann müssen die Ausländer auch ins Inland dürfen.«

Gespannt lauerte er auf Ronjas Reaktion, deren Laune stieg wie ein Wetterballon. »Genau«, lachte sie. »Die Konzerne gehen für niedrigere Löhne in andere Länder, und die Menschen kommen für höhere Löhne hierher, das ist nur gerecht.«

Ronja und Trede waren die einzigen Gäste im Dampfbad, einem fünfeckigen Raum mit Sitznischen, die von blauen und roten Punktleuchten fast völlig im

Dunkeln gelassen wurden. Ronja stellte sich auf die Sitzfläche und zog auch Lutz zu sich hoch. Ihre Köpfe stießen fast an die Decke, wo sich die Hitze staute. Ronja schmiegte sich an ihn. Kondenswasser tropfte von der Decke, und ein Gebläse stieß keuchend Dampf aus, der heiß über ihre Haut strich.

Sie kühlten sich in einer künstlichen Strömung ab, die sie im Kreis um einen Whirlpool trieb. Am Beckenrand wachte ein Bademeister, einige Meter von ihm entfernt stand ein Mann, von dem Trede sich angestarrt fühlte. Er konnte ihn nur schemenhaft erkennen, zu schnell wirbelte die Strömung ihn inzwischen im Kreis herum, zu kurz nur tauchte der Mann in seinem Gesichtsfeld auf, um gleich daraus wieder zu verschwinden.

Es war ein Südländer, dunkle Haut, schwarze Haare, so viel konnte er erkennen. Als der Bademeister die Düsen schließlich abstellte und das Wasser langsam austrudelte, stand der Mann nicht mehr am Rondell. Trede fühlte sich unwohl.

»Aufgusszeit«, sagte Ronja.

Eine in einen Sarong gewickelte Bademeisterin verteilte Töpfchen mit Honig, mit dem sich die Saunagäste einrieben. Die Tür knarrte und der Mann, von dem Trede sich beobachtet gefühlt hatte, schlüpfte herein. Er nickte Trede zu und nahm neben Ronja Platz, die nun zwischen ihnen saß. Die Bademeisterin schüttete einen nach Orangen duftenden Aufguss auf die heißen Steine und verwirbelte die glühende Luft mit einem Badetuch.

»Das Kettchen brennt mir den Hals weg«, sagte der Mann zu Trede, wobei er respektvoll Distanz zu Ronja hielt. Er trug eine schwere Goldkette um den Hals, und an seinem Arm schlackerte die Oyster, weil das Armband viel zu weit war. »Das wird scheißeheiß, das Ding.«

»Bitte Ruhe«, mahnte die Bademeisterin, während sie den zweiten Aufguss vorbereitete.

»Hey Mann. Erkennst du mich nicht?«, fragte der Mann über Ronja hinweg. Dann reichte er ihr die Hand. »Hallo, ich bin Zafer, ihr zwei gehört zusammen, oder? Wir sind alte Kumpel.« Er wedelte etwas Luft mit der Hand hin und her, als Zeichen der Verbundenheit zwischen ihm und Trede.

»Ja, hab ich mir gedacht«, sagte Ronja mit einem breiten Grinsen.

Verzweifelt überlegte Trede, woher der Mann ihn kannte. Schule? Sportverein? Dann würde er ihn bald unter seinem früheren Namen ansprechen.

»Wir sind alte Kumpel, nur der Motherfucker erkennt mich nicht«, beschwerte sich Zafer bei Ronja.

»Scheißeheiß, das Ding«, lamentierte Zafer wieder. Er lupfte sein Kettchen leicht an, um Luft an die gequälte Haut zu lassen.

»Zieh's doch einfach aus«, schlug Ronja vor.

»Nie. Das zieh ich nie aus.«

»Hab ich mir gedacht.« Kettchen, die nie ausgezogen wurden, schienen Ronja große Freude zu bereiten, so wie sie übers ganze Gesicht strahlte.

»Ruhe bitte während des Aufgusses«, sagte die Zeremonienmeisterin.

»Tschuldigung«, flüsterte Zafer. Dann sank er in sich zusammen und schwieg eine Minute, bis er plötzlich wieder, diesmal lauter, »Tschuldigung«, sagte. »Ich muss raus.« Hastig kletterte er von der Sitzbank nach unten und taumelte zur Tür. Auf den Bänken hockten fünfzig Saunagänger, ärgerten sich über den kalten Luftzug, als Zafer die Tür öffnete, und dachten laut im Chor: Weichei.

Ronja grinste ihm hinterher. Goldkettchen und Uhr in der Sauna. Sie hielt ihn für einen Knacki. Und sie hatte recht, fiel ihm jetzt ein: Er kannte den Typen aus Wittlich. Also keine Gefahr, sondern ideale Bestätigung seiner Legende.

Zafer wartete draußen, bestens erholt, und wollte ihn *und nette Freundin* auf ein Bier ins Saunarestaurant einladen. Ronja Räubertochter willigte sofort mit einem fröhlichen »Gerne« ein.

»Dass du dich nicht an mich erinnerst! Krass!«

Doch. Trede hatte es inzwischen: Wittlich, die Schlägerei in der Messe, bei der er einen Skin mit einem Tate-Zuki zu Boden geschickt und Zafer tief beeindruckt hatte. Der hatte wohl nur deshalb nicht mit gemeinsamen Heldentaten geprahlt, weil er ihn vor Ronja nicht mit Knasterlebnissen bloßstellen wollte.

»Du kannst ruhig sagen, woher du mich kennst.« Trede gab Ronja einen flüchtigen Kuss. »Wir haben keine Geheimnisse voreinander.«

»Wirklich? Überhaupt keine Geheimnisse?«

»Absolut.«

»Na wenn das so ist ...« Er beugte sich vertrauensvoll zu Ronja. »Wir beide sind nämlich Justizopfer, Lutz und ich.« Er nickte bestätigend, während er mit der linken Hand das Handtuch festhielt, das er sich um den Bauch geschlungen hatte und das über seinen kräftigen Hintern zu rutschen drohte.

Sie setzten sich zu Dritt an einen Zweiertisch auf einer Empore mit Blick hinunter in die Schwimmhalle mit den Sitzbädern, dem Whirlpool und dem Nichtschwimmerbecken, in dem sich ein Dutzend älterer Damen an rhythmischer Wassergymnastik abmühten. Trede hatte sich einen Bademantel geliehen, der ihm so viel zu klein war, wie Ronja der ihre zu groß. Beim Hinsetzen musste er aufpassen, sich nicht zu entblößen. »Was ist eigentlich mit dem Bier?«, fragte er.

»Ich fliege«, sagte Zafer und kam gleich zurück, die linke Hand am Handtuch, mit der rechten umfasste er drei Biergläser. Sie prosteten sich zu, und Trede hoffte, Zafer würde nun vom Knast erzählen, was sich gut bei Ronja machen würde. Stattdessen bot Zafer ihm einen Job an.

»Der bringt richtig, richtig Kohle. Du kannst doch fahren!«

»Hör mal, es ist Feierabend, wir reden jetzt nicht über Arbeit. Entspann dich. Schau dir die Wassergymnastik an, vielleicht ist da ja jemand für dich dabei. Und außerdem interessiert sich Ronja nicht für Geschäfte.«

»Dochdoch«, sagte Ronja.

»Ronja, das ist ja mal ein Name«, sagte Zafer. »Mein Bullterrier, der hieß Effe, jedenfalls, was ich sagen wollte, der hatte einer Schäferhündin nachgestellt, die hieß Luna Maria Ronja, drei Namen, weil die von so edler Rasse war.«

»Bullterrier? Sind das nicht diese hässlichen weißen Tölen mit der langen Schnauze?«, fragte Ronja, der Diskussionen über ihren Spitznamen überdrüssig.

»Sprich nicht so respektlos über Tote«, sagte Zafer.

»Oh, mein Beileid! Was ist passiert?«

»Er ist Luna Maria Ronja nachgelaufen, ohne auf den Verkehr zu achten. Überfahren, der blöde Köter.« Zafer stand auf, band sich das Handtuch fest, trank in einem Zug aus, was noch an Bier in seinem Glas war, klopfte zur Verabschiedung auf den Tisch und zeigte auf Trede. »Wenn du Interesse an dem Job hast – du triffst mich im Café Schneider. Kennst du.«

»Der Billardladen. Klar.«

Zafer zerrte sein Handtuch fest und ging.

»He, mach mal halblang«, knurrte Trede Ronja an.

»Was?«

»Starr ihm nicht so auf den Hintern, wo ich dabeisitze!«

»Wie kannst du sehen, wohin ich gucke?«, fragte Ronja aus den Tiefen ihrer Kapuze. Sie schlug sie nach hinten und schaute ihn mit den blauesten und unschuldigsten Augen seit Maria Magdalena an.

»Das kann ich nicht sehen, das weiß ich. Ich kenne dich besser, als du denkst.«

KURZ DARAUF VERSCHWAND RONJA wieder tagelang, ohne Vorankündigung und ohne Erklärung. Tredes Stimmung schwankte zwischen Wut und Trübsinn. Da kam Zafer gerade recht. »Wir brauchen 'nen Fahrer für 'n Laster.« Damit sollte Trede die Eingangstür eines Juweliers in der Fußgängerzone rammen.

»Wer ist der Dritte?«, fragte Trede.

»Bubolz. Ein alter Kumpel. Den kenne ich von der Schule.«

»Du warst auf 'ner Schule?«

»Allerdings war ich auf 'ner Schule, Mann. Und ich war der Beste in der Klasse, was glaubst du. Ich habe nur schlechte Zeugnisse gekriegt, weil ich die Buchstaben verdreht hab. Sonst war ich Weltmeister in Schule. Sport, Rechnen, alles top.«

Sie mussten gegen den hämmernden Lärm der Diskothek anschreien. Die Lichtorgel machte Trede nervös. Sein Bein zappelte ohne Rücksicht auf den Takt der Musik. Er beobachtete eine Tänzerin, wie sie wild ihre Arme schwenkte und ihren Kopf herumschleuderte. Der Junge vor ihr auf der Tanzfläche duckte sich vor ihren herumpeitschenden Haaren und betanzte sie mit ungelenken Kniebeugen.

Trede fragte sich, warum er eigentlich noch nie mit Ronja tanzen war.

»Es gibt einen stillen Alarm«, hörte er undeutlich durch den Lärm Zafers Stimme. »Vom Präsidium brauchen die Bullen sieben Minuten. Wir sind nach vier Minuten aus dem Laden raus, dann haben wir noch drei Minuten Luft. Mit Fahrrädern weg, kindereinfach«, sagte Zafer und zog die Schultern hoch mit der unausgesprochenen Frage im Gesicht: Was soll da schiefgehen?

Zafers Angebot gefiel Trede. Endlich konnte er handeln! Ganz nebenbei, wie eine Fingerübung auf dem Weg zu seinen eigentlichen Zielen, könnte er zwei Berufsverbrecher dingfest machen. Benz allerdings sollte er nicht davon berichten. Benz würde die buschigen Augenbrauen hochziehen und aus ihm würde Das ist Polizeiarbeit herauszischen. Nein, Benz würde ihn auf keinen Fall machen lassen, das war klar. Er musste es ohne Rückendeckung durchziehen.

»Also was ist, Mann? Bist du dabei?«

Trede nickte. Zafer stand auf und umarmte ihn feierlich.

Sie fuhren in einem uralten Mercedes-Kipplaster mit langer Schnauze, den sie auf einem Bauhof geknackt hatten. Trede hätte Spinnweben an den Rädern erwartet, stattdessen war dort frischer Baudreck. »Der fährt noch?«, hatte er gefragt.

»Dat sehn mir ja dann«, sagte Bubolz. Er trug die Haare kurz, nur hinten stießen sie lang und lockig auf die marineblaue Sporttasche auf seinem Rücken.

Trede hatte noch nie ein Auto geknackt, auch wenn das in seiner Legende anders stand.

»Na los«, ermunterte Zafer ihn, er trug einen Vorschlaghammer über der Schulter. Da Trede keine Ahnung hatte, wie man eine Wagentür ohne Schlüssel öffnen konnte, griff er sich den Vorschlaghammer und schlug damit das Seitenfenster ein. Der Schwung riss ihn fast von den Füßen.

»Elegant«, sagte Zafer.

Trede stieg ein und fummelte am Armaturenbrett herum, bis er die Kabel zum Kurzschließen gefunden hatte. »Springt der überhaupt an? Der muss doch vorglühen!«

»Der Fahrer ist der Mechaniker. Das bist du.« Bubolz warf die Sporttasche in die Fahrerkabine. Dann stieg er ein und sah interessiert Tredes Bemühungen zu. »Deswegen brauchen wir dich, weil wir davon keine Ahnung haben.« Er grinste.

»Lass einfach röhren«, sagte Zafer, setzte sich neben Bubolz und zog die Beifahrertür zu. »Irgendwann springt er schon an.«

Trede hielt die Kabelenden aneinander und trat die Kupplung durch. Mühsam drehte der Anlasser. Und drehte und drehte, es kam ihm wie eine Ewigkeit vor. Dann sprang der Wagen an. »Sag ich doch«, sagte Zafer zufrieden.

Der Juwelierladen lag an einer Ecke der Fußgängerzone. In der kleinen Seitenstraße hielt Trede an, etwa fünfzig Meter vom Ladeneingang entfernt. »Wir müssen warten, bis die Streife durchgefahren ist«, sagte er.

»Mit laufendem Motor?«, fragte Zafer. Er öffnete die Tür und stieg aus. Bubolz folgte ihm. »Wir machen's jetzt direkt, fahr einfach drauf, jetzt kommt keine Streife.«

»Ach ja? Und woher weißt du das so genau?«

»Feeling«, sagte Zafer. »Nun mach, fahr durch die Tür und gut ist. Wer weiß, ob die Kiste noch mal anspringt.«

Er stieg aus, schulterte den Vorschlaghammer und schlenderte in Richtung des Juweliers, Bubolz folgte ihm, die Tasche lässig schwenkend.

Trede schaute sich um. Kein Mensch zu sehen. Er streifte sich eine Sturmhaube über, schloss den Druckknopf seiner Lederhandschuhe, überprüfte den Sicherheitsgurt und fuhr an, wobei er den Tacho im Auge behielt. Er wollte mit fünfundvierzig Stundenkilometer die Tür rammen, das schien ihm schnell genug, um den mit Panzerglas und Rollgitter gesicherten Geschäftseingang aufzureißen, aber nicht zu schnell, um dabei verletzt zu werden.

Die Wucht des Aufpralls war heftiger als erwartet, trotz der langen Schnauze des Lasters. Das Metall des Gitters ächzte und kreischte, bis es schließlich krachend abplatzte; einen Wimpernschlag danach zerbarst das Glas der Sicherheitsscheibe. Trede wurde nach vorne geschleudert, der Sicherheitsgurt riss ihn zurück und prellte schmerzhaft sein linkes Schlüsselbein. Er sah Zafer mit dem Vorschlaghammer Splitter der Scheibe aus der Fassung schlagen. Und er sah in hundert Meter Entfernung ein Pärchen auf sie zukommen. Um vier Uhr nachts, was haben die jetzt hier zu suchen, dachte Trede empört.

Als sie das Krachen hörten, blieben sie stehen.

Trede stieß die Fahrertür auf. »Da sind Leute«, rief er Zafer zu, »wir müssen abbrechen.«

»Was ist denn mit dem los? Die können doch auch nicht mehr, als die Bullen rufen«, meinte Bubolz zu Zafer, der sich umdrehte und schrie: »Die Bullen haben sowieso Alarm.« Der Satz hallte durch die leere Straße. Dann verschwanden die beiden im Laden. Trede stand Schmiere. Das Pärchen machte kehrt. Trede nahm die Zeit auf seiner Rolex. Sein Schlüsselbein schmerzte. Aus dem Juwelierladen drang Klirren und Krachen nach außen.

Trede rief hinein: »Macht hinne. Zeit ist gleich um!«

Zafer fegte Markenuhren mit seinem Unterarm in die Sporttasche. Er ging zu Trede und hielt ihm die offene Tasche hin: »Bedien dich.« Trede nahm eine Uhr, deren Schlichtheit ihm ins Auge sprang. Sie sah wie eine Miniaturbahnhofsuhr aus. Einfach, fast banal. Irgendwie ehrlich. Sie würde Ronja gefallen.

Als sie sich trennten, drückte ihm Zafer die Tasche mit dem Schmuck und den Uhren in die Arme. »Die nimmst du, ich komm sie heute Abend abholen.«

»Das hatten wir so nicht besprochen.«

»Du hast den sichersten Weg, Mann.«

Das stimmte allerdings, und weil er nicht wusste, mit welchem Grund er sich weigern konnte, nahm er schließlich die Beute an sich. Warum vertrauen mir nur immer alle?, fragte er sich.

In der Ferne heulten Sirenen. Bubolz und Zafer stiegen in die Pedale.

Tredes Plan war hinfällig, weil er die Beute am Hals hatte. Er musste sie möglichst schnell wieder loswerden. Und Bubolz und Zafer auch. Und zwar ohne dass sie Verdacht schöpften, sonst wäre er fällig. Verdammte Scheiße. Er hätte sich niemals auf die Sache einlassen dürfen.

In seiner Wohnung kippte er die Tasche auf den Teppichboden aus und ordnete den Schmuck und die Uhren nach Größe. Jaeger-LeCoultre, Rolex, Glashütte, Breitling, Cartier, Omega, keine der Armbanduhren kostete unter tausend Mark. Er schätzte den Verkaufswert auf insgesamt eine halbe Million. Ein Hehler würde zehn Prozent bezahlen, fünfzigtausend Mark, geteilt durch drei. Nicht schlecht für einen halben Abend Arbeit.

Er zog einige der Uhren auf und legte sie dann zurück auf den Teppich, ausgerichtet wie ein Garderegiment. Dann nahm er die Schreibtischlampe und schwenkte sie über seinen funkelnden Schatz.

Er hatte es getan. Es hatte geklappt. Bisher hatte er Trede nur gespielt. Jetzt *war* er Trede. Mit einem Unterschied. Er konnte die Beute nicht behalten. Er würde alles zurückgeben müssen. Am nächsten Morgen rief er von einer Telefonzelle den zuständigen Kommissar an.

»Wie heißen Sie?«

»Erika Berger«, antwortete Trede. »Ich habe ein paar geile Infos.«

Am Abend holten Bubolz und Zafer den Schmuck ab, um mit dem Hehler zu verhandeln. Kaum hatten die beiden seine Wohnung verlassen, griff Trede zum Telefon.

Als Zafer und Bubolz an einer roten Ampel hielten, fuhr ihnen ein VW Passat auf. Der Schaden war marginal, ein Kratzer auf der Stoßstange, das Rücklicht gesplittert. Zafer wollte die Sache auf sich beruhen lassen, doch die zwei athletischen jungen Männer, die den Unfall verursacht hatten, bestanden darauf, die Polizei zu rufen. Wegen der Versicherung. Zafer habe unvermittelt und grundlos gebremst.

»Da ist 'ne rote Ampel, Mann«, empörte sich Zafer, »bist du blind?« Er hatte nicht schlecht Lust, den beiden ihre Köpfe in ihre Stoßstange zu rammen. Allerdings sahen die Männer nicht so aus, als ließen sie sich einschüchtern. Eher wie durchtrainierte Bullen eines Greifkommandos. Außerdem kamen gerade zufällig zwei Streifenwagen angerauscht. Ein Polizist nahm den Unfall auf, zwei standen wenige Schritte entfernt und schauten zu, während ein Dritter Zafers Wagen kontrollierte. »Warndreieck?«

Zafer deutete unter den Vordersitz. Der Polizist begutachtete das Warndreieck. »Bitte öffnen sie den Kofferraum.«

Zafer protestierte, doch als alle vier Uniformierten sich ihm drohend zuwandten, gab er resigniert nach.

»Was ist in der Tasche? Öffnen sie bitte die Tasche.«

DAS WOHNMOBIL, DAS NELE FÜR das Gipfeltreffen in dem unscheinbaren südwestfranzösischen Badeort Labenne gemietet hatte, trug seinen Namen zu Unrecht: Statt Rädern hatte es einen dreißig Zentimeter hohen Jägerzaun um die Parzelle und eine Holzterrasse. Dort empfing Erik Ronja mit einer gelassenen Freundlichkeit, als wäre er nie verliebt gewesen. Und ihr fiel keine bessere Begrüßung ein als: »Trägst du immer noch die alte Lederjacke?«

Offensichtlich, da er ja in ebendieser alten Lederjacke vor ihr stand. Alle fünf Reißverschlüsse offen, in den beiden unteren Taschen hatte er seine Daumen eingehakt. Statt einer Antwort ein sibyllinisches Lächeln, das sie vollends aus dem Tritt brachte. Sie ärgerte sich, ihn nicht einfach mit einem Guten Tag begrüßt zu haben. Schön dich zu sehen. Wie geht's dir? – Wie es normale Menschen tun, die erwachsen miteinander umgehen.

»Wie geht es dir?«, fragte Erik.

»Gut«, sagte Ronja. »Und dir?«

Er stand da, als warte er auf etwas. Auf einen Begrüßungskuss? Oder Umarmung, Verzeihung, Trost? Nichts da! Für Umarmung gab es andere Zuständigkeiten. Und Trost war nicht ihre Sache. Sollte er sich an Max wenden, der war Spezialist darin.

Nele kam heraus und umarmte Ronja stocksteif.

Schön, dich zu sehen. Ja, freut mich auch.

Max erlöste sie, als er mit dem Gepäck heranpolterte. Die Nachricht von der Auflösung ließ er noch im Koffer, auch als Nele den Grund für das Gipfeltreffen nannte. »Wir brauchen die Hilfe der Zellen.«

»Macht euch nicht zu viel Hoffnung«, sagte er nur.

Als sie gemeinsam über die Düne zum Strand spazierten, trat Ronja in eine Distel, deren Dorn sich durch die Sohle ihrer Flipflops bohrte. Erik half ihr, den Stachel aus dem Fußballen zu pulen, während Nele angestrengt in die andere Richtung schaute. Sie stolperten und rutschten den Sand hinunter zum endlosen und menschenleeren Strand, an dem sich eine meterhohe Brandung brach. Ronja humpelte neben den anderen her. Sie konnte rechts nur mit den Zehenspitzen auftreten. Nele legte ihr den Arm um die Hüfte und stützte sie. »Du bist bestimmt sauer auf mich«, sagte sie. »Sollen wir reden? Alle drei?«

Ronja schüttelte den Kopf. »Mir fehlt's an niemandem«, schwindelte sie trotzig. »Ich habe jemand andern. Er sieht aus wie Antonio Banderas.« Ganz anderer Typ. Männlich. Nicht wie Alain Erik Delon.

Sie gingen auf einen Bunker zu, der auf der Seite im Wasser lag, mit Graffitis vollgesprüht und der Warnung: »Zugang verboten! Lebensgefahr!« Bei jeder Welle, die gegen ihn anrannte, spritzte die Gischt wohl zehn Meter hoch. Am Fuß der Dünen lag ein abgebrochener Geschützturm. Ein zweiter Bunker war fast vollständig im Sand verschwunden, ein dritter stand noch oben auf den Dünen und diente als Aussichtsplattform. Auf seinem Dach hatte man Bänke aufgestellt und ein Geländer angebracht.

»Wehrmachtsbunker zum Schutz der Radaranlage«, erklärte Erik, der hier mit Nele einige Wochenenden verbracht hatte. »Die Franzosen nennen sie Blockhaus, was sie Blockos aussprechen. Es gibt noch zwei weitere, die unter Sand begraben sind.«

»Unter dem Pflaster der Strand, unter dem Strand die Bunker«, sagte Ronja.

Weiß der Teufel, warum Max gerade jetzt den Zeitpunkt für gekommen hielt, die Nachricht von der Auflösung auszupacken. »Wir haben gekämpft, wir haben verloren. Deshalb haben die Zellen sich aufgelöst.«

Eine Böe fegte Sand über den Strand. Vom Meer wehte ein Geruch von Jod und Algen herüber.

»Ich kann mich nicht auflösen«, schrie Morlock gegen den Wind an.

»Ihr lasst uns hängen«, sagte Nele ungläubig. »Wir bleiben für den Rest unseres Lebens auf der Flucht. Wegen der Mitgliedschaft in einer Organisation, die es nicht mehr gibt!?«

»Wir lassen niemanden hängen«, erwiderte Max blass, worauf ein Streit aufbrauste, der das Tosen der Brecher übertönte. Alle gegen Max.

Ronja stellte die Auflösung in Frage. »Der Sturz der stalinistischen Diktaturen sollte uns Hoffnung machen! Er beweist, dass Veränderung möglich ist«, deklamierte sie. Die anderen hörten gar nicht hin. Und Ronja selbst, als ihre Worte langsam zu Boden sanken, sah ein, wie abgehoben solche Allgemeinplätze waren. Die Diskussion drehte sich immer schneller im Kreis und wurde dabei lauter und persönlicher. Bald schrien sie sich an. Erik warf den Legalen ihre Legalität vor. Ihre Berufe, ihre Wohnungen, ihr Einkommen, ihre Krankenversicherung. Ihre Kinder! Sie konnten Kinder haben. Mit Geburtsurkunden für die Schule. Mit Krankenschein für die Behandlung der Windpocken. Mit Geld, um ihnen vernünftige Klamotten und gesundes Essen zu kaufen. Geld.

Es ging nur noch um Geld.

Plötzlich drehte Nele wortlos ab und verschwand in den Dünen. Ronja wollte ihr nachgehen, doch Erik hielt sie zurück. »Lass sie«, sagte er. Einige Minuten später kam Nele wieder zurück. »Wo waren wir stehen geblieben?«, fragte sie.

Bei den Kindern, dachte Ronja, die du gerne hättest und nicht haben darfst. Ein Kind im Untergrund – unverantwortlich.

Sie gingen zurück zu ihrem Campingplatz. Morlock summte »Halleluja, der Turm stürzt ein«, und sah Max dabei an, als sei es dessen Schuld.

»Ist das auch von Lanrue?«, fragte Max.

»Nein, den Song hat Rio geschrieben.«

Max behauptete, er habe Lanrue im Mehringhof getroffen und ihn angesprochen. Morlock erzähle ja so viel über ihn, das habe ihn neugierig gemacht.

»Ach ja, tatsächlich?«, fragte Morlock.

»Ja. Er lässt dich grüßen und fragt, wie es dir geht.«

»Das ist nicht wahr!«, sagte Morlock und blieb empört stehen. »Du lügst!«

»Stimmt«, sagte Max.

Fünf Strandläufer rasten mit Tippelschritten an ihnen vorbei. Ronja schaute ihnen hinterher. Dann sah sie Morlock an und lachte laut auf, und lachte, lachte, bis sie keine Luft mehr bekam. Sie ließ die Hand kreiseln wie ein Fußballspieler, der ausgewechselt werden will. »Ich glaube …«, hob sie an, als sie wieder atmen konnte, unterbrach aber sogleich, weil sie noch einige Nachzüglerlacher auf den Strand hüpfen lassen musste. Dann endlich gefasst: »Ich glaube, er kennt Lanrue gar nicht.«

Die Blicke schwenkten synchron auf Morlock.

»Nicht direkt persönlich«, räumte er ein. Tatsächlich habe er Lanrue nie in seinem Leben gesprochen. Es sei ihm nur auf einem Konzert die Frage gekommen, was das für Menschen seien, die bei Bands in der zweiten Reihe stünden. Hinter Lennon, hinter Jagger oder hinter Rio. Und so habe er sich mit Lanrue beschäftigt, nicht mit dem wirklichen Lanrue, der ja auch einen richtigen, einen bürgerlichen Namen habe. Sondern mit dem Lanrue seiner Vorstellung. Und irgendwann sei ihm Lanrue, sein Phantasie-Lanrue, so vertraut gewesen wie ein alter Freund.

»Ich glaube, du warst zu lange alleine«, sagte Nele.

»Ich war nie alleine. Ich bin mit Lara zusammen.«

Auf dem Campingplatz sollte die Diskussion weitergehen, doch Erik verschwand im Wohnmobil und zog das Rollo herunter. Nele und Ronja folgten ihm beide, Nele warf Ronja einen giftigen Blick zu, der wirkungslos abprallte. Da ließ sie Ronja den Vortritt.

Erik saß im Dunklen und massierte seine Schläfen.

Ronja holte einen Eiswürfel aus dem Gefrierfach. Erik rieb ihn über die Augenbrauen. Ronja sah zu, wie das Eis schmolz und das Wasser wie Tränen sein Gesicht herunterlief. Sie gab ihm einen neuen Würfel. »Wie geht es dir?«, fragte sie. »Mal von den Kopfschmerzen abgesehen?«

»Und von der Flucht abgesehen? Und abgesehen davon, dass alles in Trümmer fällt?«

»Ja. Von all dem abgesehen. Denkst du manchmal an uns?«

Erik schwieg.

»Ich denke oft an dich. Es war sehr schwer für mich … als du abgehauen bist. Du bist aus meinem Leben gerissen worden, als wärst du vom Auto überfahren worden.«

Erik schwieg.

»Es wäre leichter gewesen, wenn wir uns gestritten hätten. Ich weiß natürlich, dass es ungerecht ist von mir. Ihr konntet nicht anders. Du musstest weg. Natürlich war es richtig, dass du keinen Kontakt zu mir aufgenommen hast. Aber trotzdem … es war schmerzhaft.« Plötzlich lachte sie auf, ein kurzes, hysterisches »Ha. Ich bin unmöglich. Du hast teuflische Kopfschmerzen, und ich bin am Jammern. Naja. Ich denk nur oft an alles. Wie es weitergegangen wäre, wenn ihr nicht aufgeflogen wäret. Ob wir dann jetzt zusammen wären.«

»Das führt zu nichts«, sagte Erik. »Es ist, wie es ist. Ich habe das alles nicht gewählt. Aber trotzdem … ich liebe Nele auch. Und wir brauchen uns.«

Seine Kopfschmerzen ließen nach. Ronjas Hausmittel wirkte. Er stand auf, reichte Ronja die Hand und zog sie hoch von ihrem Stuhl. Er drückte sie mit seinen kräftigen Armen an sich. Ronja erwiderte die Umarmung nicht, ließ sie aber geschehen.

Morlock warf die Sardinen auf den Grill, die er bei den Fischern im Nachbardorf gekauft hatte, und gab reichlich Knoblauch dazu. Der Duft des Fischs und der Gewürze wehte über den Campingplatz und lockte zwei Katzen an.

»Ihr opfert uns«, warf Nele aus ihrem weißen Plastikstuhl heraus Max an den Kopf.

Morlock goss Olivenöl über die Fische, das Fett tropfte in die Glut und verzischte qualmend. Die beiden Katzen rieben sich an seiner Wade und miauten. »Wir brauchen Geld«, sagte er, »und wir werden es uns besorgen. Und ihr«, er drehte sich um und zeigte mit der Gabel auf Max und Ronja, »ihr müsst uns dabei helfen. Alles andere wäre Verrat. Es ist kein Unterschied, ob ihr uns hängen lasst oder ob ihr uns direkt verpfeift.«

»Eine Aktion für Kohle kommt nicht in Frage«, sagte Max. »Wir sind nicht die Mafia.«

»Wer ist denn *wir*, will ich wissen!« Morlock schoss seine Worte mit der Kalaschnikow ab. »Du bestehst darauf, dass es die Zellen nicht mehr gibt. Aber die Leute gibt's noch. Und alle stehen in der Pflicht. Auch du und Ronja. Ihr könnt euch nicht einfach aus unserer Geschichte davonstehlen. Es ist nämlich auch eure Geschichte.«

»Er hat recht, Max«, sagte Ronja.

Morlock warf eine Sardine über den Jägerzaun, die beiden Katzen stürzten hinterher und verschlangen einträchtig den Fisch. Max hob fragend die Rotweinflasche. Alle nickten, außer Erik, der Wasser trank. Max goss ein und zündete sich eine Zigarette an. Er sog den Rauch tief ein, hielt ihn in der Lunge, und ließ ihn dann durch den geöffneten Mund langsam entweichen. Die anderen schwiegen missmutig. »Na gut«, sagte er schließlich, »wir drehen ein Ding. Und dann geht jeder seiner Wege. Wir besorgen genug Geld, mit dem ihr euch eine Existenz aufbauen könnt, in Südamerika oder wo immer ihr wollt. Wir fünf machen es, aber nicht im Namen der Zellen. Es gibt keine Erklärung, nichts.«

»Wir brauchen einen siebenstelligen Betrag«, sagte Morlock. »So viel Bargeld gibt's nur in einem Geldtransporter.«

»Du tickst ja nicht richtig«, fauchte Nele.

»Wo ist das Problem?«, fragte Erik. »Das haben schon ein paar Halbstarke aus der Vorstadt von Marseille hingekriegt. Alles halb so wild.« Er rieb sich die Schläfen, was aber seine Kopfschmerzen kaum linderte. »Wir brauchen eine panzerbrechende Waffe«, stöhnte er. »Ist das machbar?«

Die Frage richtete sich an die beiden ältesten. Sie sahen sich an und verständigten sich telepathisch, wo eine Bazooka zu beschaffen sei. Wenn Ronja ihr Mienenspiel richtig deutete, wäre das machbar. Aber Nele blieb kategorisch bei ihrem Nein. Ronja fand Neles Bedenken unangebracht. Aber so kannte man sie: als Bedenkenträgerin. Immer gab es ein Risiko, vor dem man sich noch in Acht nehmen musste, und wenn der Plan stand, dann gab es irgendwelche moralischen Einwände. Nele, Hochkommissarin für Ethik, von sich selbst zum Ärger aller in dieses Amt berufen. Musste ja toll sein, mit ihr zu vögeln, dachte Ronja. Ein dummer Gedanke, weil er direkt zu Erik führte. Sie verscheuchte ihn schnell.

»Wir stehen mit dem Rücken zur Wand, geht das nicht in deinen Kopf«, fuhr Morlock sie an. »Was willst du denn sonst machen? Jemanden entführen? Findest du das besser? Moralischer?«

»Nein«, sagte Nele. »Deswegen machen wir auch das nicht. Wir werden nichts dergleichen tun. Nichts, was Menschen gefährdet.«

»Es kann immer Tote geben. Wenn du morgen Zigaretten kaufst, vielleicht erschießt dich dann ein Einsatzkommando, weil sie glauben, dass du eine Waffe ziehst. Oder weil sie schlecht gelaunt sind und es ungestraft tun können.«

»Das ist nicht dasselbe, und das weißt du genau«, sagte Nele spitz, und dann brach ein Damm und sie schrie den nächsten Satz. »Also stell dich nicht blöd! Tut nicht so dämlich!« Dann wieder gefasst: »Keine Aktionen, die Menschen gefährden. Keine Waffen. Du solltest eigentlich am besten wissen, wie schwachsinnig es ist, durch die Gegend zu ballern.«

Morlock biss sich auf die Lippe. »Wie sieht's bei den anderen aus?«, fragte er.

Erik wechselte das Lager: »Vielleicht hat Nele recht. Einen Geldtransporter überfallen, das ist irgendwie ..., ich weiß nicht. So Siebziger.«

Darüber musste Ronja lachen. »Keine Siebzigerjahre-Scheiße«, wiederholte sie spöttisch. »Ein tiefgründiges Argument. Passt aber in die Neunziger.«

Der Wind hatte aufgefrischt. Gelegentlich knallte ein Kiefernzapfen auf das Blechdach eines Wohnmobils. Sie tranken Rotwein, außer Erik, hingen ihren Gedanken nach, lauschten dem Gezirpe einiger Grillen, redeten über vergangene Zeiten und warteten, dass ihnen von oben aus den Wipfeln eine Idee auf den Kopf fiel.

»Ich weiß was Besseres als einen Transporter«, sagte Max irgendwann viel später, als es von den Sardinen nur noch die Gräten gab. »Besser und lukrativer.« Dann wandte er sich zu Nele: »Und praktisch graswurzelmäßig gewaltfrei.«

»Und völlig risikolos«, vermutete Nele ironisch.

»Schutzgeld. Wir greifen einen Konzern mit Filialen überall in Europa an.«

»Morgenlicht weckt meine Seele auf«, jubilierte Ronja. »Wir attackieren Jansen & Peters. Wir enteignen die Enteigner. J&P produziert Billigtextilien für die Metropolen durch Ausplünderung der Näherinnen in Asien. Kinderarbeit, Sexismus, keine Mindestlöhne, keine Gewerkschaften, blutige Niederschlagung von Streiks. J&P ist einer der rücksichtslosesten Textilkonzerne. Wir schlagen zwei Fliegen mit einer Klappe. Wir unterstützen die Kämpfe der Arbeiterinnen in der Dritten Welt und besorgen den Illegalen das Geld für die Flucht...«

»Das ist pure Heuchelei«, protestierte Nele. Es hörte sich an, als sei sie gerade in einen Hundehaufen getreten.

Ronja war nicht zu bremsen. Eine Kampagne gegen J&P war für sie eine Fortsetzung dessen, was die AZ immer betrieben hatte. Eine Vertagung der Auflösung, die sie nie wollte. Die Einwände von Nele prallten an ihr ab. »Die Familie Jansen hat sich während des Nationalsozialismus im Zuge der Arisierung jüdische Kaufhäuser angeeignet«, setzte sie fort, womit sie Nele noch mehr verärgerte.

»Moral ist doch nicht relativ. Nur weil Jansen & Peters ein verbrecherischer Konzern ist, gibt uns das doch nicht das Recht, selbst Verbrechen zu begehen. Wir geben das Geld nicht den Armen in Bangladesch, und wir geben auch nichts den Erben der früheren Eigentümer zurück, denen es J&P mit Hilfe der Nazis gestohlen haben. Wir nehmen es für uns.«

»Na und?«, sagte Morlock.

Nele starrte ihn entgeistert an. »Na und? Das ist alles, was du dazu zu sagen hast?«

»Das reicht doch. Wir brauchen Geld und holen es bei einem, der es erstens selbst gestohlen hat und zweitens mehr davon hat, als er je ausgeben kann.«

»So kann man wirklich alles rechtfertigen«, erwiderte Nele verärgert.

»Wir holen es uns, weil wir es brauchen. Du auch. Du mehr als ich, denn du musst noch dreißig Jahre länger fliehen als ich. Wenn ich schon zwanzig Jahre begraben bin, dann bist du immer noch auf der Flucht. *Jetzt* müssen wir etwas machen. Jetzt haben wir noch eine halbwegs intakte Infrastruktur. Bald haben wir nichts mehr.«

Es blieb ihr gar nichts anderes, als zuzustimmen, wenn auch nicht ohne ein großes Aber, mit dem sie sich einen ehrenvollen Rückzug verschaffte. »Also gut«, sagte sie. »Aber keine politische Verbrämung. Wenn wir wie die Mafia handeln, werden wir nicht tun, als wären wir Robin Hood.«

»Keine politische Begründung, keine Erklärung«, bestätigte Max. »Da würden auch die anderen nicht mitmachen.«

»Und wir sorgen dafür, dass niemand zu Schaden kommt.«

»Feuer und Wasser«, sagte Max. »Ich wüsste nicht, was dabei schiefgehen könnte.«

Nele sagte: »Brände können immer außer Kontrolle geraten.«

»Diese nicht«, widersprach Max. »Wir nehmen winzige Brandsätze, nicht größer als eine Zigarettenschachtel. Sie sollen nur die Sprinkleranlage auslösen. Der Schaden entsteht durch Wasser, nicht durch Feuer. Wir checken den Wachdienst und lösen nachts aus, wenn die Gebäude leer sind. Niemand wird gefährdet.«

Nele wollte Max glauben. Das war allemal besser als ein Überfall auf einen Geldtransporter. Und wenn sie sorgfältig vorgingen, dann würden keine Menschen gefährdet. *Wenn* alle so sorgfältig vorgingen, wie sie selbst es immer tat. Aber konnte sie sich darauf bei einem verlassen, der mit einer Pistole im Rucksack über die Grenze fuhr? Sie misstraute Morlock. Weil er eine Pistole hatte und weil er schon einmal geschossen hatte. Ihr Misstrauen ging so weit, dass sie ihm folgte, als er Zigaretten holte. Als sie zurückkam, fragte Ronja sie, »Was sollte das?«

»Ich traue ihm nicht über den Weg«, sagte Nele. »Und wozu? Zu Recht! Er hat telefoniert.«

In diesem Augenblick kam Morlock mit einer Plastiktüte voller Zigaretten und Süßigkeiten zurück, ein Zigarettenstummel hing in seinem Mundwinkel wie in einem französischen Schwarzweißfilm.

»Er gefährdet sich und andere, um mit seiner Freundin zu telefonieren«, sagte Nele mit Blick zu ihm und laut genug, dass er es hören konnte.

»Ich gefährde gar keinen.« Morlock trat verärgert seine Zigarette aus. »Ein Auslandsgespräch unter drei Minuten können sie nicht zurückverfolgen, und so lange habe ich mit Lara nicht gesprochen.«

Neles Stimme kippte. »Es geht nicht darum, wie schnell die Bullen eine Fangschaltung aufbauen, sondern um unsere Vereinbarung. Und die lautet: keine Telefonate bei Gruppentreffen. Und daran hast du dich nicht gehalten. Woher, bitte, soll ich wissen, welche Vereinbarung der Herr die Güte hat zu respektieren und welche er aus eigenem Ermessen missachtet? Was ist mit der Knarre? Beispielsweise. Was ist, wenn es in einer J&P-Filiale doch einen Nachtwächter gibt? Wirst du dann wie vereinbart abbrechen? Oder legst du doch den Brandsatz, weil du schon mal da bist?«

Nele setzte sich und schleuderte ihre Flipflops über den Jägerzaun.

»Nun komm mal wieder runter«, sagte Max.

Nele tat ihm nicht den Gefallen. »Du tust immer so abgebrüht«, giftete sie Morlock an, »und dann gefährdest du uns alle mit deinem Liebesgeflüster! Kann ja nicht weit her sein, mit eurer Liebe, wenn sie solche Vergewisserung braucht.«

Morlock atmete tief durch, sein Gesicht lief rot an. Max sagte: »Nele hat recht. Du hättest nicht telefonieren dürfen.«

Der Vorwurf von seinem alten Freund, den er fest an seiner Seite glaubte, traf Morlock unerwartet. Er warf Max die Zigaretten zu, die er für alle gekauft hatte, und ging zum Strand. Eine Stunde später kam er zurück und entschuldigte sich.

Schwarze Wolken verdunkelten den Himmel. Eine Bö knallte die Tür des Wohnmobils zu, und dann brach ein Sturm los, der an den dreißig Meter hohen Kiefern auf dem Campingplatz zerrte. Die Bäume neigten sich so tief, man musste fürchten, sie würden umstürzen. Ein Platzregen von Zweigen und kleinen Ästen knatterte auf das Dach. In der Zeit, die Nele brauchte, um die auf Kipp stehenden Fenster zu schließen, wehten Windstöße alles durch den Raum, was nicht verschraubt, vernagelt oder verklebt war.

Sie drängten sich in dem winzigen Wohnraum, in dem es nach Zigarettenrauch und schlechtem Gewissen roch. Als der Sturm endlich nachließ und der Regen stärker wurde und in dichten Schleiern senkrecht nach unten stürzte, waren alle froh, Tür und Fenster wieder öffnen zu können.

Max sagte: »Wir müssen den Druck langsam aufbauen. Wir müssen Jansen & Peters zermürben. Wir müssen jederzeit nachlegen können.«

Es war ihr Ding, keines der Zellen. Nur sie fünf. Sie wollten keine Spuren legen, die zu den Zellen führten. Deshalb ertüftelte Max für die Brandsätze, die die Sprinkleranlage auslösen sollten, etwas Neues und Schlichtes aus Unkrautvernichtungsmittel und Puderzucker, mit Blitzlichtbirnen, die mit Streichholzköpfchen verklebt waren als Zünder, der von einem elektronischen Zeitgeber mit neun Volt Transistorbatterie ausgelöst wurde. »So können die Bullen von der Machart der Brandsätze nicht auf die Zellen schließen«, sagte er. »Wir bekommen es nur mit der Abteilung Organisierte Kriminalität zu tun und haben nicht den Staatsschutz auf dem Hals.«

Die ersten drei Brandsätze legten Erik und Nele in Madrid. Zwei der Filialen lagen in Fußgängerzonen, die nachts völlig ausgestorben waren. Die dritte war in einem modernen Gebäude aus Glas und Beton am Rande des Studentenviertels untergebracht. Dort warteten sie und beobachteten, ob alles so lief wie geplant. Den Brand selbst konnten sie von außen nicht sehen, dazu waren die Flammen zu klein und wurden zu schnell gelöscht. Aber sie hörten die Alarmanlage, die das Feuer auslöste, und sie sahen, wie im ganzen Gebäude das Licht anging. Die Koppelung des Lichts an den Alarm kannten sie nicht. Aber es gefiel ihnen. So strahlte das Gebäude mit seiner Beleuchtung in der warmen Nacht. Und heulte mit seinen Sirenen.

ALEXANDER HENRICH JANSEN JR. verzichtete auf die breiten Hosenträger und zog den dunkelgrauen Anderson & Sheppard an. Es war der gleiche Anzug, den auch sein Vater bei geschäftlichen Anlässen getragen hatte. Jansen jr. würde die Roadshow zum Börsengang von Jansen & Peters im Anzug seines Vaters eröffnen, eine Geste, die die Fondsmanager, Banker und Fachjournalisten zu deuten wissen würden. Diese hatte Jansen – auch das auf Wirkung bedacht – nicht in die neue Firmenzentrale nach Berlin eingeladen, sondern an den Stammsitz des Textilhändlers, ein schmales Grachtenhaus in Amsterdam, in dem das Unternehmen 1783 vom niederländischen Kaufmann Folke Peters und seinem deutschen Schwager, dem Fabrikanten Henrich Jansen, gegründet worden war.

Der Börsengang sollte das Handelshaus Fit for Future machen. Im Osten entstanden riesige neue Märkte, als jungfräuliche Huren hatte Jansen sie in einer der letzten Aufsichtsratssitzungen bezeichnet, bereit, jeden zu empfangen, der Kapital brachte. Diese Huren hatten skrupellose und unbarmherzige Zuhälter, ehemalige Leiter heruntergewirtschafteter kommunistischer Firmen, Bürgermeister, Geheimdienstler, Parteibonzen. Sie hatten die alten Betriebe an sich gerissen und damit begonnen, daraus effiziente Produktionsstätten zu schaffen, aus denen, blieb man selbst untätig, früher oder später mächtige Konkurrenten erwachsen würden.

»Wir müssen die Huren jetzt besteigen, wo sie noch billig sind, in dieser Zeit von Desorganisation und politischer Anarchie im Osten.« Mit diesem Argument überzeugte Jansen seine Familie, natürlich drückte er sich vor der Presse anders aus. Dort sagte er, »Dem Motto unsere Familie folgend, das Gute bewahren, das Neue wagen …« oder »Wir müssen die neu entstehenden Konzerne in den zerfallenen Staaten der Sowjetunion und in den bevölkerungsreichen Ländern Asiens zu Partnern machen, solange sie noch Partner brauchen.«

Genau wegen ebenjener wirtschaftlichen Bedrohung aus dem Osten, die den Börsengang für Jansen & Peters notwendig machten, war es allerdings nicht leicht, Investoren zum Zeichnen von Aktien zu bewegen, obwohl beeindruckende Finanzkennzahlen aus der Bilanz herausdestilliert worden waren, die mit Heben von stillen Reserven, Aktivierung von Wertsteigerungen der Immobilien und Verschiebung von Gewinnen auf Hochglanz poliert worden war. Schließlich musste er Profis überzeugen, die sich von Bilanzkosmetik nicht blenden ließen. Zahlen würden nicht genügen, J&P brauchte eine Vision, eine Story.

Doch das Organisationsmodell mit seinen Kontoren, Agenten und Beschaffern, mit dem komplexen Netz aus Geldflüssen, Steuerminimierungen, Lohnveredelungen und Gewinntransfers war alles andere als einleuchtend. Jansen wollte die Roadshow nicht mit Zahlenreihen auf Transparentfolien vollstauben. Er brauchte etwas Eingängiges, das einen sinnlichen Eindruck der weltweit verwobenen Textilproduktion vermitteln konnte. Deshalb gab er ein Gemälde bei einem aufstrebenden jungen Künstler in Auftrag, den er in dessen Leipziger Atelier besuchte. Er wollte dort mit ihm über die Inhalte sprechen, aber Tinnar Z, wie sich der Kunstmaler nannte, mehr über das Format, denn danach richtete sich sein Preis.

»Zweieinhalb Meter mal viereinhalb«, sagte Jansen. »Ich stelle es mir voller Details vor. Etwas in der Art von Hieronymus Bosch, aber fröhlich.«

»Ja, fröhlich also, mmh, so so«, murmelte Tinnar Z, seine Verzweiflung mühsam verbergend.

»Es soll im Prinzip zeigen, wie über die ganze Welt verstreute, kleine und große Unternehmen unter dem Dach von Jansen & Peters Hand in Hand zusammenarbeiten, um die Menschen mit hochwertiger, schöner und preiswerter Kleidung zu versorgen.«

Tinnar Zs Mundwinkel sackten nach unten.

»Warum ziert ihr Maler euch heute nur so mit Auftragsarbeiten?«, fragte Jansen frank und frei. »Fast alle Meisterwerke der Renaissance waren diensteifrige Umsetzungen von Ideen reicher Kaufleute.«

»Oder der Kirche.«

»Sie haben natürlich alle künstlerische Freiheiten«, versicherte Jansen dem Künstler. Er wollte ihm die Arbeit nicht vergällen.

»Und wie sieht sie aus, diese internationale Zusammenarbeit bei Textilien?«, fragte Tinnar Z.

Jansen erklärte es ihm freudig und ausschweifend. Endlich sicheren Boden unter den Füßen!

Tinnar Z. gab seinem Werk den Titel *One World*. Es zeigte mit der überbordenden Detailversessenheit eines Suchbilderbuches auf pastellfarbenen Flächen, die die Kontinente darstellten, die Wege und Stätten der Jeansherstellung. Indische Baumwollfelder, türkische Spinnereien, taiwanische Webereien, tunesische Färbereien, der japanische Weltmarktführer für Reißverschlüsse war mit seinem kalligrafierten Firmennamen dargestellt. Tinnars Malstil vereinigte Elemente von naiver Malerei mit einem ironisch überformten sozialistischen Realismus, besachkundete die Gutachterin von Christie's, bei der Jansen das Gemälde schätzen ließ. Den Wert taxierte die Expertin auf 100 000 Dollar, das Vierfache des Preises, den er gezahlt hatte.

Manche kritische Marginalie, die Tinnar Z. auf die Leinwand gemalt hatte, fiel auf den ersten Blick auf: Dort, wo der Aralsee hingehörte, hatte er eine Wüste aus schwarzem Sand gemalt, eine Anspielung auf die Austrocknung des Sees durch den Wasserverbrauch der Baumwollplantagen. Es waren noch andere Hinweise auf ökologische Sünden versteckt, vom Künstler vielleicht als Nadelstiche gegen den Auftraggeber verstanden, die diesen aber gar nicht stachen. Im Gegenteil: Jansen fand das Gemälde durch die Kritik aufgewertet. Ohne diese wäre es flaches Kunsthandwerk. So war es Kunst. Es war in seinen Augen, viel eher als die gutachterlich behauptete Vereinigung der eigentlich unversöhnlichen Stile von naiver Malerei und sozialistischem Realismus, tatsächlich so etwas wie ein fröhliches Gemälde nach Hieronymus Bosch. Mit Dämonen, die müde waren, aber zugleich glücklich, der dunklen Welt des Mittelalters zu entfliehen und Anschluss an die Moderne zu finden. Ein optimistischer Hieronymus Bosch in neuzeitlich, dachte Jansen. Diese Einschätzung behielt er allerdings für sich. Das Gemälde jedenfalls würde ihm auf der Roadshow gute Dienste leisten.

Als nach der Begrüßung der Investoren und Analysten der Finanzchef der konsortionalführenden Bank einen kurzen Vortrag hielt, ging es nicht um Ökologie und Arbeitsbedingungen, sondern um die Frage, wer für die seit Jahren sinkenden Preise im Textilsektor bezahlen sollte.

Immer musste irgendwer für irgendwas bezahlen. Antworten mussten gefunden werden. Welche Wachstumsperspektiven gab es? Wo lagen Ressourcen für Margensteigerungen?

Mit diesen Fragen übergab der Banker an Jansen, der aufstand, der Versammlung den Rücken zuwandte und Tinnar Z.s Werk betrachtete, das hinter ihm an der Wand farbenprächtig leuchtete. Es schien, wie ein barockes trompl'œuil-Gemälde, den Blick durch die Täfelung der Stirnwand hindurch auf eine andere Welt freizugeben. Auf eine Welt voller Probleme, wie Jansen mit Hinweis auf den Aralsee und die harte Arbeit auf den Baumwollfeldern und in den Textilfabriken betonte. Aber auch auf eine Welt voller Chancen. »Lassen Sie uns heute nicht von Problemen sprechen, sondern von Lösungen«, rief Jansen, Chief Executive Officer, Vorstandsvorsitzender, juveniler Familienpatriarch. »Wir müssen hingehen zu den Menschen«, schmetterte er, fast hätte er seine feurigen Worte mit einer Geste unterstützt – hinausweisen in die Ferne, wohin man gehen müsste –, bemerkte aber noch rechtzeitig, dass sein Finger nicht nach Bangladesch weisen würde, sondern auf die Tür. Er rettete sich in ein Hüsteln. »Entschuldigung …«, fuhr er fort, nachdem er sein Taschentuch wieder eingesteckt hatte. Und fuhr seine Stimme langsam wieder hoch: »Wir müssen aus unserem europäischen Dorf hinaus in die Welt. Wir müssen dort produzieren, wo die Menschen und wo die Rohstoffe sind.«

Wenn die Baumwolle aus Indien in der Türkei versponnen, wenn das türkische Garn in Taiwan verwoben, wenn das taiwanesische Tuch in Tunesien mit polnischer Farbe gefärbt war, dann wurde in Bangladesch der Stoff zugeschnitten, wurden die Knöpfe aus Hongkong und die Reißverschlüsse aus Japan angenäht und die fertigen Jeans im Hafen von Chittagong verschifft. Jeden der Produktionsschritte zeigte er auf dem Gemälde, dort wies er auch auf Alternativen und Konkurrenten – Baumwolle aus Westafrika, Knöpfe aus Italien, Farbe aus Deutschland, Nähfabriken in Indonesien. Er würzte seine Rede mit Anekdoten von seinen Reisen zu den Stationen der Jeans und sparte auch nicht mit Nachdenklichkeiten über die Lebensbedingungen der Arbeiterinnen und den Verbesserungen für sie, die bereits erzielt wurden und die noch zu »realisieren« waren, um nach diesem Schlenker zur Pointe seines Vortrages zu kommen: »Free-on-board-Kosten pro Jeans bis hierher in den Hafen Chittagong … 5,85 US-Dollar!«

Jansen ließ eine Pause, während ein Lichtpunkt aus dem Laserpointer den gelben Fleck auf dem Gemälde umkreiste, der für Chittagong stand.

»Zuzüglich«, fuhr er fort, »1,44 Dollar für Beladen, Verschiffung, Versicherung, Zoll, Ausladen und LKW-Verfrachtung ergibt Gesamtkosten von 7,29 Dollar pro Jeans free depository, davon Lohnkosten 0,86 Dollar. Insgesamt umgerechnet 11,66 DM Kosten für eine hochwertige J&P Markenjeans, die für 89,90 DM in den Handel kommt. Diese Zahlen belegen, dass ein global aufgestelltes, vertikales Textilunternehmen wie Jansen & Peters den Shareholdern eine attraktive Eigenkapitalrendite erwirtschaftet.«

Jansen ließ Zeit verstreichen. Er blätterte in seinen Unterlagen. So konnte sein letzter Satz sich in den Köpfen der Investoren mit den Zauberwörtern verweben, die er vorher in seinen Vortrag eingestreut hatte: Shareholder value. Marge. Free cash flow. Gewinn vor Abschreibung, Zinsen und Steuern. Gewinn vor Zinsen und Steuern. Gewinn pro Aktie. Gewinn. Gewinn.

Das Bookbuilding, die Preisbildung für den Ausgabekurs der J&P-Aktie, verlief bislang enttäuschend. Dieser Nachmittag musste die Wende bringen. Gespannt schaute Jansen in die schweigenden Gesichter der Investoren. Er hatte ein gutes Gefühl.

In die Stille hinein knarzte die schwere Flügeltür aus Tropenholz. Gerd Klier betrat den Raum und schnürte auf Gummisohlen, die leise auf den Dielen quietschten, zwischen den Stuhlreihen hindurch auf den Vorstandsvorsitzenden zu. Er war ein sehniger Mann Mitte vierzig, der in fünfundzwanzig Jahren bei der Polizei eine Effizienz und Flexibilität unter Beweis gestellt hatte, die ihn nach seiner fristlosen Entlassung bei der Behörde wegen, wie er es darstellte, »kompromisslosen Zupackens« als Verantwortlichen für die Sicherheit des Vorstandes von J&P und seiner 1042 Filialen in Europa qualifizierte. Klier reichte Jansen einen kleinen Zettel. Der überflog die Notiz, nickte, steckte das Papier in seine Hosentasche und setzte seinen Vortrag fort, ohne auf den Zwischenfall einzugehen und ohne sich seinen Zorn anmerken zu lassen.

Nachdem nämlich in Indien Landarbeiter mit bloßen Händen die Baumwolle geerntet hatten, nachdem türkische Arbeiter diese versponnen hatten, nachdem Chinesinnen das Garn verwoben und junge Frauen in Bangladesch es zu Jeans vernäht hatten, nachdem diese verschifft und auf LKWs nach Madrid gefahren worden waren und in der J&P-Filiale in der Calle de Hermosilla ausgelegt worden waren, hatte ein unbekannter Täter eine dieser Hosen genommen, sie in der Umkleidekabine aber nicht anprobiert, sondern einen Brandsatz in die Gesäßtasche gesteckt und die Jeans unten in den Stapel zurückgelegt. Ein elektronischer Zeitgeber zündete Stunden später, um 1 Uhr 26, eine Blitzlichtbirne, die zermahlene Streichholzköpfe aufflammen ließ, die ein Gemisch aus Unkrautvernichtungsmittel und Zucker zündeten, das den Stapel Jeans in Brand setzte und dadurch die Sprinkleranlage auf der gesamten Etage auslöste. Eine halbe Stunde später wurde in einer anderen Madrider Filiale ein Anschlag der gleichen Art ausgelöst, und noch eine halbe Stunde später ein dritter. Durch die drei Brände entstanden Schäden in Höhe von 1784 Dollar an Textilien und Regalen, das Löschwasser verursachte Schäden in Höhe von 717 684 Dollar, und da die Etagen wegen Aufräum- und Renovierungsarbeiten tagelang nicht nutzbar sein würden, entstanden weitere Verluste aus entgangenen Gewinnen in Höhe von etwa 420 000 Dollar, so dass sich die aus den drei Anschlägen rührenden außergewöhnlichen Aufwendungen auf gerundet 1 140 000 Dollar belaufen würden, um die sich der Gewinn der zukünftigen J&P AG minderte. Eine Marginalie im Promillebereich. Für die Bilanz irrelevant.

Aber so dachte Jansen nicht. Er war kein Finanzmann, er war Kaufmann alter Schule. Wie sein Vater. Er dachte in Textilien, in Hosen, Hemden und Blusen die aufgestapelt lagen, und er dachte in Käufern, die jeder eine Hose von diesen Stapeln erwarben. Er musste 30 000 zusätzliche Menschen davon überzeugen, in eines seiner Geschäfte zu gehen und dort eine Jeans zu erstehen. Er musste 180 Verkäuferinnen bezahlen, die diese Kunden berieten. Doch das war längst nicht alles, denn bei den Bränden handelte es sich um Erpressung. Klier gab ihm nach der Konferenz den Erpresserbrief, in dem in fehlergespicktem Englisch for the ending of the attacks Schweizer Franken, DM, Gulden und Französische Francs gefordert wurden. Seine Zahlungsbereitschaft sollte J&P mit einer Stellenanzeige in der Samstagsausgabe von El País kundtun. Dann kämen Anweisungen für die Geldübergabe.

Jansen überschlug im Kopf die geforderte Summe, die wichtigsten Wechselkurse waren ihm als Vorstandsvorsitzenden eines internationalen Handelskonzerns geläufig, und automatisch rechnete er alle Beträge in Dollar um. »625 000 Dollar?«, fragte er leicht irritiert. »Warum so eine krumme Zahl?«

»Es sind Deutsche«, sagte Klier. »Erpresser verlangen runde Summen, und zwar in ihrer heimischen Währung. Die Forderung ergibt in Deutsche Mark eine runde Million.«

Jansen nickte. »Gut«, sagte er. »Deutsche also, so, hmmm. Und warum die Anschläge in Spanien und das Erpresserschreiben in einer Art Englisch? Warum nicht auf Deutsch, wenn es Deutsche sind? Wir sind schließlich ein deutsch-niederländischer Konzern. Warum die Anzeige in El País?«

Jansen kannte die Antwort, Klier sah ihm dies an. Er war der Boss. Klier wollte nicht schlauer wirken als sein Chef. Also ließ er ihn alle Antworten finden. Er zuckte die Achseln. »Vielleicht wollen sie eine falsche Spur legen?«

»Sie wollen Stärke vortäuschen. Sie wollen uns glauben lassen, die Basken steckten hinter den Anschlägen. ABER …«, deklamierte Jansen, während er gleichzeitig den Umschlag des Erpresserbriefes von allen Seiten betrachtete und gegen das Licht hielt, »… die ETA hätte *zunächst* Geld gefordert und die Anschläge erst begangen, wenn ihre Forderungen nicht erfüllt worden wären. Nein-nein«, sagte er versöhnlich, wie in einem Seminar über Mitarbeitermotivation gelernt, »Sie haben Recht. Es sind keine Basken, es sind Deutsche. Und zwar mindestens zwei, der Brief ist in Amsterdam aufgegeben worden, und zwar kurz vor den Anschlägen.«

Jansen legte den Umschlag auf den Tisch und tippte auf den Poststempel. »Zwei Täter, einer in Madrid und ein Helfer in Amsterdam. Sie sind ungebildet, wie das schlechte Englisch zeigt. Unerfahren, ohne kriminellen Hintergrund, wahrscheinlich nicht vorbestraft. Sonst hätten sie keine Spur hinterlassen, indem sie das Erpresserschreiben per Post schicken. Sie hätten einfach ein Exemplar am Tatort zurückgelassen. Vielleicht ein Ehepaar in Geldnöten. Sie wirft den Brief ein, er macht die Anschläge. Zeitlich wäre es kein Problem, an einem Nachmittag in den drei Filialen in Madrid Brandsätze zu verstecken. Sie wollen uns eine Bande vortäuschen, die es aber nicht gibt. Es sind zwei Täter. Wären es mehr, wäre die Geldforderung höher.«

Klier lächelte in sich hinein. Genau diese Überlegungen waren ihm zuerst auch gekommen. Aber sie waren falsch. Es war kein Paar. Ein Paar wäre zusammen gereist. Die Frau hätte den Mann nicht alleine fahren lassen. Sie hätte auf jeden Fall vor Ort sein wollen. Sie hätte im Hotel gewartet, während er die Anschläge macht. Oder vielleicht im Auto. Sie hätten den Brief in Madrid eingeworfen.

Es würde noch etwas nachkommen, dessen war Klier sicher. Er behielt diese Überlegungen aber für sich, als Jansen fragte, was er zu tun vorschlage.

»Wenn es zwei Täter sind ... kein Problem. Wir fassen sie bei der Geldübergabe.«

»Gutgut. Machen Sie es so. Aber machen sie es diskret. Halten Sie die Presse raus. Kochen Sie die Geschichte runter. Ich möchte keine Nachrichten lesen müssen, die den Börsengang stören. Es gibt auch so unter den Investoren schon genug Skepsis gegen unsere Branche.« Seine Stimme verebbte, er sprach nur noch zu sich. »Margenschwach! Lächerlich. Verdammte Analystenbande. Bankster.«

ER HATTE IHR MIT DEM VERSCHLUSS seiner Uhr den Rücken aufgeschrammt. Ein feines Rinnsal Blut vermischte sich mit Ronjas Schweiß. Den Schmerz spürte sie erst, als sie auf dem Bauch lag und Trede ihr den Kratzer entlang einen Kuss neben den anderen setzte.

»Ganz schön scharfkantig, deine neue Uhr«, sagte sie.

Trede streifte sie ab und schwenkte sie vor ihren Augen. »Gefällt sie dir?«

Ronja nahm sie ihm aus der Hand. »Jaeger-LeCoultre«, las sie. »Elegant.« Ein Stück aus der Beute! Die Polizei hatte die bei dem Einbruch gestohlenen Uhren in der Tageszeitung aufgelistet, einige waren auf Fotos abgebildet, darunter eine solche Jaeger-LeCoultre Master, wie Ronja sich erinnerte. Schweigend reichte sie sie ihm zurück. Sie stand auf und zog sich an.

Er rührte sich nicht. »Was ist los? Was hast du vor?«

»Wir gehen ins Kino.«

»Ich wüsste einen super Film...«

»Vergiss es«, warnte sie vorsorglich.

»Terminator 2! Der Hammer! Der T 800 ist übergelaufen. Er hat die Maschinen verraten und kämpft jetzt an der Seite der Menschen!«

»Der T 800 ist übergelaufen? So so. Was immer das bedeuten mag: Heute entscheide ich. Wir gehen in ›Night on Earth‹. Den nächsten Film darfst du aussuchen.«

Sie machten einen Umweg durch den Grüngürtel. Auf den Wiesen tummelten sich Hunderte von fetten Kaninchen, die gelegentlich von einem Hund aufgescheucht wurden, der sich von dem Platz! und Bei Fuß! seines Herrchens nicht bremsen ließ. Trede hatte seinen Arm um Ronjas Schulter gelegt. Der warme Sommerwind streichelte ihr Gesicht. Am Weiher machten sie eine Pause. Sie setzten sich auf die Treppenstufen am Wasser und schauten auf den Teich.

»Dein Kumpel Zafer ist eingefahren, habe ich gelesen.«

»Er kann die Finger nicht von Dingern lassen, die zu groß für ihn sind.«

»Zeugen haben drei Männer gesehen. Einer wird noch gesucht.«

»Habe ich gelesen.«

»Du solltest nicht mit einer Uhr aus der Beute durch die Gegend laufen.«

»Was denkst du von mir! Die Uhr habe ich gekauft. Hältst du mich für einen Verbrecher?«

»Du bist ein Verbrecher. Das ist gerichtsbekannt. Aber keine Sorge. Mich stört nur, dass zwei geschnappt worden sind. Und wenn du weiter mit der Uhr rumläufst, bis du bald der Dritte.«

Trede streifte die Uhr vom Handgelenk und steckte sie in die Hosentasche.

»Wir wären bestimmt ein gutes Paar«, sagte er. »Wir *sind* ein gutes Paar!«, verbesserte er sich, riss sie in einer übertriebenen Bewegung in seinen Schoß, beugte sich zu ihr und küsste sie lange.

»Wie Bonnie und Clyde«, sagte sie, nach Luft schnappend.

»Dass du mir nur nicht auf die schiefe Bahn gerätst!«, sagte Trede. »Ich will nicht schuld sein, wenn du Blödsinn machst und in den Knast kommst.«

»Das ist lieb von dir«, sagte sie und lachte herzlich, »so fürsorglich«. Sie wandte sich aus seinen Armen. »Wir müssen, sonst verpassen wir den Anfang.«

Ich denke fast gar nicht mehr an Erik, dachte sie. Ein guter Freund, weit weg, das war's.

»Wo warst du eigentlich letzte Woche?«, fragte Trede unvermittelt.

»Ich war beruflich unterwegs. Geschäftsanbahnung.«

»Tut dir gut, die Arbeit. Hast richtig Farbe bekommen. So einen Job hätte ich auch gerne.«

»Wer weiß, vielleicht arbeiten wir ja mal zusammen. Kann man nie ausschließen.«

»Wenn es gut bezahlt wird.«

»Wenn es überhaupt bezahlt wird, wird es sehr gut bezahlt. So ist das bei Selbständigen. Aber jetzt Schluss mit dem Thema. Du weißt, ich mag es nicht, wenn du mir Löcher in den Bauch fragst.«

»Nur noch eine Frage.«

Ronja stöhnte.

»Worum geht's in dem Film? Und was soll das überhaupt heißen? Nachts auf der Erde? Oder Nacht auf der Erde?«

»Wart's ab. Ich sagte doch, ich mag's nicht, wenn du mich so ausfragst.«

Als sie aus dem Kino kamen, nörgelte Trede. »Leute fahren im Taxi durch die Gegend und schwafeln. Führen wir so ein langweiliges Leben, dass wir Leuten als Freizeitvergnügen beim Taxifahren zusehen müssen?« Er schaute sie mit einem seltsamen Röntgenblick an.

»Es geht nicht nur um Spaß im Leben. Es geht um Richtig und Falsch, um Gut oder Schlecht.«

»Ein bisserl was los muss schon sein. Oder willst du wie ein Gemüse dahindämmern, nur weil du dann nie was Falsches machst?«

DIE HITZE LASTETE AUF MADRID. Über dem Asphalt hing blau schimmernder Bodennebel aus Autoabgasen. Die Luft stand dicht und schwer, es war, als blickte man durch eine Windschutzscheibe voller Schlieren. Jansens Sicherheitschef Gerd Klier ging zu Fuß von seinem Hotel zum Prado, wo er das Geld vor dem Gemälde *El tres de mayo* von Francisco de Goya übergeben sollte. Sein Weg führte durch den Retiro-Park, dessen Laubbäume Schatten spendeten und die Luft, die in den Straßen aus reinem Kohlendioxyd zu bestehen schien, mit Sauerstoff anreicherten.

Die Täter hatten Übergabeort und Zeit, die Aufteilung des Geldes auf die verschiedenen Devisen und sogar Farbe und Marke des Aktenkoffers vorgegeben. Es war ein Rimowa Limbo schwarz aus nahezu unverwüstlichem und feuersicherem Polycarbonat, wie es in der Produktbeschreibung hieß. Zwischen der Hartplastikschale und der Auskleidung des Koffers war ein Sender mit einer Reichweite von einem Kilometer versteckt.

Dank Jansens Einfluss – schließlich galt es die über hundert spanischen Filialen von J&P zu schützen – hatte die spanische Polizei ausreichend Kräfte aufgeboten: drei zehnköpfige Observationseinheiten, fünf zwölfköpfige Einsatzgruppen der Spezialeinheit und zwei Hundertschaften Bereitschaftspolizei in Reserve, falls die Täter durch das Netz schlüpfen sollten, das um das Museum gespannt war.

Als Klier den botanischen Garten verließ, schlug ihm die Hitze ins Gesicht. Er trug Anzug und eine Krawatte, die von einem unter dem Kragen verborgenen, dünnen Gummiband gehalten wurde. Das Band war mit zwei Stichen locker an die Krawatte genäht. Zog man daran, würde es sofort abreißen. Sicherheitsmaßnahme. Wie die Sohlen seiner Schuhe, die bei flüchtiger Betrachtung wie Leder aussahen, tatsächlich aber aus Gummi waren, auf die nur ein feiner Lederrand genäht war. Sie gaben Halt bei schnellem Richtungswechsel und Abdruck bei Sprints. Man musste vorbereitet sein.

Er *war* vorbereitet. Er hatte sich sogar das Gemälde von einer Kunsthistorikerin des Rijksmuseums erklären lassen. Die Frau war ein Lexikon auf dünnen Beinen und Schuhen ohne Absätze. Sie überhäufte ihn mit Wissen über das Bild, die Zeit, in der es gemalt wurde, die Ereignisse, die es darstellte. Dabei schüttelte sie ihre blonden Locken aus Begeisterung über die allgemeine Erhabenheit der Kunst und die besondere Schönheit des Werkes. »Auf Niederländisch wird das Gemälde *Beschieting op 3 mei 1808 in Madrid* genannt«, erläuterte sie ihm. »Es zeigt die Erschießung spanischer Aufständischer durch Soldaten Napoleons.«

»Wie nennen es die Deutschen?«, fragte Klier.

»Die Erschießung der Aufständischen.«

El tres de mayo. Die Erpresser hatten den spanischen Titel verwendet. Klier fragte sich, ob es doch keine Deutschen seien. Doch er verwarf den Gedanken wieder. Kein Erpresser hatte jemals eine krumme Summe verlangt. Und die Scheine, die sie forderten, die Franken und Dollar und DM ergaben nur in Deutscher Mark eine runde Summe. Doch, es waren Deutsche. Gebildet und eingebildet. Leute mit Abitur. Sie sprachen Spanisch. Typen, die im Kaffeehaus nicht einfach zwei Espressos bestellten, sondern »zwei Espressi«, vielleicht sogar mit angehängtem Per farvore, dachte er. Sie schauten Filme mit Untertiteln und nannten das Bild von Goya nicht wie der gemeine Deutsche *Die Erschießung der Aufständischen*, sondern es musste der Originaltitel sein. *El tres de mayo.*

Wahrscheinlich nicht vorbestraft. Unerfahren. Nur Anfänger konnten auf ein Museum als Übergabeort kommen. Überall Kameras. Wachpersonal. Wenige Ausgänge, die sich leicht observieren ließen. Der von allen Seiten überschaubare Platz vor dem Museum. Freies Gelände, keine Verstecke, keine Gassen und Schleichwege. Hunderte Besucher, von denen jeder ein getarnter Polizist sein konnte. Ein Museum war eine Falle, dachte er, als er auf die Säulen am Haupteingang zuging.

Er betrat das Foyer und steuerte, ohne innezuhalten oder sich umzuschauen, auf die Kassen zu. Nicht auffallen. Beobachten. Das Profil der Täter: Zwei Deutsche, Akademiker, wahrscheinlich ein Paar. Das war die Arbeitshypothese für den Einsatz. Der Mann, der Haupttäter, würde den Geldkoffer holen. Die Mittäterin würde Schmiere stehen. Hier im Foyer oder irgendwo im Museum selbst. Sie würde auf einer Bank vor einem Gemälde sitzen, aber nicht das Bild anschauen, sondern die Besucher. Ich werde sie erkennen, wenn ich sie sehe, dachte Klier.

Er schlenderte zur *Erschießung der Aufständischen.* Drei Stunden wartete er unter dem Gemälde, auf dem ein Krauskopf mit Schnäuzer in einem weißen Hemd mit ausgebreiteten Armen und Wundmalen an den Händen seine Henker zum tödlichen Schuss einlud. Mit Milde und Verständnis in den Augen statt Zorn und Verzweiflung. Im Gegensatz zu ihm wurde Klier immer wütender, je länger er ausharrte. Die Erpresser, dämmerte es ihm, hatten ihn an der Nase herumgeführt. Sie waren nicht so dämlich, sich für die Geldübergabe in die Mausefalle eines Museums zu begeben.

Sie waren gar nicht erst nach Madrid gekommen. So musste es sein.

Sie hatten mit einer Falle bei der Geldübergabe gerechnet. Warum also hingehen? Warum nicht Jansen & Peters und seinen Sicherheitsdienst und die spanische Polizei sich austoben lassen? Ein gescheiterter Zugriff zermürbt. Deshalb hatten die Täter auch das Museum gewählt. Es gab viel Publikum, das nicht gefährdet werden durfte. Wertvolle Gemälde, die vor Schaden beschützt werden mussten. Viele Ausgänge und Notausgänge, die bewacht werden mussten. Der Einsatz war aufwändig.

Und völlig nutzlos.

Die gescheiterte Übergabe würde nun als Begründung für die Erhöhung ihrer Geldforderung herhalten, dachte er. Es wird eine neue Anschlagsserie geben. Dann werden es nicht drei Anschläge sein, sondern sechs.

Schon am übernächsten Tag erhielt Jansen persönlich ein Schreiben, in dem die Erpresser ihre Forderung auf zwei Millionen Mark hochschraubten, wieder auf unterschiedliche Währungen aufgeteilt.

Zur Untermauerung ihrer Forderung begingen sie am gleichen Tag nicht sechs, sondern acht Anschläge auf Kaufhäuser in Frankreich, Deutschland und den Niederlanden. Und im Schweizer Logistikzentrum von Jansen & Peters setzten sie fünf Lastwagen in Brand.

All das sah Klier kommen, als vor Goyas Gemälde Zorn in ihm aufschoss und kein Ventil fand. Du bist ein Idiot, hielt er sich vor, ein Schaf wie der Mann im weißen Hemd, der die Arme ausbreitet, um ein besseres Ziel zu geben.

IN JANSENS PRIVATEM BOXGYM im Untergeschoss der Firmenzentrale behakte Klier die Maisbirne, dass es staubte. Als er den Vorstandsvorsitzenden eintreten sah, unterbrach er seine Schlagserie, streifte die Kapuze herunter und trocknete mit einem Handtuch sein Gesicht. Die Maisbirne pendelte quietschend aus. Jansen kletterte in den Ring und wärmte sich mit Seilchenspringen und Dehnübungen auf. Dann bandagierte er seine Hände. »Schlechte Publicity können wir gerade überhaupt nicht gebrauchen«, sagte er, überzeugt, Klier würde auch ohne nähere Erläuterung verstehen, dass er von den Demonstranten mit den lila Halstüchern sprach, die auf der Straße Plakate schwenkten und Parolen skandierten. In Bangladesch streikten die Näherinnen um das Übliche: für Lohnerhöhung, gegen überhitzte Fabrikhallen und sexuelle Belästigung durch Vorgesetzte. Sicher hätte man den Streikenden in vernünftigem Rahmen entgegenkommen können. Nicht allerdings in ihren Forderungen nach Gewerkschaften. Die Frauen hätten wissen müssen, dass man sich der globalisierten Welt an der Schwelle zum neuen Jahrtausend nicht mit Forderungen aus dem 19. Jahrhundert entgegenstellen konnte. Ihre Uneinsichtigkeit in die Gesetze des Marktes zwang die Firmenleitung zur Gegenwehr. Es gab Aussperrungen, gefolgt von Tumulten, die der Werksschutz entschlossen unterband (es hatte Verletzte unter den Streikenden gegeben). Die Medien hatten berichtetet, und vor dem Firmensitz von Jansen & Peters sammelten sich Demonstranten.

Schlecht für das Geschäft. Und dazu dieser verdammte Erpressungsversuch! Die Brände in Europa, der Streik in Bangladesch. Nichts wäre Jansen lieber gewesen, als die Erpressung still zu beenden, und sei es durch die Zahlung des Schutzgeldes. Hauptsache, es herrschte Ruhe bis zum Börsengang. Aber jetzt hatte es eine zweite Serie von Anschlägen gegeben, und die Erpresser hatten ihre Forderungen verdoppelt.

Jansen trainierte mehrmals die Woche, »um den Stress rauszuhauen«, wie er sagte. Er liebte es, seine Kräfte mit Klier zu messen, obwohl dieser, wie er einräumen musste, ihm leicht überlegen war. Schließlich konnte er als Vorstandsvorsitzender eines international aufgestellten Textilkonzerns nicht so häufig trainieren wie sein Sicherheitschef. Dennoch verteidigte er sich reaktionsschnell und technisch sauber. Kaum einmal gelang Klier ein Treffer. Wobei die Kämpfe natürlich locker geführt wurden; so konnten sie während des Sparrings das weitere Vorgehen besprechen.

Zumindest Klier konnte das. Während er Linke und seltener Rechte auf Jansens Deckung niederprasseln ließ, erzählte und erzählte er.

Es handele sich um eine Gruppe. Führhand, Aufwärtshaken, Führhand. Es seien Deutsche. Ein Sprachwissenschaftler habe die in Englisch verfassten Erpresserbriefe analysiert. Sie enthielten typische Fehler, wie sie Deutsche machten. Statt Consistent schrieben sie Consequent, statt Appointment kündigten sie ein Date in Lissabon an. Wahrscheinlich für ein Candlelightdinner, haha. Aber das Beste sei: If you inform the police we will hardly react. Wenn Sie die Polizei informieren, werden wir kaum reagieren.

Jansen war nicht zum Lachen zumute. Wehrte notdürftig ab: Führhand, Cross, Leberhaken. »Aber das sind Grundschulfehler«, nuschelte er durch seinen Mundschutz. Für den Gedanken zweigte er zu viel Energie von der Motorik ab. Er vernachlässigte einen Moment die Deckung.

»Die Übergabe in Madrid war nur ein Test. Sie hatten niemals vor, das Geld zu holen. Sie wollen uns mürbe machen. Sie haben mich vorgeführt.« Führhand zum Kopf, Schlaghand zum Körper. Jansen brachte die Ellbogen nicht rechtzeitig herunter, Klier konnte den Schwung nicht mehr völlig aus seinem Schlag nehmen und traf den Vorstandsvorsitzenden leicht am Solarplexus. Kaum mehr als eine hauchzarte Berührung, die allerdings reichte, um Jansen auf die Knie sinken zu lassen.

»Entschuldigung«, sagte Klier.

Jansen spuckte den Mundschutz auf den Boden und zog seine Handschuhe aus. Er war sauer, sagte aber: »Kein Problem, darum geht es doch, den anderen umhauen.«

Jedes Sparring mit Jansen stürzte Klier in ein diplomatisches Dilemma. Wie alle Führungskräfte war auch der CEO von J&P ein schlechter Verlierer. Klier durfte ihn nicht ernsthaft treffen, er durfte sich allerdings auch nicht von ihm besiegen lassen. Wie würde das aussehen? Vorstand verprügelt Leibwächter? Er durfte nicht gewinnen und nicht verlieren, und das Ganze durfte Jansen nicht auffallen, sonst hätte es ihm keinen Spaß mehr gemacht. Kliers Lösung bestand in einem lockeren Schlaghagel auf die Deckung. Das setzte Jansen ausreichend unter Druck, nicht den Respekt vor der Kampfstärke seines Sicherheitschefs zu verlieren, und ließ ihm den Stolz auf seine Verteidigung. Gelegentlich verpasste Klier ihm einen Wischer an unempfindlicher Stelle. An der Stirn. Auf dem Hüftknochen. Jansen nuschelte dann »Tiefschlag« durch seinen Mundschutz und schrieb sich einen Punkt gut. So mogelte sich Klier durch die Sparrings und alle waren zufrieden, eine, wie Jansen gesagt hätte, Win-win-Situation. Er durfte nur nicht Jansens Reaktionsschnelligkeit überschätzen. Denn eine Schlagkombination, einmal begonnen, spulte sich automatisch ab. Und Jansen hatte schlechte Nehmerqualitäten, selbst von einem Wattebausch ginge er k.o.

Jansen hatte sich in der Ecke auf den Hocker gesetzt und trank gierig aus einer Wasserflasche. »Wir haben es also mit einer Bande von ungebildeten deutschen Idioten zu tun«, stellte er fest.

»Idioten? Ich weiß nicht. Weil sie kein Englisch können, meinen Sie? Vielleicht versuchen sie uns zu täuschen. Sie wollen ihre Herkunft verheimlichen. Deshalb auch die Anschläge und die Geldübergabe in ganz Europa.«

»Warum so viel Mühe?«

»Weil sie keine unbeschriebenen Blätter sind. Es sind Berufsverbrecher, wahrscheinlich vorbestraft. Die deutsche Polizei hat Informationen über sie.«

»Oder die deutschen Geheimdienste.«

»Wer auch immer«, sagte Klier. Er hätte sagen können: Die deutschen Geheimdienste seien in Erpressungsfälle nicht involviert, solange keine Terroristen beteiligt wären. Er hätte sagen können: Das deutsche Bundeskriminalamt sei viel kompetenter als die Geheimdienste. Es verfüge über eine hochprofessionelle Abteilung Erpressung, die unlängst personell ausgebaut und technisch aufgerüstet wurde, nachdem 1988 ein Erpresser das Berliner Kaufhaus des Westens erfolgreich zur Zahlung von 500 000 DM genötigt hatte. Er hätte sagen können: Die deutsche Polizei frage für Erpresserschreiben keine externen Gutachten von Universitätsdozenten an. Das BKA habe eine eigene Abteilung forensische Linguistik, ein Referat für Sprecherkennung, Tonträgerauswertung und Autorenerkennung, deren Linguisten aus Erpresserbriefen verblüffend realistische Täterprofile destillierten. Die Polizei habe »Kiste«, das Kriminaltechnische Informationssystem Texte. Die deutsche Polizei ist auf dem Stand der Zeit. Die Geheimdienste hätten nichts außer einer Unmenge unnützer und zusammenhangloser Informationen. Das alles hätte er einwenden können, aber natürlich widersprach er Jansen nicht.

Klier hatte sich in die Seile gesetzt, um nicht auf Jansen hinabschauen zu müssen, der auf seinem Hocker zusammengesunken war. Schmerzen im Sonnengeflecht, dachte Klier. Empfindliche Stelle. Jansen stand unter Mühen auf.

»Geht's?« fragte Klier besorgt.

»Alles bestens, alles bestens. Kümmern Sie sich nur darum, dass wir die Täter bei der Geldübergabe zu fassen kriegen. Was ist der Plan?«

Die Täter! Er redet wie ein Polizist, dachte Klier. Fehlt nur noch *mutmaßlich*. Keine Empörung, keine Beschimpfung. Sachlich. Es ist keine persönliche Angelegenheit. Die Erpresser stören seine Geschäfte, und er will sie fassen. Das war alles. »Wir bauen einen Sender ins Kofferschloss ein. Wir tracken den Koffer und schnappen sie uns nach der Übergabe.«

Jansen reckte sich und betastete seine Rippen. »Ganz schöner Hammer, Ihre Rechte. Kompliment.«

Wenn er aus Basaltholz geschnitzt ist, sollte er vielleicht nicht boxen, dachte Klier. Und sagte: »Ist 'ne empfindliche Stelle. Vielleicht sollten wir noch was an der Bauchmuskulatur arbeiten.«

Jansen ging nicht darauf ein. »Wir fassen die Erpresser *vor* der Geldübergabe. Nicht nachher.«

Der Vorschlag überraschte Klier, obwohl ihm genau das auch in den Sinn gekommen war. Die Täter hatten die Anweisung gegeben, mit dem Geld in zwei Rimowa-Koffern im Zimmer 321 des Hotels Internacional in Lissabon zu warten. Das Zimmer hatten sie bereits telefonisch für J&P reserviert. Sie kannten die Zimmernummer und somit die Durchwahl. In Lissabon gab es laut Auskunft der Telefongesellschaft 1376 öffentliche Telefonzellen, von denen derzeit 217 außer Betrieb waren. Blieben 1159 Zellen, die auf insgesamt 723 Standorte verteilt waren. Siebenhundertdreiundzwanzig Polizisten waren für ihre Überwachung nötig, Zweihundert weitere Beamte brauchte man in Bereitschaft, weitere fünfzig für Logistik. Insgesamt etwa tausend Polizisten. Jansen hatte Einfluss. Jansen gefiel es, tausend portugiesische Polizisten in Bewegung zu setzen. Deshalb setzte Jansen tausend portugiesische Polizisten in Bewegung.

Sobald Klier den Anruf der Erpresser erhielt, würde er per Funk die Einsatzzentrale informieren, und jede Person würde festgenommen, die in Lissabon von einem öffentlichen Fernsprecher aus telefonierte. Es wären nur wenige Ausländer darunter. Und wahrscheinlich nur ein Deutscher. Der Erpresser.

Klier holte das bei der Banco Espírito Santo bereitstehende Lösegeld ab und fuhr in sein Hotel am Rossio-Platz. Er ließ sich eine Karaffe mit gekühltem Orangensaft kommen, setzte sich auf den Balkon und schaute auf den Platz hinunter, dessen Pflaster ein Wellenmuster zeigten. Man wurde schwindelig davon, wenn man von oben zu lange auf eine Stelle starrte. Auf dem Platz wimmelte es von Menschen. Touristen und Einheimische ließen die Zeit verplätschern. Machten Picknick zu Füßen der großen Königsstatue oder kühlten ihre Beine in einem der beiden Bronzebrunnen. Er fragte sich, ob einer der trödelnden Menschen dort unten verstohlen hoch zu seinem Zimmer schaute.

SIE HATTEN IN EINEM BESCHEIDENEN Dreibettzimmer in einem Guesthouse am Rossio übernachtet. Ronja und Max hatten ihre Betten zusammengeschoben, darauf saßen sie am Morgen mit ausgestreckten Beinen an das Bettgestell gelehnt und aßen Puddingtörtchen, die sie mit Apfelsaft aus dem Tetrapack hinunterspülten. Morlock stand am Fenster und beobachtete durch den Spalt zwischen den Vorhängen mit einem Fernglas den Geldboten, der auf dem Balkon des Internacional auf der gegenüberliegenden Seite des Platzes frühstückte.

»Und?« fragte Ronja. »Wie sieht er aus?«

»Kurze Haare, Sonnenbrille, Freizeitanzug.«

»Ein Exbulle«, vermutete Ronja. Neugierig geworden rollte sie sich vom Bett. »Hört sich wie ein Typ an, der angreift, wenn sich ihm eine Gelegenheit bietet.«

»Gut möglich.«

»Wir sollten bei der Geldübergabe bewaffnet sein.«

»Ich glaub nicht, dass die anderen dem zustimmen würden.«

»Dafür brauch ich von niemandem die Zustimmung, sondern deine Pistole.«

»Nele wird das sicher anders sehen.«

»Nele kann nicht verfügen, ob ich mich verhaften lasse oder nicht«, erwiderte Ronja scharf.

»Die Diskussion fehlt mir gerade noch«, stöhnte Morlock.

»Ich habe nicht die Absicht, darüber zu diskutieren.« Ronja war hinter ihn getreten, hatte seinen Bauch umfasst und ihren Kopf an seinen Rücken gelehnt. Sie löste sich von ihm und griff zum Fernglas. »Lass mal sehen.« Umständlich stellte sie die Optik scharf. »Ich sehe ihn nicht!«

»Dritte Etage.«

»Ja, weiß ich. Da ist aber keiner.«

Morlock schaute auf die Uhr. Es war genau zehn. »Er telefoniert.«

Klier griff den Hörer mit der rechten Hand, wo das Mikrofon unter der Hemdmanschette befestigt war, so dass die Polizisten in der Einsatzzentrale mithören konnten. »Jansen & Peters hier, mein Name ist Gerd Klier, mit wem spreche ich?«

»Take the bags and leave the hotel...«

Eine weibliche Stimme. Das war gut, es grenzte die Zahl der Verdächtigen an den 723 Telefonzellen ein. »Wir können Deutsch reden, das wäre einfacher. Ich weiß, dass Sie Deutsche sind.« Klier versuchte, Hintergrundgeräusche zu identifizieren. Aber er hörte nur ein gleichmäßiges Rauschen.

»Shut up and listen! Go to the phone box at the corner Madalena street. There you will receive a call at exactly 10:15.«

Als Klier mit den zwei Millionen in zwei Aktenkoffern zu der Telefonzelle kam, sah er schräg gegenüber einen Seat, in dem zwei Zivilpolizisten saßen, die wie Zivilpolizisten aussahen und die Telefonzelle anstarrten. Noch auffälliger ging's wohl nicht.

Pünktlich um 10 Uhr 15 klingelte das Telefon.

Achtzehn Personen telefonierten in diesem Moment von einer öffentlichen Telefonzelle in Lissabon. Siebzehn Männer blieben unbehelligt, eine englische Touristin wurde vorübergehend festgenommen. Sie wurde wieder auf freien Fuß gesetzt, nachdem sich herausgestellt hatte, dass der Erpresseranruf aus Frankreich gekommen war.

Am Apparat dieselbe Frauenstimme. Jetzt sprach sie deutsch. »Unter der Ablage des Telefonbuches klebt ein Schlüssel. Fahren Sie mit einem Taxi zum Rossio-Bahnhof. Von dort nehmen Sie die S-Bahn um 10 Uhr 31 zum Bahnhof Campolide. Der Schlüssel passt für das Schließfach 128.«

Aufgelegt.

In dem Schließfach fand Klier ein Funkgerät und auf einem in der Mitte gefalteten Blatt die Anweisung »Put the walkie-talkie on reception. Take the first cab of the line.«

Kaum hatte er im Taxi Platz genommen und die beiden Geldkoffer im Fußraum abgestellt, da schepperte aus dem Funkgerät eine Männerstimme mit grausamem deutschen Akzent: »Jardim Zoológico«. Und fügte in erstaunlich englisch klingendem Englisch hinzu: »Zoological garden.«

Dank einer stetigen Brise, die vom Tejo herauf durch die Straßen wehte, war es ein angenehm milder Hochsommertag. Ronja, Max und Morlock gingen ihn gelassen an. Es gab bei ihrem Kommando Jackpot, wie es Erik wegen der Initialen von Jansen & Peters getauft hatte, nur einen gefährlichen Moment: den der Geldübergabe. Sie würden das Taxi mit dem Geldboten kreuz und quer durch die Stadt schicken, mehrmals an ihren Beobachtungsposten vorbeilotsen und sich so vergewissern, ob er von Zivilpolizisten begleitet wurde. Sollte ihnen ein Fahrzeug verdächtig vorkommen, würden sie die Aktion abbrechen.

Sie spazierten gemeinsam zum Aquädukt Aguas Livres, einem Kalksteinbau aus dem 18. Jahrhundert, der im Norden der Stadt das Vale de Alcântara auf bis zu fünfundsechzig Meter hohen Spitzbögen überspannte. Rechts und links neben der eigentlichen Wasserröhre verliefen zwei Gänge, deren Zugänge im Norden im Alto Serafina Park und im Süden in der Calçada da Quintinha im Stadtteil Campolide so versteckt waren, dass sich kaum einmal jemand auf das Aquädukt verirrte, obwohl man von dort einen postkartenwürdigen Ausblick auf die Stadt hatte. Von der höchsten Stelle des Aquäduktes über dem Stadtteil Alcântara sahen sie im Osten den Bahnhof Campolide, in den ein Mann mit zwei silberfarbenen Aktenkoffern aus robusten Polycarbonat hineinging und kurze Zeit später wieder herauskam, um in das erste Taxi der Warteschlange zu steigen, wie man ihn angewiesen hatte.

Vom westlichen Gang des Aquäduktes hatten sie freien Blick nach unten auf ein verwirrendes Geflecht aus Straßen, Schnellstraßen und Autobahnzubringern, die von oben aussahen wie ein Wollknäuel, nachdem die Katze damit gespielt hat. Max lenkte per Funk das Taxi mit dem Geldboten durch dieses Gewirr. Morlock beobachtete mit einem Feldstecher die Fahrt. Genervt hörte er Ronjas nächsten Versuch, die Schutzgelderpressung politisch zu verbrämen. »In einem Zulieferbetrieb von J&P in Chittagong haben sie Schlägertrupps auf die Streikenden gehetzt. Drei Frauen sind schwer verletzt, eine schwebt in Lebensgefahr.«

»Ich las davon«, knurrte Max ungeduldig.

»Die Streikenden brauchen Unterstützung. Es reicht nicht, vor der Kirche Plakate hochzuhalten oder in der Fußgängerzone Unterschriften zu sammeln. J&P muss klargemacht werden, dass es zwar die Produktion in die Dritte Welt verlagern kann, aber nicht den Widerstand.«

»Geht das schon wieder los?«, brummte Morlock.

»Wir greifen die Forderung der Streikenden auf. Für die Näherinnen Arbeitsschutz, Organisationsfreiheit und Lohnerhöhung, für uns zwei Millionen.«

»Was sollen diese Forderungen sein? Ablass für unsere Sünden?«, fragte Morlock.

»Wir holen uns das Geld zurück, das J&P den Armen gestohlen hat, die er für fünfzig Pfennig am Tag in überhitzten Fabriken ausplündert. Wenn das kriminell ist ..., bitte.« Zu Ronjas Tonfall hätte gut ein trotziges Aufstampfen mit dem Fuß gepasst.

»Hör auf, dir was in die Tasche zu lügen. Die Siebziger sind vorbei. Kein Mensch dreht mehr Filme über Bonny & Clyde.« Morlock setzte das Fernglas ab. »Der Bote hat keine Bullen dran, lass uns in Position gehen.«

Max schaltete das Funkgerät ein. »Go to Quintinha road. Leave the taxi and enter the right way of the aqueduct.« Grinsend schaltete er es wieder aus. »War das korrekt: Leave the taxi?«

Morlock teilte Maxens Humor nicht. »Deine Marotte mit dem fehlerhaften Englisch ... wen willst du damit täuschen? Morgen wissen sie wahrscheinlich sowieso, mit wem sie es zu tun haben.«

Ronja packte das Jagdfieber, die politische Camouflage ließ sie fallen. »Sie sind reif für die Übergabe«, sagte sie. »Heute ziehen wir es durch.«

»Abwarten«, sagte Morlock.

Sie verließen das Aquädukt und trennten sich.

Das Aquädukt lag hinter einer Mauer verborgen. Klier ging durch das niedrige Rundtor über einen Kiesweg zwischen akkurat beschnittenen Büschen und einigen Bäumen zum Zugang. Die Erpresser hatten ihn aufgefordert, den rechten Gang zu nehmen, also musste es auch einen linken geben. Doch den konnte er nicht entdecken. Der Blick auf die andere Seite des Aquäduktes war durch die Ummantelung der Wasserleitung verstellt. Vielleicht gab es an der südwestlichen Seite einen Gang, aber einen Eingang dazu gab es hier definitiv nicht. Kein Eingang, kein Ausgang. Seltsam.

Klier nahm den rechten, den einzig möglichen Weg. Er war kaum breiter als einen Meter. Links begrenzte ihn die Wand, hinter der die Wasserleitung verlief, rechts eine hüfthohe Mauer, auf der ein zweieinhalb Meter hoher, von drei Reihen Stacheldraht gekrönter Zaun stand. Über Funk bekam er die Anweisung, das Tal zu überqueren und zum nördlichen Ausgang zu gehen. Er schlenderte langsam den Gang hinunter und schaute nach Osten auf Lissabon hinab, zum Bahnhof hinüber, dann zum Autobahnkreuz. Ihm fiel auf, wie engräumig seine Irrfahrt angelegt gewesen war. Man hätte mit einem Fernglas die ganze Tour vom Aquädukt aus beobachten können.

Er war jetzt hoch über dem Tal und blickte auf die roten Ziegeldächer Almoreias mit seinen Gassen und Hinterhöfen hinunter. Er vergewisserte sich, dass das Walkie-Talkie auf Empfang stand. Dann flüsterte er ans Handgelenk: »Was erwartet mich auf der anderen Seite?«

»Möglicher Übergabepunkt.« Die Einsatzleitung war erheblich flexibler, als es die Beobachter der Telefonzelle in der Rua da Madalena hatten vermuten lassen. »Ein Park, Slums, Autobahnen. Ausgezeichnete Fluchtwege. Wir bereiten Straßensperren vor.«

»Was ist mit den Sendern in den Koffern?«

»Die Signale sind einwandfrei.«

Zehn Minuten später stand Klier ratlos vor einem verschlossenen Tor aus stabilen, zentimeterdicken Eisenstäben. Ein mit Natodraht umwickeltes Stahlgitter machte ein Überklettern des Tores unmöglich. Rechts stand zwar kein Maschendrahtzaun auf der kleinen Mauer, aber es ging noch sieben Meter tief hinunter in den Park, zu tief, um zu springen. Es gab nur einen einzigen Weg, das Aquädukt zu verlassen: zurück. Etwa eintausendsiebenhundert Meter zu Fuß. Fünf Minuten, wenn er lief.

Er wartete. Er war müde vom Weg. Er setzte sich auf die Koffer. Er hätte sich Wasser mitnehmen sollen, er hatte seit zwei Stunden nichts getrunken. Sein Mund fühlte sich an wie Sandpapier. Er schob sich zwei zuckerfreie Kaugummis hinein. Kauen, Speichel produzieren. Der Wind hielt Siesta. Es war kaum ein Geräusch zu hören, nur das leise, ferne Rauschen der Autobahn. In die Stille hinein ratterte ein Specht. Dann meldeten sich die Erpresser mit einer knappen Anweisung. »Go back!«

Klier hätte gerne sein Jackett ausgezogen, aber er befürchtete, seine Sendeverdrahtung abzureißen. So schwitzte er Flecken in sein eierschalenfarbenes Hemd. Je länger er ging, umso schwerer wurden ihm die Geldkoffer. Geld ist eine große Belastung, dachte er, und lachte missmutig in sich hinein.

Die Anweisung kam genau in dem Moment, als er an einem der Aufbauten auf der Wasserröhre vorbeikam, einer Art Schildhaus mit einem Dach halb Chinahut, halb Pickelhaube: »Go to the other side!« Sie dirigieren mich auf Sicht, dachte Klier. Mindestens vier Täter. Eine Erpresserin ruft aus dem Ausland an. Einer beobachtet ihn auf dem nordöstlich verlaufenden Gang. Wenn er jetzt auf die andere Seite wechselte, würde er dort von einem weiteren Täter beobachtet. Drei. Einer wird die Koffer holen. Vier. Ungewöhnlich viele Täter bei einer Erpressung, wunderte er sich. Er beugte sich über die Mauer. Kein Maschendrahtzaun darauf, dachte er, ideal für Selbstmörder. Er schaute hinunter ins Tal und fragte sich, wo der Beobachter postiert war. Er sah den Bahndamm, Autobahnzufahrten, Haine, Brücken, Unterführungen, Hinterhofbetriebe mit Wirtschaftswegen, ein perfektes Durcheinander. Klier hob den Arm und sprach in die Manschette: »Hier werden sie es machen. Sie werden verlangen, dass ich die Koffer ins Tal werfe.«

Daher hatten die Täter die Koffermarke vorgeben. Es mussten Koffer sein, die einen Sturz aus fünfundsechzig Meter Höhe überstanden. Koffer aus Polycarbonat. Ein Kunststoff, der sich durch Festigkeit, Schlagzähigkeit und Härte auszeichnete. Alle Polizisten kannten ihn. Man stellte Schutzhelme aus Polycarbonat her. Visiere. Schutzscheiben für Wasserwerfer. Einbruchhemmende Verglasungen. Schilde. Und Koffer, die man aus fünfundsechzig Meter Höhe von einem Aquädukt werfen konnte, ohne dass sie zerbrachen und zwei Millionen Mark fortflatterten.

Auf dem Bahndamm, zwischen hohen Büschen verborgen, das Fernglas vor den Augen, brummelte Morlock vor sich hin. »Was macht der denn da? Winkt er? Und was ..., der redet doch! Unterhält der sich mit seinem Handgelenk?« Er setzte das Fernglas ab. »Das Arschloch funkt mit den Bullen.«

Max drückte die Sendetaste seines Walkie-Talkies.

»You have broken the agreement. You speak to the police.«

Glasklar und ungestört, wie aus einem Telefon, kam die Antwort. »Du kannst Deutsch mit mir reden. Ist einfacher für dich als Englisch.«

Er wusste es also schon. Egal, dann eben deutsch. »Du bist verkabelt. Das ist gegen die Vereinbarung!«

Der Geldbote wollte widersprechen, aber Max ließ ihn nicht zu Wort kommen. »Nimm den Sender und das Mikro ab. Halt es hoch in die Luft und wirf es ins Tal. Oder die Übergabe ist gescheitert.«

»Wer seid ihr?«

»Dann ziehst du Jacke und Hemd aus. Ich will sehen, dass du sauber bist.«

»Wie heißt du?«

»Du hast fünf Sekunden.«

Max ließ die Sendetaste los. Morlock beobachtete durch das Fernglas, wie der Geldbote das Handfunkgerät auf den Boden legte, Jackett und Hemd auszog, die Klebestreifen mit Funkgerät und Mikro abzog und sie über die Mauer ins Tal warf, wie er die Arme ausbreitete und sich mit nackten Oberkörper zweimal um seine Achse drehte.

»Geh auf dieser Seite zurück, Richtung Quintinha«, sendete Max.

Dorthin, wo es keinen Ausgang gab, dachte Klier. Er nahm die beiden Koffer und marschierte los, zügig jetzt, er wünschte sich eine Entscheidung herbei, auch wenn seine Hoffnung schwand, einem der Erpresser nahe genug zu kommen, ihn selbst zu greifen. Er hatte keine Funkverbindung mehr zur Einsatzzentrale. Jetzt hing alles von den Sendern in den Koffern ab. Das Aquädukt verlief wieder fast ebenerdig. Der stacheldrahtgekrönte Maschendrahtzaun verhinderte, dass man über die Mauer auf den Grünstreifen mit seinen kanarischen Dattelpalmen und schwindsüchtigen Jacarandas springen konnte. Hinter dem etwa fünf Meter breiten Grünstreifen verlief, parallel zum Aquädukt, eine einspurige Sackgasse. Das Walkie-Talkie kündigte mit einem Knacken eine Botschaft an: »Schau nach rechts und geh weiter, bis du auf der Mauer ein Kreidekreuz siehst. Dort wartet ein Bote. Gib ihm die Aktenkoffer. Im Zaun ist ein Loch.«

Wenige Schritte später sah Klier die Markierung. Auf der Straße saß auf einer Vespa ein zierlicher Mann. Er trug Dreiviertelhose und Badelatschen. Sein Gesicht war unter einem Motorradhelm verborgen. Klier fand das Loch im Zaun und wartete, dass der Rollerfahrer zu ihm herüberkäme. Doch der regte sich nicht.

»He, hallo!«, rief Klier ihm schließlich zu und winkte. Der Mann fuhr zu ihm, der Bordstein war etwas zu hoch, der Roller hüpfte hinauf und setzte krachend auf. Der Fahrer gab Gas, machte einen Satz, schoss über den vertrockneten Rasen und kam schleudernd zum Stehen. Klier reichte ihm die beiden Koffer durch den Zaun, der junge Mann verstaute sie ohne Eile im Gepäckkasten.

»Recibo?«

»Certo«, antwortete Klier verwirrt.

Der Mann riss das oberste Blatt eines Formularbogens ab, kritzelte ein Kürzel darauf, reichte es Klier und brauste davon. Klier starrte auf das Blatt mit seinen vielen Formularfeldern, von denen keines ausgefüllt war. Eine Quittung? War das tatsächlich nur ein Kurier? Was hatten die Täter vor? Wie wollten sie an das Geld kommen?

Klier konnte nichts mehr tun. Er musste sich auf die portugiesische Polizei verlassen. Er hasste das. Nichts tun können, die Kontrolle verlieren. Von anderen abhängig sein. Doch seine Vorbehalte sollten sich als unberechtigt erweisen. Die Polizei spulte ihren Einsatz mit einer nüchternen und fantasielosen Durchschlagskraft ab, wie man sie sonst nur von Spielen der deutschen Fußballnationalmannschaft kannte. Den Gegner nicht ins Spiel kommen lassen, Elfmeter in der vierundachtzigsten Minute. 1:0. Weltmeister.

Laut dem späteren Polizeibericht wurden zwei Fahndungsringe aufgebaut. Auf den Autobahnen bezogen uniformierte Kräfte auf allen Parkplätzen Stellung, Streifenwagen postierten sich auf den Zufahrten. Die mobilen zivilen Beamten wurden unauffällig im Tal und in der Gegend des Campolide konzentriert. Vierergruppen der Spezialeinheit Grupo de Operações Especiais (GOE) kreuzten in schnellen Limousinen in der Stadt, jederzeit zum Zugriff bereit. Der Bote wurde von drei Teams von je zwölf speziell in Observation geschulten Kriminalen in einer Campainha, Glocke, genannten Formation verfolgt. Der Name rührte von der Aufstellung der Einsatzkräfte, die aus der Vogelperspektive einer Kirchenglocke ähnelt: vor und hinter der Zielperson, wobei die Hauptkräfte sich in den Parallelstraßen bewegten. Diese Formation konnte deswegen besonders wirkungsvoll angewendet werden, weil dank der Sender in den Geldkoffern und der hervorragenden Organisation des Funkverkehrs kein Sichtkontakt zur Zielperson nötig war.

Auch wenn die Zielperson unauffällig observiert wurde in der Hoffnung, sie würde die Einsatzkräfte zu den Mittätern führen, näherten sich ihr vorsorglich dennoch zwei Einsatzfahrzeuge der Marke BMW mit je vier GOEslern, um jederzeit auf einen Zugriff vorbereitet zu sein. Dieser wurde angeordnet, als die Zielperson in einen Tunnel einfuhr, weswegen das Signal der Sender in den Geldkoffern nicht mehr empfangen werden konnte. Da die Gefahr bestand, dass der Verdächtige sich durch einen Notausgang der Verfolgung entzieht, wodurch ausländischen Bürgern ein erheblicher wirtschaftlicher Schaden entstanden wäre, entschied die Einsatzleitung auf Zugriff. Das vordere GOE-Team Alpha bremste den Fahrer des Motorrollers aus, Team Beta brachte ihn zu Fall, indem es mit dem vorderen Kotflügel den Hinterreifen des Rollers rammte. Dabei entstanden geringfügige Schäden an der Lackierung des Einsatzfahrzeuges. Der Verdächtige wurde bei dem Sturz leicht verletzt (Hautabschürfungen, Schlüsselbeinbruch).

Dem Wunsch des Vertreters der geschädigten Firma, dem deutschen Staatsbürger Gerd Klier, an der Vernehmung des Verdächtigen teilzunehmen, konnte nicht entsprochen werden, da Senhor Klier zu diesem Zeitpunkt noch möglicher Zeuge war. Die Vernehmung und weitere Ermittlungen konnten eine Mittäterschaft des verdächtigen Boten zweifelsfrei ausschließen. Er wurde daher umgehend auf freien Fuß gesetzt, respektive zur Behandlung seiner Verletzung ins Hospital do Rego eingeliefert. Es handelte sich um den portugiesischen Staatsbürger Joao Costa, geboren am 12. Mai 1969 in Lissabon. Er arbeitete für den Kurierdienst Lisboa Mercurio, bei dem um 12 Uhr 23 der Auftrag eingegangen war, in der Calçada da Quintinha 1 zwei Aktenkoffer abzuholen und sie an der Rezeption des Dom Pedro Hotels für Senhor Rolf Blättler abzugeben. Tatsächlich war in dem Hotel eine männliche Person unter diesem Namen abgestiegen. Der Schweizer Ausweis, mit dem die fragliche Person sich legitimiert hatte, stellte sich bei der Überprüfung als gefälscht heraus.

Der Portier konnte eine gute Personenbeschreibung des dringend Tatverdächtigen abgeben. Es handele sich um einen etwa sechzigjährigen Mann nordischen Typs, mit symmetrischen Gesichtszügen, hellen, grünen Augen unter buschigen blonden Augenbrauen, einer schmalen, langen, geraden Nase und einem vorragenden, kräftigen Kinn. Er habe schüttere, blonde Haare, sei etwa einen Meter neunzig Zentimeter groß und habe eine kräftige Figur. Aufgrund der Beschreibung konnte ein Phantombild erstellt werden, welches den Akten beigefügt wurde.

Eine gründliche Durchsuchung des Zimmers durch die Spurensicherung ergab keinerlei Anhaltspunkte. Allem Anschein nach hatte der Tatverdächtige dort nicht übernachtet. Der Nachtportier konnte dazu keine Angaben machen.

Zusammenfassend ließ sich feststellen, dass die Täter folgenden Ablauf der Geldübergabe geplant hatten: Ein nicht eingeweihter Bote eines Kurierdienstes übernimmt die Geldkoffer und übergibt sie an der Rezeption des Dom Pedro Hotels. Der Täter vergewissert sich, ob der Bote einer Verfolgung ausgesetzt ist. Nur wenn er eine solche nicht erkennen kann, nimmt er die Beute an sich.

Dies konnte durch den entschiedenen und gut organisierten Zugriff der örtlichen Polizeikräfte verhindert werden. Da die Straftaten, die dem Einsatz zugrunde lagen, nicht in Portugal stattfanden, werden die Akten geschlossen. Eine Kopie erhält das deutsche Bundeskriminalamt, welches die Koordination der Fahndung nach den Erpressern übernommen hat. Eine Zusammenfassung einschließlich des Phantombildes wird Senhor Gerd Klier als Vertreter des Geschädigten, der Jansen & Peters AG i. Gr. übergeben…

ES GIBT DEUTSCHE MEISTERSCHAFTEN IN DEM SCHEISS, dachte Trede, als ihm zum dritten Mal die Schließstifte wegrutschten. Es war schwieriger, als mit Boxhandschuhen Garn in eine Nähnadel zu fädeln. Er hockte vor Ronjas Wohnungstür, stocherte mit Zahnarztwerkzeugen im Schloss herum und horchte auf Geräusche im Hausflur. Mit dem Zahnkratzer in seiner rechten Hand musste er die Schließstifte, einen nach den anderen, genau auf Kante heben. Dabei musste er gleichzeitig mit dem Wachsspachtel in seiner Linken, mit dem sonst Füllmasse in kariöse Zähne geschmiert wurde, das Schloss genau mit dem richtigen Kraftaufwand auf Spannung halten. Nicht zu schwach, weil sonst die Schließstifte zurückfielen. Nicht zu kräftig, da dies die Stifte blockierte, die er noch in die richtige Position heben musste. Er konnte das Einrasten auf der Kante ganz leicht in den Fingerspitzen fühlen. Sechs Stifte mussten ausgerichtet werden. Wenn er beim Letzten patzte, ging alles von vorne los. Deutscher Meister im Schlosspicken würde er jedenfalls nicht, das war schon mal sicher. Aber schließlich schaffte er es. Das Schloss sprang auf.

Leise zog er die Tür hinter sich zu. Der Einbruch versetzte ihn in fiebrige Erregung. Er ergriff – so fühlte es sich an – Besitz von der Wohnung und allem, was darin war oder nur vorübergehend abwesend. Ronjas Bücher in den deckenhohen Regalen im Flur müffelten. Bisher waren ihm die Ausdünstungen alten Papiers nie aufgefallen, Ronja lüftete ohne Scheu vor Heizkosten. Aber Ronja war nicht in der Stadt. Schon wieder nicht.

Die Bücherregale waren auf Maß getischlert. Bücher bis an die Decke, Themen bunt gemischt. Geschichte, Romane, Italienisch in vierzig Stunden, Kunstbände, Krimis, Kochbücher und, gleich neben den Kochrezepten, feministische Streitschriften. Im letzten Regal vor der Küchentür waren politische Pamphlete aufgereiht. Bakunin, Kropotkin und andere anarchistische Klassiker. Ein hektografierter Band über die Roten Brigaden bei Fiat, eine ganze Reihe Biografien über spanische Anarchisten im Bürgerkrieg. Einige blaue Bände. Im Kontrast dazu in der Regalreihe darunter die Rücken von fünfzig Suhrkampbänden, deren verlaufende Regenbogenfarben auf dem Christopher Street Day entzücktes Kreischen hervorgerufen hätten, und auch die zweiundzwanzig Jahrgänge der Zeitschrift Kursbuch waren nach ihren linden Farben geordnet. Darunter in mürrischem Schwarz-Weiß: einige Jahrgänge der Autonomie. Ein zerlesener Band fiel ihm ins Auge. Leben als Sabotage. Er schlug das Buch auf. Es war voller Kaffeeflecke, Unterstreichungen und krakeliger Marginalien. Die Buchstaben kippten nach links und rechts, als wollten sie aus den Wörtern fliehen. Das war nicht Ronjas Handschrift, in der sie akkurat die Betakassetten beschriftete. Das Buch hat wohl Erik Lasker hiergelassen, vermutete Trede.

In den untersten Fächern der Regale stapelten sich lose Zeitungen und Zeitschriften. Manche waren, vielleicht weil sie mit persönlichen Erinnerungen verknüpft waren, in Sammelordner sortiert. Vorsichtig, um den Staub nicht zu verwischen, hob Trede einen Ordner an. Alte Ausgaben der Radikal. Gefaltete Zeitungen im DIN-A-3-Format. Ana Bela? Nie gehört. Er klappte ein Exemplar auf. Es ging um Fürsorgezöglinge, 1968. Wie alt war Ronja gewesen, als sie sich diese Ausgabe für 30 Pfennig gekauft hatte? Siebzehn? Weitere Ordner mit Interim, eine Art linksradikaler Nachrichtendienst. Gehörte zu Benz' täglicher Lektüre. Trede stellte den Ordner genau in das Rechteck zurück, das er im Staub hinterlassen hatte.

Was er suchte, war Gewissheit. Konkreter konnte er es nicht fassen. Was gäbe ihm Gewissheit? In der verwegenen Hoffnung auf ein geheimes Tagebuch durchwühlte er ihre Wäsche im Schlafzimmerschrank. Natürlich fand er kein Tagebuch, stattdessen einen blauen Plastikdelfin, der, als er auf den Knopf an seiner Schwanzflosse drückte, leise vibrierte. Er verstellte die Frequenz der Vibrationen an dem Schieberegler, ließ den Delfin sirren und brummen und stellte sich vor, wie er seine Schnauze über Ronjas Kitzler gleiten ließ. Die Vorstellung erregte ihn. Könnte er ihn zufällig finden, wenn er das nächste Mal bei Ronja übernachtete? Oh, was ist das? Können wir das nicht gemeinsam ...? Ausgeschlossen. Vielleicht schenkte er ihr einfach selbst einen Vibrator, in buntem Papier mit rosa Schleifchen. Keinen Delfin, das könnte ihr Misstrauen wecken. Aber wenn es Delfine gab, dann gab es bestimmt auch batteriebetriebene Enten und Katzen in Blau, Rosa oder Violett. Er legte den Delfin an seinen Platz zurück, genauso wie er ihn gefunden hatte: auf der Seite liegend. Dann überlegte er es sich anders und drehte ihn auf den Bauch. Ein Zeichen seines Besuches. McKilroy was here.

Ronja war zu umsichtig, belastendes Material in ihrer Wohnung zu lassen. Ins Eisfach zu schauen, nach losen Fußleisten oder anderen Verstecken zu suchen, das konnte er sich sparen. Was konnte er also finden? Vielleicht etwas, was auf den ersten Blick unverfänglich erschien. Informationen, die Ronja als nicht bedrohlich empfand. Manchmal änderten Informationen im Lauf der Zeit ihren Charakter, heizten sich mit Bedeutung auf. Was vor zehn Jahren nichtssagend war, konnte in einem neuen Zusammenhang plötzlich zu sprechen anfangen.

Im Wohn- und Arbeitszimmer waren die schweren rubinroten Vorhänge vorgezogen. Er schaltete das Licht ein. Das Zimmer war so groß wie ungemütlich. Ein Schreibtisch, auf dem sich Papiere stapelten. Kellerregale mit Videokassetten, Steuerunterlagen und Fachliteratur vollgepackt. Ein weiterer Schreibtisch mit einem Fernsehmonitor und zwei Videorekordern. In der dem Fenster gegenüberliegenden Ecke des Zimmers, ums Eck gebaut, die Arbeitsplatte mit dem Schnittplatz. Ordner mit Kontoauszügen der Stadtsparkasse, auf ihren Rücken mit rotem Edding das Jahr notiert. Trede suchte »In 1991« nach Zahlungen während Ronjas Abwesenheiten. Es gab keine. Sie hob nie Geld vom Konto ab, wenn sie fort war. Sehr umsichtig, dachte er. Überhaupt zahlte sie nur ganz selten mit Karte. Immer bar. Auch ihm war das in seiner Ausbildung eingetrichtert worden: Kartenzahlung hinterlässt Spuren. Du bist Gangster. Du zahlst bar. Er hatte daher stets ein Bündel Geldscheine in der Tasche, das von einem Gummiband zusammengehalten wurde.

Ronjas aktuelle Steuerbelege steckten auf einem Zettelspieß. Rechnungen, Quittungen, Scheckeinreichungen. Nichts aus Zeiten ihrer Abwesenheit. Bis auf einen Auszahlungsbeleg von einem Geldautomaten vor zehn Tagen, als die Erde Ronja wieder einmal für einige Tage spurlos verschluckte. Ronja zog ihr Bargeld immer an demselben, einige hundert Meter von ihrer Wohnung entfernten Geldautomaten. Nur an dem Tag ihres vorletzten Verschwindens nicht. Da hatte sie 1200 DM am Hauptbahnhof abgehoben. Ronja machte alles auf den letzten Drücker. An diesem Tag hatte sie ihre Zeit wohl zu knapp bemessen, folgerte Trede. Hätte sie ihr Geld an ihrem gewohnten Automaten abgehoben, hätte sie ihren Zug verpasst. Er notierte sich die Uhrzeit der Abhebung. Er würde einen Blick auf den Fahrplan werfen. Er steckte die Papiere wieder auf den Zettelspieß, Blatt für Blatt sorgfältig in das bestehende Loch.

Er schaute in den Papierkorb, faltete einzelne Papierknäuel auseinander und knüllte sie wieder zusammen. Er beugte sich über den Schreibtisch und versuchte die Struktur in der Hügellandschaft aus Papierstapeln zu erkennen. Ein alter Steinkrug diente Ronja als Stiftehalter. Dazu gab es noch eine schwarze Schale, in der Büroklammern, Bleistifte und einige Münzen lagen. Zwischen Groschen und Pfennigen auch einige Peseten, Drachmen, Escudos und Francs. Andenken an ihre Reisen. Hier kam er nicht weiter. Er verließ das Arbeitszimmer. Den Flur hatte er schon inspiziert, doch fielen ihm erst jetzt die Espadrilles im Schuhschrank auf. Als er sie hochnahm, rieselte feiner, weißer Sand aus den Hanfsohlen auf den Boden. Er suchte nach einem Etikett oder einen

Hinweis auf den Hersteller. Nichts. Er stellte die Espadrilles zurück in den Schuhschrank, in dem, wie er bemerkte, für eine Feministin erstaunlich viele Schuhe mit erstaunlich hohen Absätzen standen. Den Sand auf dem Boden pustete er unter den Schrank.

Im Treppenhaus schrien sich zwei Männer an. Er konnte nicht verstehen, worum der Streit ging.

Ganz oben auf einem Regal fand er zwei Schuhkartons mit Fotos und alten Postkarten. Ronja selbst fotografierte nicht, sie besaß nicht einmal eine Kamera. Deshalb hatte sie nur Fotos, die andere anlässlich von Feiern oder Reisen geschossen hatten und von denen sie ihr Abzüge geschenkt hatten. Die meisten Aufnahmen zeigten sie mit irgendwelchen Männern, viele Fotos mit vielen Männern.

Eine Serie von fünf vergilbten Aufnahmen zeigte einen Studentenkongress an einer Universität in den Siebzigern. Plakate hingen im Hörsaal, vietnamesische Fahnen, ein Transparent forderte Sieg im Volkskrieg. Der Saal war überfüllt, Ronja, blutjung, saß auf den Stufen, die zur Bühne führten. Ein Mann, etwas älteres Semester, eine filterlose Reval im Mundwinkel, hatte ihr seinen Arm um die Schultern gelegt. Auf einem anderen Bild sah man ihn auf dem Podium, vor dem Tapeziertisch mit den geladenen Rednern. Er beugte sich vor und sagte etwas in ein Mikrofon. Der Mann kam Trede bekannt vor. Er kramte in seinen Erinnerungen, aber es fiel ihm nicht ein, wo er das Gesicht schon einmal gesehen hatte. Augenabstand, Ohrform, Nase-Mund-Proportion: Es war niemand vom Fahndungsplakat.

Aus den letzten Jahren gab es kaum Fotos. Zwei zeigten Ronja mit ihm, auf den anderen – und das gab ihm einen Stich – war sie mit Erik Lasker zu sehen. Am schlimmsten stach eine Aufnahme, die Ronja einige Jahre zuvor auf einem Straßenfest zeigte. Um sie und Erik herum tanzt die Stadt, doch sie beide scheinen nichts davon mitzubekommen. Sie sind in den Augen des anderen versunken. Erik sitzt auf der Bierbank, Ronja steht mit einem Becher Bier in der Hand neben ihm. Weil er sitzt, schaut er hoch in ihre Augen, und weil sie steht, schaut sie auf ihn herunter, sie schaut auf ihn herab mit einem Blick voller Liebe.

Das Straßenfest fand jedes Jahr im Frühjahr statt. Ronja hatte auch ihn dahin mitgenommen. Auch davon gab es ein Foto. Es zeigte sie beide unbeschwert feiernd. Sie lachten, hielten wieder Bierbecher in den Händen und beobachteten den Schwoof. Ronja hatte ihm einen Abzug gemacht, postkartengroß. Er lag auf seinem Nachttisch. Fast hätte er einmal einen Rahmen aus Leder dafür gekauft.

Zwei Schnappschüsse, das gleiche Fest, ein anderes Jahr, ein anderer Mann. Erik Lasker, international gesuchter Terrorist, stand zwischen ihm und Ronja. Er war untergetaucht, im Nirgendwo verschwunden. Und je weiter er weg war, umso unbezwingbarer würde er Ronjas Kopf besetzen. Ein Phantom konnte er nicht ausstechen. Also musste er Erik Lasker aufstöbern. Im Gefängnis wäre er auch für Ronja kein Held mehr, sondern nur ein Verlierer.

Er verließ die Wohnung, wie er sie vorgefunden hatte, nur der Delfin hatte sich auf den Bauch gewälzt. Am Hauptbahnhof fand er auf dem schmutziggelben Aushang der Zugabfahrten in den zehn Minuten, nachdem Ronja das Geld gezogen hatte, nur unschuldige Orte wie Troisdorf, Düren oder Krefeld. Der nächste Fernzug ging nach München, doch das war über zwanzig Minuten nach der Abhebung. So lange vor der Abfahrt war Ronja sicherlich nicht am Bahnhof. Mit so viel Zeit hätte sie das Geld, wie sie es sonst immer tat, am Automaten ihrer Stadtsparkasse abheben können.

Am folgenden Tag Besprechung mit Benz. Trede ging eine Stunde früher in Dr. Brügges Praxis. Er wollte sich einige Bilder in der Befa-Datei ansehen. Die Fotos des Mannes, den Benz als Gary Adams der AZ bezeichnet hatte. Max Draguhn, Berufsschullehrer, geboren 1948 in Berlin. Er hatte sich nicht sehr verändert in den letzten zwanzig Jahren. Letzte Zweifel räumte ein Foto von 1970 aus, Max Draguhn in einer Menschenmenge mit einem roten Megafon. Im Hintergrund war das Amerikahaus zu sehen. Kein Zweifel, das war der Mann in Ronjas Arm auf dem Vietnamkongress. Berufsschullehrer. Geregelte Arbeitszeiten. Das war gut.

Benz, der mit seiner Aktentasche so lautlos im Zimmer aufschien, als wäre er eingeblendet worden, fragte: »Was ist mit dem?«

»Max Draguhn. Ich glaube, er ist der Verbindungsmann zu den Flüchtigen…« Trede nahm Papier und Stift und notierte die Zeiten, in denen Ronja verschwunden war. Er reichte Benz den Zettel. »Es sei denn, er hat für diese Zeiten ein Alibi. Das ist bei einem Lehrer ja einfach zu überprüfen.«

Benz las interessiert den Zettel. Dann suchte er Blickkontakt mit Trede. »Woher weißt du das?«

Ja, woher weiß ich das, ich Volltrottel? Trede fühlte sich wie ein Hummer im Kochtopf.

»Was sind das für Termine?«, beharrte Benz.

»Es ist nur eine Vermutung.« Trede zögerte. Nur keinen Verdacht gegen Ronja lostreten. Er wollte sie nicht an den Knast verlieren.

Benz schaute ihn misstrauisch an. »Also? Was sind das für Termine?«

Ich bin doch für solche Situationen ausgebildet worden. »Ich vermute, Ronja lässt Erik Lasker Geld über Max Draguhn zukommen.« Das beantwortete die Frage nicht, aber Trede gelang trotz des Stotterers am Anfang, seine Antwort in Selbstsicherheit zu kleiden. Er *könnte* die Frage beantworten, und *würde* es auch tun, wenn es *an der Zeit* sei. Das waren nicht seine Worte, aber sein Ton ließ es anklingen. Es schien zu funktionieren, denn Benz folgte dem Themenschwenk. »Unterstützung einer terroristischen Vereinigung«, ordnete er Ronjas Vergehen juristisch ein.

»Ihr Freund ist auf der Flucht und sie schickt ihm Geld. Ich bitte dich! Da kommt vor Gericht nichts rum. Dafür verschütten wir doch hoffentlich keine Quelle.«

Das wäre nicht verhältnismäßig, so sah es auch Benz. Er faltete den Notizzettel zusammen, den Trede ihm gegeben hatte, und steckte ihn in seine Hemdtasche. Nicht in seine Aktentasche. Trede fragte sich, ob das eine Art stille Übereinkunft war. Ich, Benz, lass dich machen. Und du lieferst Informationen. Oder ob Benz ihn tatsächlich nicht durchschaute?

Die Mitglieder unterschiedlicher Zellen kannten sich nicht. So konnten sie sich nicht gegenseitig verraten. Nur jeweils eine einzige, besonders vertrauenswürdige Person einer Zelle kannte jeweils eine einzige Person aus einer anderen Zelle. Wenn Max Draguhn in der AZ war und wenn Ronja den Mann aus Berlin kannte, dann war sie nicht nur eine Mitläuferin oder eine gelegentliche Unterstützerin. Dann war sie eine der Schlüsselfiguren in dem Netz, das die Zellen geflochten hatten.

Trede versuchte die Gedanken seines V-Mann-Führers zu lesen. Sie waren chiffriert. »Eigenverantwortung«, sagte Benz überraschend, wobei seine Augen unschuldig strahlten. »Darauf kommt es an. Du bist verantwortlich für das, was du tust. Ich verlasse mich auf dich. Ich gebe dir Rückendeckung. Enttäusche mich nicht.«

»Lass mir Zeit. Dann bringe ich dir die ganze Bande.«

Benz nickte. »Ich habe auch ein paar Neuigkeiten«, sagte er und beendete damit endgültig das heikle Thema, was Trede über wen woher wusste. »Die Zellen haben die Branche gewechselt. Von Terrorismus zu Erpressung.«

»Wir nennen das Revolutionssteuer.« Trede spielte seine Rolle, aber Benz mochte seine Witze nicht mehr.

»Wirf nicht mit solchen Begriffen um dich«, giftete er. »Du machst die Leute nur misstrauisch.« Er ging zur Rückwand, auf deren weißer Raufasertapete sauber gerahmt das Fahndungsplakat hing. Mit einem Edding kreiste er eines der Fotos ein. »Wolfgang Morlock. 1978 untergetaucht. Im April in Barcelona aufgescheucht. War vor acht Tagen an einer gescheiterten Geldübergabe in Lissabon beteiligt.«

Trede dachte an die Escudos in der Schale. »Vor acht Tagen? Als in der Sowjetunion gegen Gorbatschow geputscht wurde?«, sagte er. Zwei Tage, nachdem Ronja am Kölner Hauptbahnhof 1200 Mark abgehoben hatte, dachte er.

»Die Sowjetunion wird's nicht mehr lange geben«, sagte Benz. »So oder so.«

»Wen haben sie ... angegriffen?«

»Das Textilhandelshaus Jansen & Peters. Es hat eine Serie von Brandanschlägen in verschiedenen Ländern mit erheblichen Sachschäden gegeben. Die Erpresser fordern nur Geld, sie geben keine politische Begründung und stellen keine politischen Forderungen. Dabei gibt es gerade bei einem Subunternehmen von J&P in Bangladesch einen heftigen Arbeitskampf. Man sollte erwarten, dass die AZ sich darauf stürzt wie Fliegen auf einen Haufen Scheiße. Aber nichts. Sie halten den Ball flach. Und die betroffene Firma ebenfalls. Sie möchte keine negativen Schlagzeilen wegen ihres bevorstehenden Börsenganges. Das behindert natürlich die Polizeiarbeit. Keine öffentliche Fahndung. Umso wichtiger werden geheimdienstliche Methoden. Und da sind wir gefragt.«

»Was kann ich tun?«

»Sperr die Ohren auf.«

»O.K.« Er dehnte die letzte Silbe. Sie rollte langsam aus, wie ein Auto, dem in voller Fahrt das Benzin ausgegangen ist. O-keiiiiii.

»Nach dem derzeitigen Erkenntnisstand sind die Erpresser eine versprengte Gruppe der AZ, die auf eigene Faust handelt. Sie operiert von Frankreich aus. Von dort hat Morlock seine Lebensgefährtin in Spanien angerufen – sie wird rund um die Uhr überwacht –, von dort hat auch eine Frau telefonisch Anweisungen an den Geldboten in Lissabon übermittelt. Die Anruferin war möglicherweise Nele Wahls. Es gibt eine Reihe von Hinweisen darauf, dass sie sich mit Erik Lasker nach Frankreich abgesetzt hat. Die Gruppe besteht wahrscheinlich aus mindestens fünf Personen. Definitiv identifiziert wurde Wolfgang Morlock. Er hat seine gesamte Logistik verloren. Er braucht dringend

Geld. Lasker und Wahls wird es nicht viel besser gehen. Fehlen noch die Täter vier und fünf.«

»Nummer vier könnte Max Draguhn sein.« Und Nummer fünf Ronja, dachte er.

»Woraus schließt du das?«

»Max Draguhn kennt Erik Lasker.« Und Ronja.

Benz nestelte Tredes Zettel aus seiner Hemdtasche. Er legte ihn auf den Schreibtisch und strich ihn glatt. Er drehte den Zettel zu Trede und tippte auf einen Eintrag. »Lissabon«, sagte er. »In der Zeit war die Geldübergabe in Lissabon.«

Trede schaute auf den Zettel, als kennte er die Daten nicht.

Benz faltete den Zettel wieder, der an Wert gewonnen haben musste, denn nun steckte er ihn in seine Geldbörse. Ende der Sitzung. Benz stand auf und verabschiedete sich mit den Worten: »Mach bloß keinen Scheiß.«

Trede fuhr auf dem Heimweg noch einmal am Bahnhof vorbei, um seinen jüngsten Einfall zu überprüfen, dass Ronja nicht mit dem Zug weggefahren war. Sondern mit dem Flughafenbus, mit dem sie es tatsächlich nach dem Geldabheben noch rechtzeitig zum Abflug einer Boeing 737 nach Lissabon geschafft hätte. Dies war zeitlich alles sehr eng kalkuliert. Alles auf den letzten Drücker. Ronja eben.

Er könnte jetzt die Passagierliste überprüfen. Darauf würde er keine Ronja, keine Beate Seiler finden. Möglicherweise würde sich herausstellen, dass es einen der weiblichen Passagiere nicht gab und der Pass gefälscht wäre. Vielleicht war sie auch mit einer Dublette gereist. Man müsste die weiblichen Passagiere überprüfen. Man würde auf eine Frau treffen, die sehr erstaunt wäre zu hören, sie sei nach Lissabon geflogen.

So könnte er sich vergewissern, dass Ronja nach Lissabon geflogen war.

Trede sparte sich das. Er sprang auch nicht in den Fluss, um zu überprüfen, ob Wasser nass ist.

RONJA SASS AUF EINEM BARHOCKER, mit dem Rücken an die Theke gelehnt, und wartete. Nachdem sie Trede wegen des Kommandos Jackpot in den letzten Wochen kaum hatte treffen können, ließ er sie nun zappeln. Wie kleinkariert, dachte sie. Ärger drohte hochzukochen, da tippte ihr der Barmann auf die Schulter. Sie drehte sich um und sah eine Flasche Mumm und zwei Sektgläser vor sich auf dem Tresen. Der Barmann hielt den Daumen und kleinen Finger gespreizt wie einen Telefonhörer an den Kopf und rief gegen den Lärm von Cure's *Close to me*: »Von deinem Freund, er verspätet sich.« Ronja schüttete sich ein Glas Sekt ein und freute sich auf einen niedertourigen Abend mit mildem Alkoholnebel, mit nichts als Geplauder und schlechten Witzen. Zumindest die Aussicht auf schlechte Witze stand gut, darin war Trede ein Meister.

Hinter der Glasscheibe eines in die Wand eingelassenen Aquariums schwebten zwei überfütterte Goldfische. Sie öffneten und schlossen mit betörender Gleichmäßigkeit stumm das Maul und schienen mit ihren Blicken Ronja genau zu beobachten.

Mein Gott, dachte sie. Goldfische verfolgen mich!

Eigentlich neigte sie nicht zu Verfolgungswahn, eher zum Leichtsinn. Max jedenfalls, der sich alle zwanzig Meter umschaute, hatte sie schon öfter zu mehr Umsicht ermahnt. Sie sei nicht leichtsinnig, widersprach Ronja dann, sondern locker. Statt verkrampft, wie Nele. Ronja hätte, wäre es nach ihr gegangen, schon in Lissabon die Geldübergabe durchgezogen. Die Stadt war ideal dafür, mit ihrem undurchdringlichen Gewirr von engen Gassen und den verknoteten Knäueln von Schnellstraßen und Autobahnen. Aber Nele wollte wieder mal kein Risiko eingehen. »Lissabon ist die Generalprobe«, hatte sie gesagt. »Wir schauen uns an, wie sie vorgehen.«

Immer wieder Nele! Immer alles hundertfach durchkauen.

Aber dann schlug sich sogar Morlock auf ihre Seite. »Jansen ist noch nicht mürbe«, sagte er. »Wir brauchen noch eine Eskalationsstufe.«

Max pflichtete ihm bei. »Der Neubau von J&P in Berlin«, schlug er vor. »Das Verwaltungsgebäude ist fertig und schon in Betrieb, aber ein Trakt mit den Konferenzsälen und den Vorstandsbüros ist noch im Bau. Der Gebäudekomplex hat modernste Sicherheitsstandards, überall Kameras, Bewegungsmelder, Infrarotmelder und massig Werksschützer.« Max hatte wie immer gut recherchiert. »Aber in den im Bau befindlichen Trakt kommen wir gut rein, ohne uns oder Unbeteiligte zu gefährden.«

»Unbeteiligte, Beteiligte, egal«, stellte Nele klar. »Es darf überhaupt niemand gefährdet werden.«

»Wir müssen unsere Eskalationsmöglichkeiten demonstrieren«, fuhr Max fort. Die dritte Geldübergabe musste klappen, ihnen ging nämlich das Geld aus. Ihr Banditentum hatte sich als Geschäft wie jedes andere erwiesen. Man muss investieren, bevor man Gewinn einstreichen konnte. Material, Reisen, Kommunikation, Recherche, alles kostete. »Jetzt müssen wir ihn weichkriegen. Es muss richtig knallen. Wir zeigen ihm, was wir draufhaben.«

Nele hatte die Augen gerollt über seine Wer-pisst-am-weitesten-Ausdrucksweise. Fragte aber nur: »Und was haben wir so drauf?«

»Wir sprengen eine Lagerhalle.«

Das war mit Nele nicht zu machen. Eine solch gewaltige Explosion sei zu gefährlich. Für Wachleute, Passanten, »was weiß ich wer«, sagte Nele. Für Kohle Menschen gefährden! Kam nicht in Frage.

Dann machte Morlock seinen leicht morbiden Vorschlag: »Wir zerlegen ein Gebäude, das ihm am Herzen liegt.« Seltsame Ausdrucksweise für eine Sprengung, aber das waren seine Worte. »Ein gewaltiger Knall, und das ohne irgendein Risiko für uns«, ein kurzer Blick zu Nele, »oder irgendjemand anderen.«

Dafür brauchten sie professionellen Sprengstoff. Doch mit den alten Vorräten gab es ein Problem. Die anderen Mitglieder von Max' Zelle, die Auflöser, erklärten das Gelamon 40 zu ihrem Eigentum. Es sei Sprengstoff der AZ, erklärten sie Max. Sie hätten die AZ aufgelöst, und die Depots würden sie auch auflösen. »Wir werden das ganze Zeug auf einem Feld in die Luft jagen. Einseitige Abrüstung von unserer Seite. Der Schlussstrich unter unsere Geschichte. Eine Auflösung ohne Wenn und Aber. So schließt man Frieden: Indem man die Waffen vernichtet.«

»Ihr könnt nicht einfach aussteigen und euch unter den Nagel reißen, was den Zellen gehört.«

»Nicht wir sind die Aussteiger. Ihr seid es! Ihr haltet euch nicht an die Abstimmung. Für euer kleinbürgerliches Gangstertum gibt es keine Unterstützung aus der AZ. Keine Leute, keine Infrastruktur und vor allem keinen Sprengstoff oder Waffen. Ihr seid ein Haufen versprengter Desperados. Seht zu, wie ihr alleine klarkommt.«

Als Max später von dem Treffen berichtete, wurde Morlock fahl vor Zorn. »Ich hol mir das Zeug zurück. Ich habe es schließlich auch besorgt!« Aus einem

Steinbruch Mitte der Siebziger, als Sprengstoff schon bewacht wurde wie die Goldvorräte der Bundesbank. Eine Kamikaze-Aktion, die fast fünf Leute in den Knast gebracht hätte. Max war dabei gewesen, und auch Klaus, von dem Morlock annahm, er würde den Sprengstoff nicht herausgeben wollen und der die Auflösung der AZ betrieben hatte, der war auch dabei gewesen. Schon im Steinbruch waren sie vom Wachschutz entdeckt worden und konnten nur knapp entkommen. Und Morlock lief der Polizeistreife in die Arme und schoss sich den Weg frei. »Wo liegt das Zeug?«, fragte er.

»Wo's immer war«, sagte Max.

Sie schauten sich schweigend an.

»Ich hole es zurück«, sagte Morlock.

»Ich bin dabei«, sagte Max. Einig wie früher, als man sie beide »den Fußballer« nannte, Max Morlock, weil man sie nie einzeln sah.

Von Lissabon fuhren sie direkt nach Berlin, wo sie aus einem Keller in Neukölln zwei Kisten Sprengstoff stahlen. Max war zufrieden. Vielleicht bemerkten die anderen den Schwund gar nicht. Wurde ja wohl kaum jeden Monat Inventur gemacht.

Der Barmann spielte »Nirwana«, und Ronja trank ihr drittes Glas Sekt, als Trede schließlich kam.

»Ist ja noch was in der Flasche«, stellte er erstaunt fest, »was ein Glück!«

Sie hatten sich nämlich in der festen Absicht auf ein Besäufnis verabredet. »Ich brauch mal einen ordentlichen Absturz aus allem«, hatte Ronja gesagt.

»Da bin ich dabei«, war Trede einverstanden.

Sie prosteten sich zu und tranken und tranken.

»Ich habe deinen Kumpel besucht, den wir in der Sauna getroffen haben«, sagte Ronja.

»Im Knast?«

»Ja klar im Knast«, sagte Ronja, durch den Sekt etwas krawallig. »Wo sonst?«

»Und?«

»Und was?«

»Wie war's? Was hat er gesagt? Warum hast du ihn besucht?«

»Weil du es ja wohl nicht machen kannst.«

Das ließ Trede so stehen.

»Was ist eigentlich mit deiner schicken Uhr?«

»Die gefällt mir besser«, sagte Trede und tippte auf den Rolex-Blender.

Ronja trank schwungvoll ihr Glas leer und knallte es auf die Theke. Trede schenkte nach.

»Übrigens hat mir dein Kumpel die gleiche Frage gestellt«, sagte Ronja. »Warum ich ihn besuchen komme.«

»So? Und was hast du ihm geantwortet?«

»Die Freunde meiner Freunde sind auch meine Freunde.«

Tatsächlich hatte sie sich vergewissern wollen, ob Trede sauber war. Denn sie hatte inzwischen Pläne mit ihm. Zafer hielt jedenfalls große Stücke auf seinen Knastkumpel. Als sie ihn ausfragen wollte, schwieg er zunächst. Er ließ sie bei seinem Nachdenken zuschauen. Dabei verzog er keine Miene. Schließlich sprach er leise und mit sanfter Stimme. »Weißt du, warum wir so gute Kumpel sind? Weil ich nicht über ihn tratsche, und er nicht über mich. Das ist selten heutzutage. Alle sind so geschwätzig. Also, wenn das deine Sorge ist oder die von meinem alten Kumpel, dann kannst du ihn beruhigen: Ich bin eher so 'n schweigsamer Typ.«

Das waren nun gar nicht Ronjas Bedenken. Beantwortete aber dennoch ihre eigentliche Frage. Zafer kam gar nicht auf die Idee, dass man Trede misstrauen könnte. Er sah Misstrauen gegen sich.

Kaum war die Flasche leer, da stellte der Kellner schon eine frische bereit. Mit gekrümmtem Zeigefinger winkte Trede ihn zu sich heran. Der Barkeeper beugte sich über die Theke.

»Was ist los?«, fragte Trede. »Ist heute das Festival der steinalten Musik?«

»Das ist Pink Floyd!«, mischte Ronja sich ein. Zum Barkeeper sagte sie: »Hör nicht auf den Barbaren.« Und zu Trede: »Nun blamiere mich hier nicht in aller Öffentlichkeit. Das ist Pink Floyd!«

See You at the Dark Side of the Moon. Trede alberte rum, obwohl jeder anständige Mensch bei der Platte Depressionen bekam. Er berührte sie an Arm und Hüfte. All that you touch. Schaute ihr übertrieben in die Augen, biss ihr spielerisch in den Hals, strich ihr mit den Fingern sanft über die Stirn und schaute sie an wie ein Langhaardackel. All that you see, all that you taste, all you feel, all that you love. Er schaute sie Beifall heischend an, aber der Applaus kam nicht. Ronja hing ihren Gedanken nach. Im Unterschied zu Trede wirkte das Stück auf sie ganz natürlich: Es stürzte sie in Schwermut. Was für Jahre, dachte sie. Alles hatte sich mit dem Zusammenbruch des Ostblocks verändert. Aber statt Kraft zu geben, brachte der Sturz der Diktaturen und der Fall der

Mauer Auflösung und Zerfall. All that you slight, and everyone you fight, all that is now, all that is gone. Krieg im Irak, selbst mitten in Europa war ein Krieg ausgebrochen. In Deutschland sah man alte Zeiten aufziehen. Im Frühjahr hatte es mit rassistischen Morden an Jorge João Gomondai und Amadeu Antonio Kiowa begonnen. Und jetzt hatten Neonazis tagelang in Hoyerswerda unter dem Beifall der Bevölkerung ein Heim von Asylbewerbern angegriffen, ohne dass die Polizei den Bedrängten zur Hilfe eilte. Zum Fürchten. And everything under the sun is in tune, but the sun is eclipsed by the moon.

Ronja sprang auf und eilte zur Toilette, wobei sie im engen Gang manchen Gast anrempelte wie ein Rugbyspieler. Trede schaute ihr besorgt nach.

Sie war erschöpft. Sie hatte zu schnell getrunken und davor zu wenig gegessen. Ihr war etwas übel, und wenn sie klar sehen wollte, musste sie die Augen zusammenkneifen. Sie las die Klosprüche an der Wand, bis ihr Schwindelanfall vorbei war. Zurück an die Theke.

»Du bist was blass um die Nase. Du willst doch wohl nicht schon aufgeben?«, begrüßte sie Trede.

»Auf keinen Fall, wo denkst du hin!«

Für den Rest des Abends wechselten sie auf Bier. Sie plauderten und scherzten, irgendwie schlappte das Gespräch einmal darauf, dass Ronja Geld brauchte, und Trede bot ihr sofort dreitausend Mark an. »Kannst du mir ja zurückgeben, wenn du's hast.« Und dann machte er den Vorschlag, mit schwerer Stimme: Echt, das meine ich ernst, man solle mal gemeinsam ein Ding drehn. Etwas richtig Dickes, eine lohnende Sache, und dann ab in die Südsee.

»Ja, ja, ja«, jubelte Ronja, »auf jeden Fall! Lass uns das Ding drehn! He du!«, rief sie dem Barmann zu, »habt ihr Scherben, *Lass uns das Ding drehn*?« Und er hatte es und legte es auch gleich auf. Ronja sang begeistert mit und wirbelte um Trede herum.

»Das wird 'nen Jahr für Kies und Kohlen, ein Jahr für Coke und Kaviar.
Die Sterne stehen glänzend günstig, und selbst der Mond hat keinen Fleck.«

Alkohol konnte so schön sein!

Später brach sie eine verzweifelte Knutscherei vom Zaun, von Barhocker zu Barhocker, die sie eng aneinandergezogen hatten, und irgendwann verstummte die Musik, aber das Geküsse ging weiter, bis der Barkeeper ihr auf die Schulter klopfte. »Ihr müsst leider zu Hause weitermachen, wir schließen.«

Am nächsten Tag hatte Ronja Kopfscherzen bis in die Haarspitzen, aber sie bereute nichts. Sie hatte einen ganzen Tag zur Erholung. Dann ging es weiter.

DIE NACHT WAR SO KLAR, man konnte mit bloßen Augen auf dem Mond das Mare Tranquilitatis erkennen, auf das die Menschheit einen großen und Neil Armstrong einen kleinen Schritt getan hatte. Vom Mondlicht silbermetallic lackiert hob sich der Weg hell von dem schwarzen Spalier der Platanen ab. Morlock, Ronja und Max schleiften Rollkoffer über die feinen Kiesel, deren Knirschen die Stille brach. Ronja keuchte vor Anstrengung, obwohl sie die geringste Last hinter sich her zerrte: Zünder, Zeitgeber und Sprengschnur, nur die Batterie wog etwas schwerer. Die beiden Männer dagegen schleppten jeder einen Zentner in Stahlrohren verdämmten Plastiksprengstoff durch den Friedhof im tiefsten Sauerland. Sie alle trugen dunkle Hosen, langärmelige T-Shirts, dunkle Jacken und alte Joggingschuhe, über die sie Plastiktüten geklebt hatten und die sie trotzdem auf dem Rückweg vorsichtshalber wegwerfen würden. Sturmhauben, die sie, falls nötig, übers Gesicht ziehen konnten. Ihre Hände hatten sie mit einer dicken Schicht eines Sprühverbands überzogen, um keine Fingerabdrücke zu hinterlassen, und darüber trugen sie Unterhandschuhe aus Samt. Ein leichter Wind wehte durch die Zweige der Platanen, Buchen und Eichen, die zwischen den Gräbern aufragten. Das Rascheln der Blätter schien mal aus dieser, mal aus jener Richtung zu kommen, und plötzlich, durch einen Windstoß, bauschte es sich zu einem Rauschen auf, das sofort wieder abebbte. Max blieb jedes Mal stehen. »Pssst, ich habe etwas gehört.« Er lauschte ins Halbdunkel hinein und kniff die Augen zusammen, um die Schatten in den Schatten zu erkennen. Nichts. »Ist schon was unheimlich«, sagte Ronja. Es sollte beiläufig klingen.

»Meine Güte«, entfuhr es Morlock, als sie ankamen.

Sie standen am Fuß einer Treppe aus weißem Marmor, die zu einem kreuzförmigen Zentralbau führte, auf dessen Giebeln eine neuromanische Rotunde mit einer Kuppel lastete. Hoch. Über zehn Meter, schätzte Ronja. Groß. Das Mausoleum bot genug Platz für die Gebeine aller Jansens, die je gestorben waren und noch jemals sterben würden.

Zwei Meter hohe Kandelaber aus Bronze säumten den Treppenaufgang. An jedem Totensonntag seit über einem Jahrhundert loderten in ihren Feuerschalen Ölflammen. Dann versammelte sich die Familie hier im Sauerland. Und vor dem Bankett am Mittag im großen Saal des nahen Fürstenschlosses paradierten alle Nichten, Neffen, Eltern, Onkel und Tanten durch die Gruft, ehrten ihre Toten und saugten den modrigen Geruch ein. Max hatte bei seinen Recherchen von diesem Ritus erfahren, der die Familie zusammenschweißen und sie vor Eifersüchteleien und Machtkämpfen bewahren sollte. »Ziemlich großkotzig für ein Mausoleum von Evangelen«, befand er.

Es war mehr als protzig, es war anmaßend und schwülstig. Es zeugte vom Stolz und Ehrgeiz der Familie Jansen in der Gründerzeit. Und von ihrem schlechten Geschmack, wobei man genaugenommen nicht von einem Geschmack, sondern von mehreren Dutzend Geschmäckern sprechen müsste, die in dem Gebäude zusammengemauert und dranornamentiert waren und sich wechselseitig zu übertrumpfen suchten. Neuromanisch, neugotisch, neuklassizistisch, kein Baustil, der ausgelassen worden wäre, und an alles noch eine Verzierung und noch ein Symbol hinzugemauert, draufgestellt und drangehängt. Im Giebel des Portikus ein Relief über Theseus im Labyrinth des Minotaurus. Selbst Max musste nachdenken, um die Anspielung zu verstehen. Ariadnefaden! Faden! Hier ruht ein Tuchfabrikant! Auf dem Giebel wachte eine überlebensgroße Bronzestatue des Erzengels Michael mit seinem Feuerschwert. Michael, der Seelenwäger, Bezwinger des Satans.

»Die Engelstatue hat eigentlich an einem evangelischen Mausoleum nichts zu suchen«, dozierte Max. »Das ist ein katholisches Symbol. Apropos Engel, da fällt mir ein sehr schönes Marx-Zitat ein: Die Religion ist der Seufzer der bedrängten Kreatur, das Gemüt einer herzlosen Welt, wie sie der Geist geistloser Zustände ist. Sie ist…«

»… Opium für's Volk«, unterbrach Morlock ungehalten.

»Nein. Eben nicht! Sie ist das Opium *des* Volkes, heißt es. Nicht *für* das Volk.«

»Erstaunlich, was man dir im Soziologiestudium alles beigebracht hat«, sagte Morlock desinteressiert. Blickte er auf das Gebäude, dann sah er nicht Kulturgeschichte, Marx und Engel, sondern Statik. Standfest. Solide. Aus großen, wuchtigen Natursteinblöcken errichtet, manche mit elektrischer Säge beschnitten, andere aber, um eine klassische Anmutung zu bewirken, von Steinmetzen in Handarbeit mit dem Steinbeil aus dem Rohblock gehauen. »Ich frage mich, ob wir mit dem Sprengstoff auskommen.«

»Zwei Zentner sind mehr als genug«, wusste Max.

Ronja zweifelt nicht daran. Was Max kalkuliert hatte, musste nicht nachgerechnet werden. Es würde genau so kommen wie geplant. Die Mausoleumsmauern würden auseinandergerissen werden. Und die Kuppel, ihrer Stützen beraubt, würde senkrecht hinunterdonnern und all die Knochen der toten Jansens ein weiteres Mal begraben. Schlicht diesmal, und stilistisch eindeutig. Im Steinschuttstil.

Die Männer trugen ihre Taschen, eine nach der anderen, gemeinsam die Treppe hoch. Auch wenn eine vorzeitige Explosion ausgeschlossen war, wie Max versicherte, der sich selbst zum Sprengmeister befördert hatte, war es ihnen doch unheimlich, die Koffer über die Stufen hochzurumpeln. Ronja bereitete derweil die Zündschnüre und Zünder vor, dann verstauten die beiden Männer die Rohrbomben unter dem Deckel zur Gruft, unter den Stufen zum Altar und an den Säulen. Sie arbeiteten schweigend. Die Strahlen ihrer Stirnlampen sprangen umher und warfen auf die Innenwände Schatten wie in einem Stummfilm von Friedrich Wilhelm Murnau. Als sie fertig waren, löschten sie ihre Lampen und zündeten sich Zigaretten an. Sie setzten sich draußen auf die Treppenstufen, sogen den Rauch tief ein und verdeckten dabei mit der Hand sorgsam die Glut, obwohl das auf dem Friedhof nicht nötig wäre: Niemand konnte sie hier sehen.

Morlock warf einen Kieselstein nach einem schlaftrunkenen Eichhörnchen. Er bekam einen Schreck, weil er es um ein Haar getroffen hätte. Er stand auf, was ihm Mühe bereitete. Er lehnte sich weit nach vorne, um den Schwerpunkt über die Beine zu bringen und seinen Rücken so weit wie möglich zu entlasten. Dann schraubte er sich hoch. Gefolgt von Max ging er ins Mausoleum. Er stellte den Zünder scharf, wobei Max alles genau beobachtete. Vier Augen sahen mehr. In fünfzehn Minuten würde die Explosion ausgelöst. Das Gebäude würde in sich zusammenstürzen, eine Wolke aus Staub würde vierzig Meter aufsteigen und dann in der Form eines geöffneten Fallschirms hinabsinken. Sie würden den Knall noch hören.

Sie gingen zügig, aber ohne Hast, zum Lieferwagen. Ronja hatte ihn gemietet, die falschen Nummernschilder angeschraubt, den Aufkleber der erfundenen Installationsfirma bei befreundeten Lithografen machen lassen und damit die Beschriftung der Leihwagenfirma überklebt. Das machte es zu ihrem Fahrzeug, weshalb sie sich ganz selbstverständlich ans Steuer setzte. Sie steckte den Schlüssel in die Zündung.

Max sagte: »Im Film würde der Wagen jetzt nicht anspringen.« Sie waren aber nicht in einem Film. Sie fuhren langsam los. Auf dem gegenüberliegenden Bürgersteig kam ihnen eine Gruppe Jugendlicher entgegen, so schwarz gekleidet wie sie selbst, aber barock, in Gewändern wie aus dem Fundus von Vampirfilmen. Schwarze, bodenlange Kleider, schwarze Miniröcke mit schwarzen Netzstrümpfen. Schwarze Rüschen, schwarze Schnallenstiefel. Schwarze, bodenlange Mäntel, schwarze Pluderhosen. Die Gesichter dagegen fahlweiß geschminkt, unter hochgetürmten Frisuren.

»Was ist denn das?«, fragte Morlock, als sie an ihnen vorbeifuhren. »Der Typ hat eine Kette, die vom Ohrring zu einem Nasenring führt!« Er war nicht mehr auf dem Laufenden.

»Das sind Gothics«, erklärte Max. Als Lehrer wusste er Bescheid. »Die haben die Punks abgelöst.«

»Nennen die sich nicht Grufties?«, überlegte Ronja.

»Ist dasselbe«, sagte Max. »Das sind ganz brave Jungs und Mädchen. Tragen Kreuze um den Hals und prügeln sich nicht. Außer sie tragen das Kreuz verkehrt herum. Auf dem Kopf stehend. Dann sind es Satanisten. Die sollen angeblich blutdürstig sein.« Ihn erheiterte der Gedanke offensichtlich.

Morlock schaute in den Rückspiegel. Er sah die Gruppe die Straße überqueren. »Satanisten, so so«, sagte er versonnen. »Grufties. Die nennen sich Grufties? Scheiße! Dreh um, los!«, herrschte er plötzlich Ronja an, die nicht verstand, was er plötzlich hatte, aber dennoch eine steile Kehrtwende fuhr.

»Was ist los?«, fragte Max.

»Die machen Party auf dem Friedhof.«

Ronja gab Gas, blockierte die Reifen beim Bremsen vor dem Friedhofstor, der Wagen rutschte knirschend über Rollsplitt aus. Max und Ronja sprangen rechts und links heraus. »Mach zu!«, rief Max, weil Morlock in seinen Sachen kramte. »Es sind nur noch vier Minuten!« Er hob seinen linken Arm und tippte auf den Timer.

Sie erreichten die Gruppe an der Gruft. Noch 3 Minuten und 15 Sekunden.

Sie waren in der Unterzahl und sahen trotz ihrer Sturmhauben nicht gefährlich aus, mit den albernen Plastiktüten an den Füßen. Gut gegen Spuren, schlecht für Einschüchterung. Morlocks Aufforderung ließ die Jugendlichen unbeeindruckt. »Verpisst *ihr* euch lieber«, erwiderte ihm der Typ mit der Kette am Nasenring.

»Alter, wir wollen keinen Ärger«, sagte einer, dem sein langer schwerer Ledermantel und die Schaftstiefel den Schweiß auf die Stirn trieben. »Verschwindet einfach.« Ein gut erzogener Junge, bildet Sätze mit Verben aus der Hochsprache. In seinen Armen kuschelte sich eine Frau mit rosa Haaren. Sie war viel größer als er und musste sich verbiegen, um ihren Kopf auf seine Schulter zu legen. Sie trug ein schwarzes Lackjäckchen, das an der Hüfte plissiert war, einen kurzen Minirock, zerrissene Seidenstrümpfe, die von Strapsen gehalten wurden, dazu Joggingschuhe.

Noch drei Minuten, dann wären nicht nur ihre Strümpfe zerrissen. »Das fliegt hier gleich alles in die Luft, haut sofort ab!«, schrie Ronja. Die Jugendlichen lachten herzlich. Fünfzehn waren es, sie würden nicht weichen. Ronja warf wütend ein Grablicht nach ihnen. Es fiel inmitten der Gruppe erloschen zu Boden.

Ein paar der Jungen kamen bedrohlich auf sie zu. Einer hatte eine schwere Kette um den Hals baumeln. Ein Kreuz daran, richtig herum. Keine Satanisten, Grufties. Leider nicht sanft genug, um sich verscheuchen zu lassen. Schlägerei lag in der Luft, zwei Minuten vor der Explosion. Eine Frau und zwei ältere Herren gegen fünfzehn Jugendliche. Ein ungünstiges Kräfteverhältnis. Flucht war ausgeschlossen. Die Jugendlichen würden in der Gruft sterben. Ronja und Max bückten sich gleichzeitig nach einem Stein.

»Macht bloß keinen Fehler«, sagte Nasenring.

»Ich verliere langsam die Geduld«, sagte Morlock ruhig. »Ihr habt zehn Sekunden, um zu verschwinden.« Er stand in Schrittposition, beide Füße fest aufgesetzt, das linke Bein vorne, seine linke Hand stützte das Handgelenk am rechten, ausgestreckten Arm, in dessen Hand er die Pistole hielt und auf Nasenring richtete. »Zehn Sekunden. Dann schieße ich dir erst ins Bein, und wenn das nicht hilft, zwischen die Augen.« Er sprach leise. Das ließ seine Worte gefährlich klingen. Kalt und entschlossen. Es hatte aber dennoch keinerlei Wirkung auf die Jugendlichen, im Gegenteil, sie kamen weiter auf sie zu.

Dann schoss Morlock in eines der neugotischen oder neuirgendwas Fenster des Mausoleums. Das Bleiglas zersplitterte, laut klirrten die Scherben in die Stille.. Die Jugendlichen rannten los, weg von dem Verrückten mit den Plastiktüten an den Füßen, nur weg von seiner Pistole. Ronja warf ihnen noch einen Kieselstein hinterher.

Max stand erstarrt, als habe er zurück nach Sodom geschaut. »Das war nicht abgesprochen!«

Morlock sank auf die Knie und wühlte im Kies. »Hast du geglaubt, die lassen sich von uns verscheuchen? Sag danke, dass ich an die Knarre gedacht habe, sonst hätten wir fünfzehn Leichen zu verantworten.«

»Los!« Ronjas Stimme kippte ins Schrille. »Das können wir später diskutieren. Wir müssen weg.«

Morlock rutschte über den Weg. »Ich brauch die Hülse, sonst identifizieren sie die Waffe. Gib mir Licht«, herrschte er Ronja an. Seine Stirnlampe hatte er im Wagen gelassen. Sie ihre auch. Dennoch kniete sie nieder und half beim Suchen. Männer finden nichts. Männer stehen vorm offenen Kühlschrank und brüllen durch die Wohnung »Wo ist die Milch!?« Im Kühlschrank, aber sie sehen sie einfach nicht. Wie dann eine Patronenhülse im Dunkeln?

Max zerrte beide an den Schultern hoch. »Dafür ist keine Zeit. Los!« War doch scheißegal, ob sie die Waffe identifizierten. Morlock wurde sowieso gesucht.

Aber Ronja und Morlock hörten nicht auf ihn. Wenn einer identifiziert war … das war wie ein loser Faden an einem Wollpullover. Man zog dran und der Pullover ribbelte sich auf.

Max hatte die Zeit für die Zündung gestoppt. Sie hatten in der Nähe des Friedhofs warten wollen, um den Knall zu hören. Um sich zu vergewissern, dass alles geklappt hatte. Er schaute auf die Uhr. Noch eine Minute. Aber wie genau waren die Zünder? »Schluss jetzt«, schrie er Ronja an. Sie schaute gehetzt hoch, dann stand sie auf und trabte los, zum Friedhofsausgang, nur weg, raus. Morlock kniete immer noch auf dem Boden und fuhr mit dem Finger durch die Kiesel, Max wollte ihn nicht zurücklassen. Er packte ihn an den Schultern und zog ihn hoch.

Und dann …

Die Explosion war zuerst einmal … laut. Ein gewaltiger, urtümlicher Knall, der den Boden erzittern ließ. Die Druckwelle schleuderte Morlock, Max und selbst Ronja zu Boden, die schon zwanzig Meter weiter weg war. Sie rollten sich alle instinktiv auf den Bauch und schützten ihre Köpfe mit den Armen. Max' Berechnungen mussten falsch gewesen sein, oder die Berechnungen waren richtig, aber Ronja und Morlock hatten den Sprengstoff falsch verdämmt. Jedenfalls stürzten die Mauern zunächst nicht um. Stattdessen schossen Giebeldach und Kuppel der Rotunde einige Meter hoch, fielen dann senkrecht hinunter und rissen die Mauern des Gebäudes nieder. Der Erzengel Michael flog, sein Schwert voran, zwanzig Meter weit und tauchte mit dem Kopf zuerst in die lockere Erde eines frisch aufgeschütteten Grabes, wo er, die Füße in der Luft, stecken blieb. Die Kandelaber waren durch die Wucht der Explosion auseinandergerissen worden, die Feuerschalen segelten mit einem sirrenden Geräusch über fünfzig Meter weit durch die Luft. Die bronzenen Efeublätter, Symbole der Ewigkeit, schoss der Explosionsdruck wie Wurfsterne in alle Richtungen, eines blieb zitternd in der Rinde einer Eiche stecken.

Ein anderes traf Max, durchtrennte die Schulterbänder und zertrümmerte sein Schlüsselbein. Ein kurzer heller Schrei, mehr aus Schreck als vor Schmerz. Er versuchte sich aufzurichten, verlor das Gleichgewicht und stürzte. Er rollte sich auf den Rücken und tastete nach seiner Schulter. Er fühlte den nackten Knochen, der neben dem Bronzeblatt aus dem Fleisch ragte.

Dann kam der Schmerz.

Undeutlich hörte er die Stimmen von Ronja und Morlock, er hörte Laute von Wörtern, die ihm bekannt vorkamen, denen er aber keinen Sinn zuordnen konnte. Es kam ihm alles sehr seltsam vor. Warum lag er auf dem Boden? Er versuchte sich aufzurappeln. Ronja und Morlock halfen ihm hoch. Er hörte Ronja fragen: »Geht es? Kannst du gehen?« Ihre Stimme klang dumpf, als hielte ihr jemand mit der Hand den Mund zu. Morlock umfasste Max an der Hüfte und legte sich dessen gesunden Arm über die Schulter. »Durchatmen«, sagte Ronja. Sie griff zum Bronzeblatt, riss es mit einer schnellen Bewegung heraus und steckte das blutige Metallstück in ihre Gesäßtasche. Sie zog ihre Sturmhaube ab und presste sie auf die blutende Wunde. Eins musste man Max lassen, dachte sie, zäh war er. Gab keinen Ton von sich, kein Klagen, keine Schmerzensschreie. Er war blass, aber das waren sie wegen des Mondlichtes alle. Ansonsten war ihm von der Verletzung nichts anzumerken, abgesehen natürlich von dem Knochen, der aus seiner Schulter ragte.

Sie wickelten ihn in zwei Packdecken ein und betten ihn auf die Ladefläche des Lieferwagens. Morlock desinfizierte seine Wunde mit dem Antiseptikum aus dem Verbandskasten. Den Knochen zu richten wagte er nicht. Bei jeder Kurve stöhnte Max leise. Die Schmerztabletten wirkten noch nicht. Trotzdem ließ er sich nicht in ein Krankenhaus bringen, auf keinen Fall hier in dieser Gegend, wo schwarz gekleidete Jugendliche zu Zeugen eines Sprengstoffanschlags geworden waren. »Bis Köln halte ich durch«, sagte er.

Auf der Autobahn hielten sie auf dem ersten Rastplatz mit einer Telefonzelle. Ronja rief Georg an, einen befreundeten Demosanitäter, auf dessen Verschwiegenheit sie vertraute. »Trink einen Liter Kaffee. Ich komm in einer halben Stunde.«

»Jääätzt?«, fragte Georg.

»Nein, nicht jetzt. In einer halben Stunde. Sieh zu, dass du dann wach bist.«

Währenddessen entfernte Morlock die Klebefolie von dem Leihwagen und montierte wieder die echten Nummernschilder.

»Sieht schlimmer aus, als es ist«, meinte Georg ungerührt, als er Max ein Schmerzmittel spritzte. Max lag in Georgs Bett, auf blau-weiß gestreifter, blutverschmierter Bettwäsche, die Beine hoch, vom Plümo und dem Kopfkissen gestützt. Georg schnitt ihm das T-Shirt ab, streifte Latexhandschuhe über und schob den Knochen zurecht. Max jaulte auf wie ein getretener Hund. »Einwandfrei«, sagte Georg, »besser könnte es gar nicht gehen.« Er schob den Knochen vorsichtig an seinen Platz. »Wir müssen dich jetzt aufrichten, damit ich den Verband anlegen kann. Bereit?«

Max nickte. Georg winkte Morlock zur Hilfe, beide hoben Max in den Sitz. Georg schlang ihm einen Verband um Schulter und Oberkörper, der Max in die Haltung einer Balletttänzerin zwang, Brust raus, Schultern zurück, den Rücken kerzengerade. Er spritzte Antithrombosemittel, fragte nach der letzten Tetanusimpfung und impfte ihn dann. »So weit die Erstversorgung. Allerdings ...«

Morlock, der gerade seine Zigaretten aus- und wieder eingepackt hatte, da er nirgends einen Aschenbecher sah, schaute beunruhigt hoch. *Allerdings* klang bedrohlich. »Allerdings was?«

»Er muss sofort ins Krankenhaus.«

»Das ist ausgeschlossen«, sagten Morlock und Ronja einstimmig.

»Kann er nicht erst mal hier bleiben?«, fragte Ronja. Sie war ans Fenster getreten und schaute durch den Vorhangspalt auf die Straße. Das machte Georg nervös. »Verfolgt euch jemand?«

Ronja trat vom Fenster zurück. »Neinnein, keine Sorge. Das ist nur so ein Reflex.«

Georg nickte skeptisch. »Er hat eine offene Fraktur dritten Grades. Die Gefäße und Nerven sind verletzt, die Wunde ist kontaminiert, der Knochen zertrümmert. Er *muss* in ein Krankenhaus.«

Morlock löste sich von der Wand, an die er sich gelehnt hatte. »Und das nennst du *Besser könnte es gar nicht sein*?«

»Er lebt. So war das gemeint. Mit einem weniger stabilen Kreislauf hätte ihn der Schock umgebracht.«

Morlock und Ronja sahen sich ratlos an.

»Ihr könnt in der Küche rauchen«, sagte Georg.

Eine Zigarette später kamen Ronja und Morlock aus der Küche zurück.

Georg saß neben dem Bett auf einem Stuhl und fühlte den Puls. »Der Kreislauf ist stabil«, sagte er. »Euer Freund hat eine robuste Konstitution. Sieht man ihm so gar nicht an.«

Ronja trat hinter Georg, legte ihm die Hände auf die Schultern. Sie ging in die Knie und sprach leise direkt in sein Ohr. »Kann ich dich um einen Gefallen bitten?«

»Klar, sicher.«

»Er muss ins Ausland. Wir wollen ihn nach Prag in die Uniklinik bringen. Dort operieren erstklassige Ärzte gerne Patienten, die bar mit deutscher Mark bezahlen. Ich möchte, dass du ihn während der Fahrt versorgst.«

»Kein Problem. Ich habe Urlaub«, stimmte Georg mit etwas zittriger Stimme zu.

»Wir werden einen Umweg fahren. Über Österreich.«

Georg zuckte mit den Schultern.

»Wird er das durchstehen?«

»Bei Komplikationen bringen wir ihn sofort in die nächste Klinik. Das musst du versprechen.«

»Versprochen.«

»Morgen Vormittag. Ich besorge alles, was wir für den Transport brauchen.«

»Gut«, sagte Ronja.

Sie hockte noch hinter Georg, ihre Hände auf seinen Schultern. Morlock trat hinzu und reichte Georg die Hand. »Danke. Du tust uns einen großen Gefallen.« Er trat ans Fenster und warf einen kurzen Blick auf die Straße. »Was hältst du anschließend von einem Kurztrip nach Barcelona?«, fragte er Georg. »Du könntest mir da einen kleinen Gefallen tun.«

BENZ SASS AUF EINER BANK ZWISCHEN zwei Trauerweiden und warf den Enten im Teich Brotkrumen zu. Als Klier sich rechts neben ihn setzen wollte, klopfte er mit der linken Hand auf den Platz an seiner anderen Seite. »Mein Ohr«, erläuterte er. »Andenken an meine Zeit als Marinetaucher.«

»Was ist passiert? Ein Barotrauma?«

Benz nickte.

»Zu schnell abgetaucht? Das ist ein Anfängerfehler.«

»Nicht, wenn man sich vom Anker runterziehen lässt, um einen Kameraden zu retten.«

»Sie haben einen Kameraden gerettet? Sie sind also ein Held?«

»Kann man so sagen.«

Benz hielt Klier die Tüte mit den Brotkrümeln hin. Klier schleuderte aus lockerem Handgelenk einige ins Wasser.

Benz sagte: »Eigentlich ist Entenfüttern hier verboten«.

»Verboten? Tatsächlich?«

»Ja. Das Brot, das die Enten nicht essen, sinkt auf den Grund, verfault dort und senkt so den Sauerstoffgehalt im Wasser.«

Bei diesen Worten warf er so verschwenderisch Brot in den Teich, wie Prinz Karneval Kamellen auf dem Rosenmontagszug. Der Futterregen lockte zwei Schwäne an, die wild die Flügel schlugen und mit ihren Schnäbeln auf die Enten einhackten, die sich schnatternd und flatternd wehrten.

»Es ist immer wieder interessant«, sagte Benz. »Man wirft etwas ins Wasser und beobachtet, was passiert.«

»Ja, ja, in der Tat, sehr interessant«, sagte Klier.

»Man muss im Grunde nichts tun. Nur geduldig beobachten.«

»Für Geduld haben wir keine Zeit«, entgegnete Klier. »Nach drei Serien von Anschlägen können wir uns nicht mehr auf das Beobachten beschränken.« Er beobachtete Benz, der weiter Brotkrumen ins Wasser warf. »Wenn Entenfüttern hier verboten ist«, fragte er schließlich, »warum tun Sie es dann?«

»Die Enten lieben es«, sagte Benz.

Klier nickte. Er holte aus der Innentasche seines Jacketts einen Briefumschlag. »Die Ergreifung der Täter ist Herrn Jansen ein ernstes Anliegen.« Er reichte Benz diskret das Kuvert. »Nehmen Sie dies als Zuschuss zu den Kosten und als Anerkennung Ihrer bisherigen Leistung.«

Benz verbarg die Übergabe hinter der Tüte Entenfutter. »Und was kann ich für Sie tun?«

»Halten Sie mich über Ihre Erkenntnisse auf dem Laufenden. Herr Jansen ist seit dem brutalen Anschlag auf die Familiengruft *persönlich* an der Ergreifung der Täter interessiert.«

»Terroristen!«, sagte Benz und schaute angewidert. »Ein geschmackloser Anschlag.«

»Wie kommen Sie auf Terroristen?«

»Wir haben einen der Erpresser identifiziert. Es handelt sich um Wolfgang Morlock. Er war in Lissabon, bei der Geldübergabe…«

»Er hat mich beobachtet.«

»Wir haben zwei weitere Verdächtige, Nele Wahls und Erik Lasker. Alle drei sind Mitglieder einer linksterroristischen Vereinigung, die sich Anarchistische Zellen nennt.«

»Gut. Ich sehe, Sie machen Ihre Arbeit.« Klier nickte befriedigt. »Darf ich?«, fragte er und griff sich, ohne auf eine Antwort zu warten, Brotkrumen aus der Tüte und warf sie in den Teich. Die Schwäne verteilten in alle Richtungen Flügelschläge und Schnabelhiebe, aber sie konnten sich nicht mehr das ganze Futter sichern. Der Enten waren es inzwischen zu viele. »Wissen Sie, Herr Benz, wie soll ich es erklären…« Klier versank ins Nachdenken, dabei lehnte er sich nach vorne und stützte sich mit den Ellbogen auf den Knien ab. Dann, als er die Formulierung gefunden hatte, nach der er irgendwo tief in seinen, wie es aussah, Eingeweiden gesucht hatte, richtete er sich wieder auf. »Herr Jansen ist der festen Überzeugung, dass der Privatsektor effizienter arbeitet als eine Behörde. Das gilt nicht nur für den Textilhandel. Das gilt für alle Bereiche des menschlichen Lebens. Auch für den Staatsschutz.«

»Es hat sicher auch mit den Mitteln zu tun, die zur Verfügung stehen.«

»Effizienz, das ist das Stichwort. In den nächsten zehn, spätestens zwanzig Jahren werden wesentliche Aufgaben, die heute noch dem Staat obliegen, kostengünstiger und effizienter von Privatunternehmen erledigt werden. Diese Entwicklung wird vor der Polizei nicht haltmachen. Sie wird nicht einmal vor dem Militär haltmachen. Selbst die kommenden Kriege werden ganz wesentlich von Privatunternehmen geführt werden. Hören Sie auf meine Worte, Herr Benz. Meine Branche, Sicherheitsdienstleistungen, steht vor einem großen Aufschwung.«

»Und was genau kann Ihre Branche, oder möglicherweise Sie persönlich, effizienter erledigen als die zuständigen Behörden?«

»Ganz allgemein: alles!«

»Und im Besonderen?«

»Verhöre«, sagte Klier.

»Verhöre«, wiederholte Benz nachdenklich.

»Terroristen«, fuhr Klier fort, »reden nicht. Deshalb brauchen wir jemanden, der sie effizient zum Sprechen bringt.« Er ließ den Satz fortschweben, zum Ufer hin, an den balgenden Vögeln vorbei, über den See. »Wir müssen *alle* Erpresser verhaften. Nicht nur den einen, der das Geld holt. Wenn wir einen haben, muss der uns zu den anderen führen, damit die Anschläge aufhören …«

»Verfassungsschutz und Polizei sind als staatliche Organe an Gesetze gebunden«, sagte Benz.

»Das wollte ich damit zum Ausdruck bringen.«

»Es ist völlig ausgeschlossen, dass wir illegale Handlungen gleich welcher Art dulden. Oder gar Folter. Wir sind hier nicht in Amerika.«

»Sie müssen nichts dulden. Sie müssen mich nur über den Stand der Ermittlungen informieren. Wer verdächtig ist, wo er sich aufhält und so weiter. Um den Rest kümmern wir uns.«

»Sie meinen Morlock, Wahls und Lasker?«

»Wenn wir die Verdächtigen nach modernsten psychologischen Erkenntnissen verhören könnten, würden wir ganz gewiss polizeitaktisch verwertbare Aussagen bekommen. Vielleicht sogar gerichtsfeste Aussagen.«

Benz verbeugte sich im Sitzen. Es sah aus wie ein auf Hüfthöhe beginnendes Ganzkörpernicken. »Wir wissen nicht, wo sich die Verdächtigen aufhalten. Morlock suchen wir seit fünfzehn Jahren erfolglos. Und Wahls und Lasker sind vor zwei Jahren spurlos untergetaucht.« Und weil Klier enttäuscht ins Leere starrte, fügte er zum Trost an: »Aber wir haben noch ein Eisen im Feuer. Verhöre werden gar nicht nötig sein. Ich halte sie auf dem Laufenden.«

»JACKPOT«, SAGTE DIE STIMME am Telefon. Es war das vereinbarte Codewort.

»Mit dem Anschlag auf meine Familie sind Sie zu weit gegangen.«

»Es hat nur Tote getroffen. Sorgen Sie sich um die Lebenden.«

»Ich weiß, wer Sie sind. Morlock. Sie sind doch Wolfgang Morlock?«

Jansen hatte einen Wirkungstreffer gelandet, denn die Leitung blieb stumm. »Oder spreche ich mit Erik Lasker?«, fuhr er fort. »Dann grüßen Sie mir doch Ihre Freundin, Frau Wahls.«

»Kommen Sie zur Sache.«

»Ich werde Ihnen die fünf Millionen bezahlen, und dann werde ich eine Millionen Belohnung auf Sie ausloben.«

»Man soll kein gutes Geld schlechtem hinterherwerfen. Das wird an der Börse nicht gerne gesehen. Also, was ist mit Anke Lutter?«

»Hat abgelehnt. Kein Grünen-Politiker stellt sich als Geldbote zur Verfügung.«

»Der Bischof in Paderborn wird Ihnen eine Bitte sicher nicht abschlagen. Er steht Ihrer Familie nahe. Teilen Sie uns die Zustimmung über eine Stellenanzeige in der Süddeutschen am kommenden Samstag mit. Wir melden uns dann wegen der Übergabemodalítäten.«

Nachdenklich hängte Morlock den Hörer auf die Gabel. Er schlenderte fünfzig Meter die Straße hinunter, wo gegenüber der Kirche die »PMU – Bar en face – Tabac« geöffnet hatte. Er kaufte sich eine Packung Gauloises und lehnte sich an die Theke. Er bestellte einen Kaffee und einen Armagnac. Ein Fernseher an der Wand übertrug Galopprennen, auf die man in der Bar wetten konnte. Morlock setzte zehn Francs auf Suave Dancer, weil ihm der Name des Pferdes gefiel. Der Freundliche Tänzer gewann mit zwei Längen Vorsprung, und Morlock gewann 28 Francs. Erst dann fiel ihm der Name des Jockeys auf. Er nahm ihn als gutes Zeichen: Cash Asmussen.

Jackpot, dachte er, lief nicht so glücklich. Natürlich hatten sie nicht ausschließen können, dass der Schweizer Sommerfrischler Rolf Blättler in dem Lissaboner Hotel trotz Handschuhen, Perücke, Brille, Bart und Panamahut als Wolfgang Morlock identifiziert werden würde. Es gab eben Nachtportiers mit dem fotografischen Gedächtnis eines Schachgroßmeisters. Aber wie waren sie auf Erik und Nele gekommen?

Wie auch immer, eines war klar: nun, wo sie identifiziert waren, konnten Erik und er nicht wie geplant den Geldkoffer beim Boten abholen. Das mussten zwei

Männer machen, doch es blieben nur Ronja und Max. War jetzt der ganze Plan hinfällig? Ausgeschlossen. Die Zeit drängte, die Kriegskasse war leer, die Fahnder rückten ihnen näher. Die Geldübergabe musste jetzt gelingen. Ronja konnte vielleicht den Wagen fahren. Die Haare abschneiden, eine Mütze auf, grimmig ausschauen. Dann ging sie vielleicht als Mann durch. Aber Max würde noch einige Zeit im Krankenhaus bleiben müssen. Also fehlte ein Mann. Wen konnte man fragen? Morlock bestellte einen weiteren Kaffee und Armagnac, doch auch das brachte ihm keinen Einfall. Von den alten Genossen war keine Unterstützung zu erwarten, nachdem sie ihnen den Sprengstoff geklaut und ihr Abschlussfeuerwerk vermasselt hatten. Sie tobten, Drohungen kursierten, selbst in der Interim wurden Anspielungen veröffentlicht. In der Nacht nach dem Anschlag auf das Mausoleum war bei Max eingebrochen worden. An die Wand war: Auswurf, Abfall, Abhub aller Klassen, gesprüht. Karl Marx über das Lumpenproletariat, wusste Max. Der den Einbruch ansonsten recht gelassen genommen hatte: Solange es bei Beschimpfungen bleibt.

Man sollte den anderen allerdings ein paar Monate aus dem Weg gehen.

Völlig ausgeschlossen, sie nach Unterstützung zu fragen.

Ronjas Ellbogen ragte aus dem Seitenfenster, ihre rechte Hand ruhte auf seinem Oberschenkel, nur zum Schalten nahm sie sie fort. Die Straße schlängelte sich in weit ausladenden Kurven zwischen sattgrünen Hügeln hindurch. Motorradfahrer schnitten funkensprühend die Kurven. Ein Pulk in Lederjacken mit Fransen und Wehrmachtshelmen rollte ihnen gemächlich entgegen, die Hände an Lenkern über Kopfhöhe. Durch die geöffneten Seitenfenster stürmte der Fahrtwind in den Wagen herein, wurde vom Heckfenster zurückgeworfen und kühlte Tredes Nacken. Im Fahrtenlärm hatte er geglaubt, Ronja falsch verstanden zu haben, und fragte noch einmal nach, fast schrie er: »Wie viel?«

»Eine Million«, bestätigte Ronja.

»Was ist unser Anteil?«

»Das ist unser Anteil.«

»Nicht übel.«

»Du musst einen Dreieinhalbtonner durch die Stadt fahren und dabei allen Schaufenstern ausweichen.«

Ronja lachte, während sie beschleunigte. Sie sah glücklich aus, bildete er sich ein. Er nahm ihre Hand und küsste versonnen ihren Handrücken. Der Motor heulte laut nach einem höheren Gang, aber Ronja schaltete nicht, noch ging sie vom Gas. Irgendwo hinter Eupen setzte sie ihn an einem Hotel ab, das hinter einem von einer Hecke umzäunten Parkplatz verborgen lag.

»Bleib auf dem Zimmer, bis ich dich hole.«

Er trank aus der Minibar alles leer, was keinen Alkohol enthielt. Er musste nachdenken. Er *müsste* sofort Benz informieren und Anweisungen einholen. Aber erst musste er nachdenken. Benz hatte recht mit seiner Vermutung. Die Erpresser waren versprengte Mitglieder der AZ. Und Ronja war eine von ihnen. Und er jetzt auch. Es ging um fünf Millionen. Hundertfünfzig Jahresgehälter.

Er warf sich rücklings auf das Bett, schloss die Augen und stellte sich einen Haufen von fünf Millionen Mark in Hundertern vor. Warum, fragte er sich, hatte Ronja ihn gerade jetzt angesprochen? Sicher, sie hatte schon vor einiger Zeit nach dem Köder geschnappt, den er seit Monaten vor ihrer Nase herumschwenkte. Irgendwann hätte sie ihm einen Vorschlag gemacht. Aber warum gerade jetzt? Warum für diese Erpressung? Die Sache lief doch schon seit längerem. Dafür konnte es nur eine Erklärung geben: Jemand war ausgefallen. Sie brauchten einen Ersatzmann.

Fünf Millionen, fünf Leute. Ronja. Die drei Flüchtigen, von denen Benz gesprochen hatte. Morlock, Wahls, Lasker. Und die fünfte Person, die ausgefallen war. Die er ersetzen sollte.

Er würde Benz später anrufen. Solange er die Details des Plans nicht kannte, war es klüger, sich alle Optionen offen zu lassen. Außerdem war es sicherer, nicht zu telefonieren.

Fünf Millionen.

Als Ronja ihn am nächsten Morgen abholte, hatte sie die Rechnung schon bezahlt. Das Zimmer, die Minibar. Keine Telefonkosten! Ich bin gut, dachte Trede, als er sie umarmte und auf das Bett zog. Ich denke an alles. Keine Fehler. Keine Telefonate, die nach Erklärung verlangen.

Ronja stieß ihn lachend zurück. Seine Lust schmeichelte ihr. Aber sie hatten jetzt keine Zeit, die anderen warteten. – Oder doch, aber nur fünf Minuten. Weil sie sich die ganze Nacht so darauf gefreut hatte.

Als Ronja den anderen am Vortag vorgeschlagen hatte, Trede aufzunehmen, hielt sie das für eine reine Formalität. Schließlich brauchten sie Ersatz für Max. Und Lutz Trede hatte die allerbesten Referenzen vorzuweisen: Trotz sieben Jahren Knast keine Aussagen vor Polizei und Justiz. Zudem war er ihr Freund und Geliebter. Sie bürgte für ihn.

Aber es gab hartnäckigen Widerspruch. Von Max, in Abwesenheit! Morlock hielt für ihn das Plädoyer. Er hatte ihn in dem Prager Krankenhaus angerufen. Während er Münze um Münze nachwarf in einer Zelle, die nach Urin stank und eine zerbrochene Tür hatte, hatte Max am anderen Ende der Leitung Ursachen und Schlussfolgerungen in langen Schnüren zu einer Art Gebetsteppich verwoben, auf dem geschrieben stand: Nicht ohne mich! Der Transport hatte zu Komplikationen geführt, und zudem hatte sich die Verletzung auf dem Röntgenbild als schwerer erwiesen, als es Georg befürchtet hatte. Max würde noch Wochen ausfallen, dennoch erwartete er von den anderen, auf ihn zu warten. Und auf keinen Fall jemand anderes einzuweihen. Und schon gar keinen ehemaligen Sträfling.

»Ich bin nicht seiner Meinung«, sagte Morlock. »Wir können nicht warten. Der Boden in Europa wird zu heiß für mich, meine Socken stehen schon in Flammen.«

Ronja unterstützte ihn, Nele dagegen bestand auf Max. »Wir brauchen seine Erfahrung. Nicht einen Gangster, der sich gleich bei seinem ersten Überfall hat schnappen lassen.«

Das war eine Grätsche ins Sprunggelenk, ein klares Foul, fand Ronja.

Morlock sagte: »Mich hätten sie auch um ein Haar gefasst.«

»Trede ist ein Risikofaktor. Wir kennen ihn nicht…« Nele wieder!

»Ich kenne ihn nicht? Was willst du wissen? Die Augenfarbe seiner Mutter? Seine Schwanzlänge? Ich kenne ihn!« Ronja verstummte, verärgert über ihren Ausfall. Schon wieder hatte sie sich von Neles humorlosen Art aus der Reserve locken lassen.

Nele blieb sachlich, natürlich: »Wir kennen ihn nicht bei Aktionen«, sagte sie. »Wir wissen nicht, wie er reagiert. Deswegen bedeutet er ein Risiko.«

»Jede Bewegung ist riskant«, sagte Ronja. »Jede Veränderung ist gefährlich. Das Leben überhaupt ist riskant. Nur wo kein Leben ist, ist auch keine Gefahr.«

Nele verdrehte die Augen zur Decke. Erik stand vor dem Fenster und übte irgendwelche Todeskrallen-Karateschläge. »Hast du auch eine Meinung?«, herrschte Nele ihn an.

»Ich rede mit *dir*! Ich habe *dich* gerade was gefragt«, fuhr Ronja Nele an.

»Ich habe keine Frage gehört«, entgegnete Nele.

»Jetzt tu nicht so, als hättest du mich nicht verstanden!« Es hatte keinen Sinn, sich aufzuregen, ermahnte Ronja sich still. Sie tat es aber doch.

Morlock fragte: »Hat wer Bedenken, Trede wäre nicht sauber?«

Nein, darum ginge es nicht, räumte Nele ein. Was Ronja nicht davon abhielt, ihren Liebhaber gegen Vorwürfe zu verteidigen, die niemand erhob. »Ich habe einen Knastkumpel von ihm besucht. Der legt seine Hand für ihn ins Feuer.«

»Ich befürchte nicht, dass er uns verrät«, sagte Nele. »Ich befürchte Unzuverlässigkeit. Mangelnde Disziplin. Einzelgängertum. Wie reagiert er bei Stress?«

Ronja erzählte vom Einbruch beim Juwelier. »Das *war* Stress. Ein Juwelier, nicht einmal einen Kilometer vom Polizeipräsidium entfernt, in der Fußgängerzone, wo dauernd Streife gefahren wird. Und dann gab es noch zwei Zeugen.« Dennoch habe Trede das Ding ganz ruhig durchgezogen, und ohne Zafers dummen Auffahrunfall wäre auch alles glatt gelaufen.

»Wer sich nicht mit dem politischen Kontext seiner Handlungen auseinandersetzt«, insistierte Nele, »dem fehlt es an Kriterien, wie er sich in unerwarteten Situationen verhalten soll. Was richtig oder falsch ist.«

»Wo sind wir denn jetzt gelandet?« stöhnte Morlock.

»Bei der Frage, wie jemand ohne politischen Kopf reagiert, wenn er sich in die Ecke gedrängt fühlt. Da sind wir jetzt gelandet. Verliert er die Nerven und fährt er einen Unbeteiligten über den Haufen?«

»Wenn irgendwer den Helden spielen will und sich mir in den Weg stellt, dann fahr ich ihn auch über den Haufen«, sagte Morlock.

»Und genau wegen dieser Haltung ist es auch besser, dass wir bald getrennter Wege gehen«, sagte Nele bissig.

Erik hörte für einen Moment auf, imaginäre Dachziegel zu zertrümmern. »Kriegt euch mal wieder ein. Es geht um eine ganz einfache Entscheidung. Kein Grund zur Aufregung.«

»Morlock provoziert, deshalb rege ich mich auf. In Toulouse hat er noch den Reumütigen gegeben wegen der Schüsse, und jetzt hängt er hier den Killer raus. Was soll das? Was ist denn jetzt seine Haltung? Er läuft immer noch mit einer Knarre durch die Gegend.«

»Er wird die Waffe nicht benutzen«, sagte Erik und wedelte wieder im Kampf gegen unsichtbare Gegner mit den Händen durch die Luft.

»Hör bitte mal mit dem Gehampel auf«, fuhr Nele Erik an. »Wir müssen eine Entscheidung treffen.«

Ronja stellte sich direkt vor Erik, der ihren Kopf für einen Kick als Ziel nutzte. Sie kannte ihn gut genug, um nicht mit der Wimper zu zucken. Erik stoppte seinen Tritt Zentimeter vor Ronjas Schläfe, und für einen Moment erstarrte er im Spagat, der linke Fuß auf dem Boden, der rechte oben neben Ronjas Kopf. Sie wunderte sich jedesmal, warum er dabei nicht umfiel. Es ginge zu schnell, hatte er einmal erklärt. Es komme einem lange vor, aber er stehe nur den Bruchteil einer Sekunde still, zu kurz zum Umfallen. Er war einfach kein Typ, der umfiel, hatte sie damals gedacht. Jetzt sagte sie: »Deine Stimme entscheidet! Bist du für Nele und Max oder für mich und Morlock?«

Erik senkte das rechte Bein zurück in die Ausgangsstellung und zertrümmerte mit einer schnellen Schlagkombination die Luft vor seiner Nase, wobei er die blaugrauen Wolken aus Zigarettenrauch unter der niedrigen Decke verwirbelte. Dann brach er seine Übung ab. »Ich bin dafür, es jetzt durchzuziehen.«

»Das ist ja mal eine fundierte Begründung«, sagte Nele.

»Gut«, beschied Ronja, um jede Diskussion abzuwürgen »dann ist das ja entschieden.«

»Tut mir leid, Nele«, entschuldigte sich Erik für sein Votum. »Trede wird's hinkriegen. Ronja ist bei der ganzen Aktion an seiner Seite. Sie hat die Erfahrung, die ihm fehlt.«

»Hoffentlich hört er auch auf sie.« Neles Stimme triefte vor Abneigung. »Du und Morlock, ihr deckt meinen Bedarf an Machos.«

Aus Morlock zischte es heraus wie bei einem Leck im Überdruckbehälter: »Jetzt spiel dich hier nicht immer als Ethik-Kontrolleurin auf! Ist doch wahr, dieses Blaustrumpf-Gezicke geht mir auf die Nerven…«, und so weiter, er wollte sich gar nicht mehr beruhigen.

Ronja schaute Erik an, der zuckte die Achseln. Sie sagte: »Gut jetzt! Lasst uns mal wieder runterkommen. Wir sind alle gestresst. Die Auflösung, der Zeitdruck, der Geldmangel, der Unfall.«

Erik streifte sich ein verwaschenes Sweatshirt mit einem weiten Kragen über, durch den auch ein Stier seinen Kopf samt Hörnern hätte stecken können. »Ich kenne dich so gar nicht«, sagte er zu Morlock. »Du bist doch sonst nicht so leicht reizbar. Was ist denn los?«

»Die Diskussion geht mir auf den Senkel. Und dass es nicht vorangeht mit der Aktion. Ist doch wohl normal.«

»Nun los«, forderte Ronja ihn auf. »Spuck's schon aus. Sag es ihnen.«

»Das ist Privatsache«, knurrte Morlock.

»Hier gibt es keine Privatsachen«, sagte Nele. »Also raus damit.«

»Ich geh schlafen«, sagte Morlock, »Nacht zusammen.«

»Also was?«, fragte Erik, nachdem Morlock die Tür hinter sich geschlossen hatte.

»Lara wird nicht mit ihm gehen«, sagte Ronja. Georg habe Lara in Barcelona in ihrem Copyshop abgepasst. Sie sei offen von Mossos observiert worden, katalanischen Bullen, keine Guardia. Georg habe Probleme mit einer Kopie simuliert und ihr so unauffällig einen Brief von Morlock gegeben.

Nele zog die Augenbrauen hoch. Schon wieder war Morlock gegen alle Absprachen wegen seiner Freundin ein Risiko eingegangen! Nach dem Telefonat von der Biscayaküste, schlimm genug, jetzt sogar mit einem Boten, der nicht zu ihnen gehörte. Ein Außenstehender!

»Nun mach dir nicht ins Hemd«, sagte Ronja. »Der Bote ist *absolut* zuverlässig. Die Kontaktaufnahme war *absolut* diskret. Für die Observanten *absolut* unsichtbar.«

Dann schwiegen alle und schauten den Wolken aus Zigarettenrauch unter der Decke zu. Schließlich sagte Ronja: »Nur ihre Antwort war nicht die, die Morlock sich erhofft hatte. Und dann hatte sie sie auch noch auf einen Quittungsvordruck geschrieben.«

Das war es für den Abend. Das Schlusswort sprach Nele: Wir schauen uns den Typen an und entscheiden dann, ob wir das Risiko mit ihm eingehen wollen. Sie legte den Arm um Erik und fügte versöhnlich an: »Kannst du damit leben?« Dann führte sie ihn hoch auf ihr Zimmer. Auf der Treppe schaute Erik sich kurz zu Ronja um. Das sollte wohl heißen: Ich freue mich für dich und deinen Neuen. Ronja gab das einen Stich. Sie wollte an etwas anderes denken. An irgendetwas, das ihre schlechte Laune rechtfertigte. An Nele mit ihren ewigen Bedenken. Risiko hier, Risiko da. Wahrscheinlich muss Erik beim Vögeln drei Pariser übereinander tragen. Der Gedanke versöhnte sie. Sie ging auf ihr Zimmer, freute sich auf die kommende Nacht mit Lutz und schlief bald darauf ein.

Als sie am nächsten Morgen mit Trede zu den anderen fuhr, schärfte sie ihm ein: »Meine Freunde wollen sich erst selbst ein Bild machen. Aber das wird schon, keine Sorge. Sei einfach der, der du bist.«

»Ja klar.« Trede lachte. »Wer auch sonst?«

Ronja fuhr kreuz und quer über schmale belgische Landstraßen, es fiel Trede nicht leicht, sich den Weg zu merken. Das zweigeschossige Fachwerkhaus lag wie für konspirative Treffen gebaut zwischen Hügeln am Rande eines Wäldchens, weit und breit kein Nachbar, in der Nähe Schnellstraßen in alle Richtungen, und die grüne Grenze übers Hochmoor in Fußweite.

Ronja legte ihren Arm um seine Hüfte, als sie auf das Haus zugingen. Es kam Trede wie eine Demonstration vor. Im Dunkel hinter einem Fenster war schemenhaft die Silhouette einer großen, schlanken Frau zu erkennen. Trede hatte erwartet, von grimmigen Terroristen empfangen zu werden, die sich mit Skimützen mit Schirm und Bommel vermummten. Stattdessen öffnete sich die Tür und die schlanke Frau kam ihnen mit offenen Armen entgegen. Das musste Nele Wahls sein. Sie sah noch besser aus als auf den Fotos in den Akten. Die Aufnahmen waren alle mit dem Teleobjektiv geschossen, was ihr Gesicht flächig und blass wirken ließ. Jetzt sah er ihre hohen Wangenknochen und ihre mandelförmige Augen tief und geheimnisvoll in den Höhlen; der eurasische Typ, erinnerte er sich, was er in der Ausbildung gelernt hatte. Sie trug Jeans, Turnschuhe und ein langärmeliges, verwaschenes T-Shirt in einer Farbe, die früher vielleicht Grün oder Blau gewesen war. Ihr Körper war langgezogen, feingestreckt, sanft gerundet, schön anzuschauen. Zum Anfassen allerdings für seinen Geschmack etwas zu mager. Nichts gegen Ronja, der er schnell noch zärtlich einen Kuss auf die Wange drückte, bevor er Nele begrüßte. Sie reichte ihm die Hand mit weit von sich gestrecktem Arm. Ihre Stimme dagegen war warm und ohne Falsch. »Hallo«, sagte sie. »Freut mich, dich kennenzulernen. Ich bin Nele.«

Im Türrahmen tauchte ein Mann mit faltigem Gesicht auf. Seinen Kopf trug er tief zwischen den Schultern versenkt, fast zog er ihn in sich hinein wie eine Schildkröte. Er blieb stehen in der Haltung eines Marathonläufers an der Startlinie: das rechte Bein etwas vorgestellt und den Oberkörper weit vorgebeugt. Immer bereit zum Losrennen, dachte Trede. Ein Bild jedoch, in das sich das Leinenjackett und die Segelschuhe nicht recht einfügen wollten. Auch wenn er den alten Fahndungsbildern nicht ähnlich sah, das musste Wolfgang Morlock sein.

Der vierte der Bande lag auf der Couch, den Kopf auf eine zerschlissene braune Lederjacke gebettet, mit nacktem Oberkörper, aus dem der schräge Bauchmuskel wie eine Geschwulst herausbeulte. Kein Bodybuilder, bemerkte Trede. Bizeps gut definiert, aber nicht zu muskulös, kräftiger Trizeps: die Oberarme eines Kampfsportlers. Das war Erik Lasker. Statt seines punkigen Kurzhaarschnitts, den er auf den Fotos in den Akten trug, ließ er jetzt seine dunkelbraunen Haare mittellang auf die Schulter wallen. Erik grüßte lässig, nur ein Wink und ein »Hi!« Wie ein Hippie, dabei war er dafür viel zu jung. Dichte braune Augenbrauen, eine schmale Nase, angewachsene Ohrläppchen, beobachtete Trede. Wüsste er sein Alter nicht, würde er ihn auf Mitte zwanzig schätzen, mit seinem schelmischen Grinsen und der glatten hellen Haut, die die wuchernden Augenbrauen betonten. Ein Frauentyp, dachte Trede. Der Gedanke, dass Erik Lasker Ronja geliebt hatte, verursachte ihm ein Ziehen in den Kniekehlen. Misstrauisch schaute er zu Ronja, die aber nur Augen für ihn hatte. Trotzdem wäre es besser, wenn dieser Erik ihr nicht allzu oft vor der Nase herumhüpfte.

»Kommt, ich zeig euch euer Zimmer«, sagte die Schildkröte und ging voraus. Vor der Tür zu ihrer Kammer drehte er sich um. »Richtet euch erst mal ein. Und dann kannst du uns was von dir erzählen.«

»Ich bin eigentlich gekommen, um was von euch zu hören«, entgegnete Trede. »Wir wollen doch klären, ob *ich* was mit *euch* mache, oder habe ich da was falsch verstanden?« Er schob sacht Morlock aus dem Weg, zog Ronja an der Hand mit ins Zimmer und schlug die Tür zu.

Es wurde ein Tribunal. Morlock saß die meiste Zeit stumm auf einem Stuhl, die Ellbogen auf die Oberschenkel gestützt, und starrte Trede ins Gesicht, als könnte er in dessen Mimik *wahr* oder *gelogen* lesen. Erik und Nele nahmen Trede in ein Kreuzverhör. Erik freundlich und neugierig, Nele dagegen machte Unterstellungen, zog in Zweifel und bohrte nach. Mit jeder Frage stellte sie eine Falle. Nachdem das eine ganze Stunde so gegangen war, platzte Ronja der Kragen. »Was soll das? Spielt ihr hier guter Bulle, blöde Kuh?«

Das weckte Morlock auf. »Mach mal halblang, Ronja. Wir unterhalten uns. Wir lernen uns kennen. Kein Grund, ausfallend zu werden.«

Trede antwortete knapp und ging allen Fußangeln aus dem Weg, bis auf die eine, als Nele die Verteilung der Beute ansprach, und er fragte: »Was habt ihr eigentlich nachher so vor ... mit dem Geld?«

»Das ist hier kein Thema«, wies Nele ihn spitz zurecht. Und weil Trede nicht verstand, was an seiner unschuldigen Frage verwerflich gewesen sein sollte, erläuterte es Ronja. »Jeder soll nur wissen, was er für die Aktion wissen muss. Was man nicht weiß, kann man nicht ausplappern.«

Trede nickte mit undurchdringlicher Miene, ließ sich aber später die Gelegenheit zu einem Revanchefoul nicht entgehen, als Nele ihn nach dem Einbruch bei dem Juwelier fragte. »Ein Bruch bei einem Juwelier? Keine Ahnung, wovon ihr redet.« Er stieß sich von der Wand ab, an der er gelehnt hatte, ging zum Fenster und schaute schweigend hinaus. Nach einigen Sekunden drehte er sich wieder um und sagte zu Nele (nicht zu ihr, stellte Ronja erleichtert fest): »Worüber ihr so alles plappert. Ich kann da leider nicht mithalten.«

Ronja schämte sich. Er hatte recht, eigentlich hätte sie die Geschichte in der Gruppe nicht breittreten dürfen. Sie wollte sich entschuldigen, aber schon wieder, zum zweiten Mal, ergriff Morlock das Wort: »Wir kennen uns. Aber wir kennen dich nicht. Da gelten nicht dieselben Regeln.«

»Eure Regeln interessieren mich einen Scheiß. Wenn ihr was zu Brüchen wissen wollt, kauft euch eine Zeitung.«

»Wir brauchen keine Zeitung«, sagte Nele. »Wir wissen von dem Bruch. Das allein ist doch schon ein Problem. Warum weiß ich davon?«

Darauf konnte Trede nichts entgegnen, denn dafür hätte er Ronja kritisieren müssen. Nele erwartete dies auch nicht und fuhr fort: »Und dann gibt's noch ein Problem. Dein dauerndes Pech. Erst die sieben Jahre Knast. Und bei der Juweliersache fahren auch zwei Leute ein. Du bringst Unglück.«

»Wo *wir* ja alle so perfekt sind!« Ironie tropfte aus Ronjas Worten. »Von uns ist ja noch nie jemand aufgeflogen. Und es steht auch niemand auf der Fahndungsliste.«

So ging es noch zwei Stunden. Schließlich wurden die Attacken Neles immer matter, die Argumente und Fragen und Antworten wiederholten sich, alles drehte sich immer schneller im Kreis, ein Valse à Mille Temps, bis Ronja schließlich dem Verhör Einhalt gebot. »Wir müssen endlich zu Potte kommen. Hat jemand seine Haltung von gestern verändert?«

Unter der Decke wallte der Zigarettenqualm (Nele hatte ihren Widerstand gegen das Rauchen aufgegeben, für Ronja ein Zeichen ihres Einlenkens) und auf dem Tisch schlängelten sich ein Dutzend leere Bierflaschen (von Morlock ordentlich aufgereiht). Erik zuckte die Achseln und schüttelte kaum sichtbar den Kopf, wobei sein Blick zwischen Nele und Ronja hin und her huschte. Immer noch drei zu zwei, wenn man Max mitzählte. Die Sache war entschieden. Morlock stand auf und streckte Trede die Hand hin. »Dann ... lasst uns das Ding drehn.«

Trede schlug nicht ein. »Moment! So weit sind wir noch nicht. Ihr wollt was mit mir machen. Das wäre geklärt. Aber will ich auch was mit euch machen? Ich hätte da noch ein paar Fragen zum Ablauf.«

Fragen, die klar stellen, wer hier Mister Alpha ist, dachte Ronja. Morlock und Erik schauten skeptisch drein, aber Nele sagte, und es klang ehrlich: »Klar, schieß los.«

»Mir gefällt der Plan. Bis auf die Pistole.«

»Es wird nicht geschossen«, sagte Morlock. »Wir zeigen sie nur zur Einschüchterung.«

»Wo Waffen sind, werden sie auch benutzt«, sagte Trede.

Wie damals im Steinbruch. Alle schwiegen. Nele schaute erwartungsvoll Morlock an. »Es wird nicht geschossen«, sagte Morlock nur.

»Wir behalten die Situation auch ohne Waffe im Griff«, eilte Erik ihm zur Hilfe. »Aber dann müssen wir mit Gegenwehr rechnen. Wenn wir die Waffe zeigen, müssen wir keine Gewalt anwenden.«

Trede hatte mit seinen Bedenken gegen die Pistole Neles Bedenken gegen ihn zerstreut. »Er hat recht mit seiner Befürchtung«, sagte sie. »Was ist, wenn ein Sani den Helden spielen will?«

»Darum kümmere ich mich«, sagte Erik. Das würde er, und das könnte er, wusste Nele. Bei all dem Training! Trede war noch nicht überzeugt. Bis Ronja vorschlug, nur mit der ungeladenen Pistole zu drohen. Damit war er einverstanden. »Und passt auf, dass keine Patrone im Lauf bleibt«, mahnte er.

»Für einen Pazifisten kennst du dich ja gut mit Waffen aus«, sagte Morlock. Er stand auf und räumte die leeren Flaschen vom Tisch, um Platz für neue leere Flaschen zu schaffen. Von Nele abgesehen waren inzwischen alle angetrunken, selbst Trede, der nur selten trank, dann aber gleich maßlos soff. Ronja konnte ihn gerade noch davon abhalten, Witze zu erzählen, mit denen er seinen guten Eindruck pulverisiert hätte.

»Wir müssen reden«, flüsterte Nele Ronja zu. »Nur wir beide.«

»Ich gehe mit Nele spazieren«, rief Ronja in die Runde. »Ihr kommt doch auch ohne uns klar?«

»Ich komme ohne dich nicht so gut zurecht«, sagte Trede grinsend.

Ronja und Nele fuhren auf schwergängigen Hollandrädern eine schmale geteerte Straße lang, die sich durch einen Birkenwald schlängelte. Der Pfad, der in den Naturpark abzweigte, war durch einen grün-weiß gestreiften Schlagbaum verschlossen. Sie fuhren um ihn herum bis zu einem Bohlensteg, auf dem man trockenen Fußes über das Moor laufen konnte. An einem unbeflaggten Fahnenmast, dessen Zweck sich ihnen verbarg, schlossen sie die Fahrräder an. Der Steg war schmal, sie konnten kaum nebeneinandergehen. Obwohl es seit drei Wochen nicht geregnet hatte, wallte ein fauliger Geruch über das Moor. Das Gras lag vom Wind gekämmt flach auf dem Boden. Die Landschaft schimmerte herbstlich in Braun und Ocker. Sie kamen an einem Feld Besenheide vorbei, das in einem matten Rosa langsam verblühte.

»Ist das Erica?«, fragte Ronja.

Der Steg knarzte unter ihren Schritten. »Es ist eigentlich gar nicht meine Art«, bemerkte Nele plötzlich. Dann verfiel sie in Nachdenken. »Eigentlich«, sagte sie schließlich, »kann ich Persönliches gut von allem anderen trennen.«

Ronja betrachtete versonnen die blonden Locken, die Nele vergeblich in einem Pferdeschwanz zu bändigen versuchte. Früher hatte sie die Haare kurz getragen. Das passte besser zu ihr, fand Ronja. Selbst auf dem Radarfoto mit seinen harten Kontrasten hatte sie mit ihrem Männerhaarschnitt noch sehr anziehend ausgesehen. Als der Blitz ausgelöst wurde, saß Nele entspannt mit nur einer Hand am Steuer. Ihr dichtes Haar war zurückgebürstet, es war zu kurz geschnitten für die Locken, die sich nur in einem leichten Kräuseln an den Haarspitzen andeuteten. Neben ihr auf dem Beifahrersitz saß Erik, in eine Straßenkarte vertieft, aber deutlich zu erkennen. Die beiden Männer und Ronja auf dem Rücksitz verschwanden im Schatten. Uhrzeit und Ort der Aufnahme waren auf dem Radarfoto vermerkt, es war im Wendland, zwei Kilometer von einem Waldstück entfernt, in dem kurz vorher eine Explosion einen Strommast gefällt hatte, der auf die Schienen stürzte, über die am kommenden Tag ein Castortransport rollen sollte. An demselben Vormittag, an dem der Briefträger die Anzeige wegen Geschwindigkeitsübertretung in Neles Briefkasten geworfen hatte, flohen Erik und Nele aus dem Land. Und weg von Ronja.

»Ich fühle mich von dir beobachtet«, sagte Nele schließlich. »Du machst mir ein schlechtes Gewissen wegen Erik, und dann … schlage ich um mich. Tut mir leid. Dein Freund kann nun gar nichts dafür. Weiß er überhaupt, wo er da reingeraten ist? Hast du ihm von uns erzählt?«

»Nein. Falls du mit *uns* dich und Erik meinst.«

»Jedenfalls siehst du mich immer an, als wäre ich eine Diebin.«

»Das ist doch Blödsinn. Die Geschichte ist abgehakt.«

»Machst du dir da nichts vor?«

Ronja schaute weg, zum Moor. Sie trat an den Rand des Stegs und testete mit dem rechten Fuß vorsichtig, ob der Boden trug. Ohne sich Nele zuzuwenden, sagte sie: »Erik ist ein toller Mann. Ich kenne niemanden, der so selbstlos ist wie er. Er ist konsequent. Wenn er etwas als richtig und gerecht erkannt hat, dann handelt er danach. Er ist zuverlässig. Wenn die Umstände es zulassen würden, wäre ich gerne mit ihm befreundet. Das ist alles. Partner habe ich einen neuen.«

»Ich hatte gestern Abend den Eindruck, du würdest ihn uns allen stolz vorführen und dabei immer genau auf Eriks und meine Reaktion achten.«

»Da täuscht dein Eindruck.«

»So? Gut. Also dann …, ich entschuldige mich dafür, deinen Freund so angegangen zu haben.«

»Das musst du ihm schon selbst sagen.«

»Seine Unerfahrenheit hat mir schon etwas Bauchschmerzen bereitet, und dass er unpolitisch ist. Aber ich hätte meine Bedenken freundlicher vorbringen können.«

»Und? Was machen die Bauchschmerzen jetzt?«

Nele zuckte die Achseln. »Ich trau dir. Du kennst ihn.«

»Das kann man so sagen.«

Das Gespräch war Ronja unangenehm. Sie flüchtete aufs Moor. »Halt mich mal«, sagte sie. Nele packte ihren Arm, und Ronja setzte vorsichtig erst einen, dann auch den zweiten Fuß neben den Steg. Dabei hielt sie sich an Neles Hand fest. Der Boden war trocken genug, sie zu tragen. »Komisches Gefühl«, sagte sie und hüpfte auf dem Grasbüschel. »Wie auf einem Trampolin!«

»Pass auf, dass du nicht einbrichst«, sagte Nele und zog Ronja zurück auf den Steg. »Komm, wir müssen zurück, sonst kommen wir ins Gewitter. Es braut sich was zusammen.« Sie wies mit dem Kopf nach Westen, wo sich der Horizont verdüsterte. Sie machten sich auf den Rückweg.

»Und was hast du vor, wenn wir die Sache hinter uns haben?«, fragte Ronja.

»Wir gehen nach Bolivien.«

»Ich frage *dich,* warum antwortest du immer für Erik mit?«

»Weil wir zusammen gehen werden«, antwortete Nele sanft.

»Ja, gut«, knurrte Ronja, wo eine Entschuldigung fällig gewesen wäre.

Nele ging darüber hinweg.

Ronja sagte: »Dann sehen wir uns ja nie wieder.«

Nele erzählte von Ölfunden im bolivianischen Regenwald und der Vertreibung der Indios von ihrem Land. »Wir wollen ein freies Radio aufbauen. Eine Stimme der indigenen Völker.« Kein bewaffneter Kampf mehr. Keine Guerilla.

»Ihr wisst wenigstens, was ihr wollt«, sagte Ronja. Dann lachte sie laut auf. Sie waren bei ihren Fahrrädern angekommen. Ein Mann hisste eine rote Flagge an dem grün-weißen Mast. »Haben wir was verpasst?«, fragte Ronja. Selbst Nele musste grinsen.

»Brandgefahr. Wegen der Trockenheit wird das Moor gesperrt. Rote Fahne heißt: Betreten verboten.«

»Aber es wird gleich regnen«, wandte Nele ein.

»*Jetzt* ist es trocken.«, sagte der Mann unwirsch. »Deshalb sperren wir *jetzt* die Wege. Wenn es später regnet, wird die Parkverwaltung sie wieder öffnen.«

TREDE LAG RÜCKLINGS AUF DER CHAISELONGUE, in schwarzen Jeans und schwarzem Hemd auf dunkelgrünem Samt. Er ließ seinen Blick von der Decke hinuntergleiten und durch das Zimmer schweifen, bis er auf Benz ruhte, der in dem Sessel versank. »Wenn du mich fragst«, sagte Trede, »dann ist die ganze Inneneinrichtung eine einzige Freudsche Fehlleistung.«

»Es fragt dich aber keiner, wie du die Einrichtung findest. Sondern wer der fünfte Mann ist.«

»Ich bin Nummer vier«, sagte Trede.

»Wer ist Nummer fünf?«

»Es sind und waren vier. Ich ersetze einen Mann, der abgesprungen ist. Max Draguhn vermutlich.«

»Er ist vom Fahrrad gefallen und wurde seitdem nicht mehr gesehen. Hat sich an seiner Schule krankschreiben lassen.«

»Jackpot läuft mit vier Leuten«, wiederholte Trede. »Wahls, Lasker, Morlock und ich.« Erik Lasker und die beiden anderen würden für viele Jahre im Gefängnis verschwinden, dachte er zufrieden.

»Was ist mit Ronja Seiler?«

»Sie gehört nicht dazu. Zu scheu, zu misstrauisch.«

»Aber dir traut sie?«

Im Gegensatz zu dir, dachte Trede. Und antwortete: »Weil ich ein cooler Gangster bin. Außerdem hat Zafer für mich gebürgt.«

»Du bringst also ihr Geld zu Erik Lasker...«

»Ich bringe das Geld in ein altes Bauernhaus im Hohen Venn, und da empfängt mich die ganze Bande. Erik Lasker, Nele Wahls und Wolfgang Morlock.«

»Und fragen dich, ob du bei einer europaweiten Kaufhauserpressung mitmachen willst? Einfach so?«

»Weil ich ein cooler Gangster bin. Und weil ich Ronjas Lover bin. Und weil sie für die Geldübergabe in Paris dringend einen Ersatzmann brauchen.«

»In Paris also«, echote Benz versonnen.

»Ich werde den Geldkoffer übernehmen.«

»Wo findet die Übergabe statt?«

»In Details haben sie mich nicht eingeweiht. Das hatte Zafer auch nicht gemacht bei dem Juwelierding. Und ich frage nichts. Damit bin ich bisher recht weit gekommen.«

Benz blies ein mürrisches Pfffft zwischen seine Zähnen hindurch.

»Jedenfalls weiter als jeder andere bisher. Oder hatten wir vor mir schon mal einen Agenten in die AZ infiltriert? Oder in die RAF? Oder die Bewegung 2. Juni? Die Revolutionären Zellen?«

»Du kriegst einen Orden, aber erst musst du liefern. Also, was hast du noch?«

»Ich hole das Geld und ich kenne den Treffpunkt. Was willst du noch?«

Wie immer bei schlechter Laune senkte Benz seine Stimme bis auf den Teppichboden. Trede konnte ihn kaum noch verstehen. »Sie bleiben fein im Hintergrund und schieben dich vor, um die Kastanien aus dem Feuer zu holen.«

»Ich sehe es als Vertrauensbeweis.«

»Sie lassen dich nie und nimmer mit den fünf Millionen allein! Da stimmt was nicht!«

Trede hatte sich in seine eigene Geschichte so hineingesteigert, dass ihm erst bei diesem Einwand von Benz auffiel, wie dünn sie gesponnen war. »Diese Leute sind anders. Geld bedeutet ihnen nichts«, sagte er, um Zeit zum Nachdenken zu gewinnen.

»Aber sie sind nicht so blöd, zu glauben, Geld bedeute auch anderen Leuten nichts«, wischte Benz sein Argument beiseite.

»Ich bin jetzt einer von ihnen. Und außerdem ... vielleicht beobachten sie mich auch. Einer lotst mich zum Geldboten, der hat mich schon mal im Blick. Und am Übergabepunkt haben die anderen Position bezogen. Vielleicht so. Ich kenne keine Einzelheiten.«

Das leuchtete Benz ein. »Und sobald du das Geld hast, gesellt sich einer zu dir.«

»Möglich. Jedenfalls spielt es keine Rolle, wo die Übergabe stattfindet. Denn anschließend treffen wir uns alle im Jardin du Luxembourg. Ich hole das Geld und bringe es zum Park, das ist der Plan. Jeder kriegt seine Million, das war's.«

»Sie fordern fünf Millionen. Es gibt einen fünften Täter.«

»Jeder eine Million, und eine Million für die Organisation.«

Benz starrte ihm misstrauisch in die blauen Augen. Trede hielt dem Blick stand. »Jardin du Luxembourg, mitten im Großstadtrummel«, sagte Benz nach einer Weile. »Spaziergänger, Touristen, Freizeitsportler. Man kann da unauffällig rumhängen.«

»Das ist der Grund für diesen Treffpunkt.«

»Der Vorteil: Unsere Leute können da auch unauffällig rumhängen.« Die Laune von Benz besserte sich, je präziser er sich die Verhaftung ausmalte.

»Hauptsache, der Zugriff erfolgt, bevor ich am Treffpunkt ankomme«, sagte Trede.

»Wie bitte?«

»Ihr müsst zugreifen, bevor ich ankomme. Sonst fahre ich doch mit ein.«

»Du meinst, wir sollen dich mit dem Geld abziehen lassen?«

»Ja, was sonst?«

»Mit fünf Millionen?«

»Ach, das Geld! Das können wir später irgendwie zurückspielen. Wie bei dem Juwelier, irgendeine Zufallsgeschichte, getürkter Autounfall, Verkehrskontrolle, was weiß ich.«

Benz stand auf und umkreiste seinen Sessel, die Arme vor der Brust verschränkt.

»Du traust mir nicht«, stellte Trede fest.

»Warum sollte ich dir nicht trauen? Du würdest doch nicht wegen fünf Millionen Mark unser gutes Verhältnis aufs Spiel setzen?« Den Satz schickte Benz ohne ein Lächeln als Begleitung. Er war mit den Gedanken woanders.

Trede sagte: »Eine Verhaftung annulliert alles, was wir aufgebaut haben. Jetzt bin ich drin, und dann soll ich bei der ersten Aktion gleich wieder verbrannt werden? Das wäre doch Irrsinn. Bei Jackpot beweise ich meine Zuverlässigkeit. Dann werde ich in die AZ aufgenommen, darum ging es doch von Anfang an, oder nicht?« Dann rutschte ihm noch diese dumme Frage raus: »Und was ist mit Ronja? Wir bauen mühsam den Kontakt auf, und dann lassen wir alles sausen?«

»Was schert dich Ronja? Sie war deine Andockstation, sonst nichts. Wir brauchen sie nicht mehr.«

Trede ärgerte sich über seine Frage. Natürlich brauchten *sie* Ronja nicht mehr. Aber er brauchte sie. Besonders jetzt. »Es geht nicht um Ronja«, sagte er so gelassen ihm das möglich war. »Es geht darum, mich nicht für drei Festnahmen zu verbrennen.«

»Du wirst nicht verbrannt. Du wirst verhaftet wie alle anderen. Und kommst in Haft.«

»Verhaftet? Wird das jetzt hier zur Gewohnheit? Ich habe schon drei Monate gesessen.«

Benz überging den Einwand. »Du warst an den Anschlägen nicht beteiligt, keine Strafe für Mitgliedschaft. Nur die Erpressung, bei der du auch nur Mitläufer warst. Mit deiner Vorgeschichte wären fünf Jahre glaubwürdig.«

»Das soll ein Witz sein ... fünf Jahre! Bist du wahnsinnig?!«

»Ach, halb so wild. Urlaub und Freigang, wann immer du willst.«

»Und für meine Familie sorgt ihr auch?«

»Welche Familie?« Benz war irritiert.

»Das war ein Witz. Das sagt man in Mafiafilmen so. Und ich sage dann: Fünf Jahre sitze ich auf einer Arschbacke ab.«

»Ach ein Witz? Ja, Humor hast du ja. Also, es wird so laufen: Ein paar Monate fährst du ein. Dann lassen wir dich durch die JVAs rotieren, so dass dich jeder deutsche Verbrecher einmal gesehen hat, aber keiner weiß, wo genau du gelandet bist. Dann schicken wir dich zur Fortbildung in die Staaten, da wohnst du in einem hübschen Haus mit Vorgarten und kommst nur alle halbe Jahr mal für ein paar Wochen in die JVA nach Rheinbach oder Wittlich oder wohin auch immer. Das ist schon alles. Und wenn du offiziell entlassen bist, hast du die beste Legende aller Zeiten. Bis hundert Bar wasserdicht.«

»Das geht so nicht. Ronja wird mich besuchen, selbst...«

»Schieß sie ab. Wir brauchen sie nicht mehr. Sie ist nicht Mitglied in den Zellen. Aber du bist drin.«

Trede trommelte seine Handgelenkknöchel auf dem Tisch wund, was Benz erstaunt beobachtete, aber unkommentiert ließ. Dr. Andrea Brügge klopfte mit der Frage, ob sie nun in ihre Praxis könne. »Nein«, brüllte Trede sie an. »Die Besprechung ist noch nicht zu Ende.«

Benz sah ihn befremdet an. »Brrr, ruhig Brauner! Was ist los mit dir?«

Trede machte eine wegwerfende Handbewegung, als würde er irgendwas vom Tisch wischen. Dabei behielt er seltsamerweise die Faust so fest geschlossen, dass die Adern blau anschwollen.

»Die geht mir auf die Nerven. Sie sieht doch, dass wir noch nicht fertig sind.«

»Aber eigentlich ist das schon eher ihr Raum als unserer.«

»Ihr gehört hier gar nichts, das gehört alles der Firma.« Damit verstummte er und starrte einen einsamen Kugelschreiber an, der auf dem ansonsten leeren Schreibtisch lag. Benz sagte: »Es gibt nur zwei Möglichkeiten. Entweder bist du raus und kommst in den Innendienst. Oder du bleibst Lutz Trede und gehst ins Gefängnis, wie dieser ins Gefängnis gegangen wäre. Deine Entscheidung.«

Trede ließ den Kugelschreiber auf der Schreibtischplatte kreiseln.

Benz sagte: »Wenn du mit den anderen verhaftet wirst, werden sie dich nicht verdächtigen. Schon aus Selbstschutz nicht. Noch nie hat es einen Informanten, einen Verräter oder einen Kronzeugen gegeben. Und ausgerechnet sie sollten die ersten Trottel sein, die auf einen Agenten hereinfallen? Das würden sie sich nie eingestehen.«

Da war was dran, dachte Trede. Eingeständnisse von egal was waren von seinen neuen Genossen nicht zu erwarten. Eher würden sie über Wasser wandeln, ohne nasse Füße zu bekommen. Er ließ den Kugelschreiber wieder rotieren. Dann hielt er ihn abrupt an, indem er mit der flachen Hand darauf schlug. »In Ordnung. Machen wir es so. Zugriff im Jardin du Luxembourg. Morlock, Lasker, Wahls, ich und das Geld.«

»Gut. Eine gute Entscheidung. Gut für das Land. Gut für die Firma. Gut für dich.«

Benz öffnete die Tür. »Sie können jetzt Ihres Amtes walten«, rief er durch den Spalt der Psychologin zu, die im Wartezimmer saß.

»Sorry, tut mir leid, ich muss«, sagte Trede und drängte sich an den beiden vorbei durch die Tür. »Das hat sich jetzt zu lange hingezogen.«

Kaum war er weg, sagte Dr. Brügge zu Benz: »Ihr Mann dekompensiert. Das ist beunruhigend. Wissen Sie, wie lange er keine Sitzung bei mir gemacht hat?«

»Nein, aber das müssen wir unbedingt ausführlich besprechen. Wie wäre es mit einem Geschäftsessen heute Abend?«

»Er verliert die Bodenhaftung. Vergessen Sie nicht: Agenten stehen auf beiden Seiten. Damit stehen sie auf keiner Seite. Sie glauben mehr zu wissen als alle anderen, und in gewisser Weise trifft das ja auch zu. Aber irgendwann wollen sie auch selbst die Fäden ziehen. Ihr Mann ist so weit, ziehen Sie ihn ab, sobald Sie die Möglichkeit dazu haben. Brauchen Sie ein Gutachten?«

»Aber nicht schriftlich! Ein persönliches Gespräch. Bleibt es bei heute Abend?«

UM KLIER AUF SEINE AUFGABE EINZUSTIMMEN, hatte Jansen ihn zu den Trümmern des Mausoleums bestellt, unter denen seine Vorväter begraben lagen. »Schauen Sie es sich genau an«, sagte er.

Klier schaute es sich an. Der Schutt lag noch dort, wo das Gelamon ihn hingeschleudert hatte. Auch die gelben Absperrbänder der Polizei waren noch nicht entfernt worden. Sie waren zerrissen und flatterten wie Gebetsfahnen im Wind.

»Selbst die größten Barbaren achten die Toten ihrer Gegner«, sagte Jansen. »Wer Gräber schändet, schließt sich aus der menschlichen Gemeinschaft aus.«

Klier wirkte in Jansens Augen weniger erschüttert, als es angemessen wäre. War ein Mann, der angesichts eines solch feigen und pietätlosen Attentates ungerührt blieb, willens und fähig, den für ihn vorgesehenen Auftrag mit der nötigen unerbittlichen Konsequenz zu erledigen? Die Frage wusste Jansen nicht zu beantworten, sie war allerdings auch müßig, da er für Klier keinen Ersatz hatte. Die Zeit würde es zeigen. Doch sollte er jetzt nicht *zu* konkret werden, dachte er und wechselte die emotionale Tönung seines Vortrages. »Das Mausoleum«, fuhr er fort, »war ein bedeutendes Baudenkmal des Historizismus. Wir werden Gehry oder Foster mit dem Neubau beauftragen. Moderne auf den Trümmern des Alten.«

Klier nickte zustimmend, sah dabei aber nicht so aus, als sagten ihm die Namen etwas.

»Sie halten Kontakt mit dem Verfassungsschutz?«, fragte Jansen.

»Einen sehr ergiebigen Kontakt. Wir wissen, wo die Geldübergabe stattfinden wird. Und ich habe ein umfangreiches Dossier über die drei Erpresser erhalten.«

»Drei Erpresser? Wir waren von fünf ausgegangen.«

»Die Bande bestand ursprünglich aus vier Tätern. Einer ist ausgefallen oder abgesprungen. Seinen Platz hat ein verdeckter Ermittler des Verfassungsschutzes eingenommen.«

»Das wird Ihre Aufgabe erleichtern.« Klier schaute fragend, aber Jansen erläuterte die Art der kommenden Aufgabe nicht. »Wer ist der Agent? Ist er zuverlässig?«

»Der Verfassungsschutz hält seine Identität geheim. Von den anderen Tätern haben wir Fotos, Biografien, Aufstellungen ihrer Gewohnheiten, das ganze Material der Zielfahnder.«

»Prägen Sie sich die Gesichter der Täter gut ein. Und erschießen Sie niemanden, den sie nicht von Fotos kennen.«

Klier wurde weder für Humor noch für Neugierde bezahlt, weshalb er nicht lachte und nicht nachfragte. Jansen neigte nicht zum Scherzen, schon gar nicht im Zusammenhang mit Angriffen auf seine Familie. Wollte er tatsächlich die Erpresser tot sehen? Klier konnte sich das kaum vorstellen. Aber wenn dem so sein sollte, müsste der Vorstandsvorsitzende seinen Wunsch schon unmissverständlich formulieren. Auf eine vage Andeutung hin, die im Nachhinein dann so nicht verstanden sein wollte, würde Klier niemanden töten.

»Wie soll die Geldübergabe genau ablaufen?«, wechselte Jansen das Thema.

»Wir wissen nur, dass sie in Paris stattfinden soll und dass die Täter sich anschließend im Jardin du Luxembourg treffen. Ich vermute, sie werden den Geldboten zunächst durch ein paar Länder schicken, um die Observation zu erschweren. Allerdings frage ich mich, wie das Geld über die Grenzen gebracht werden kann.«

»Das ist kein Problem. Grenzen sind für Menschen, nicht für Geld.«

»Muss solch ein Betrag nicht beim Zoll deklariert werden?«

»Nein. Kapital kennt keine Grenzen. Wenn die Leute das allerdings weiterhin ausnutzen, um tonnenweise Schwarzgeld nach Luxemburg und in die Schweiz zu kutschieren, wird sich das bald ändern. Aber wir schweifen ab. Kommen Sie.«

Klier folgte ihm zur Statue des Erzengels, der immer noch kopfüber in einem Grab steckte. Das Ende eines Absperrbandes hatte sich um seinen Fuß gewickelt. Es flatterte im Wind und knatterte wie eine Ratsche. »Der Erzengel Michael, der Bezwinger Satans«, sagte Jansen.

»Traut man ihm kaum zu, wenn man ihn so sieht«, sagte Klier.

Nicht einmal der Schatten einer Anmutung eines Lächelns huschte über Jansens Gesicht. »Die Skulptur hat Carl Friedrich Moest gießen lassen. Als er von meiner Familie den Auftrag dazu erhielt, war er noch ein völlig unbekannter junger Künstler. Der Sohn eines Schauspielers. Klassendünkel war meiner Familie immer fremd«, sagte er in einem Ton, so leise, dass er fast vom Winde verweht wurde. Dann wurde er unvermittelt lebendig, drehte sich zu Klier und fragte laut: »Was glauben Sie, was die Skulptur wert ist?« Klier hatte keine Vorstellung von dem Preis, den man für den Bronzeengel erzielen könnte. »Völlig richtig«, bestätigte Jansen ihn. »Niemand kennt den Wert. Es gibt keinen Markt für solche Kunstwerke. Sie werden praktisch nicht gehandelt.«

Jansen griff nach dem Ende des Markierungsbandes, das am Bein des Engels flatterte. Er versuchte die beiden losen Enden miteinander zu verknoten, aber sosehr er auch zerrte, das Band war zu kurz. Klier zog ein Klappmesser aus der

Tasche, öffnete es und reichte das Messer mit dem Griff voran dem Vorstandsvorsitzenden. Jansen schnitt das Absperrband ab und gab es zusammen mit dem Messer zurück. Klier steckte beides in seine Hosentasche.

»Ich möchte«, sagte Jansen, »dass Sie die Verhaftung persönlich vornehmen. Kriegen sie das hin?«

Klier nickte, erstaunt darüber, wie schnell die von ihm erwartete Privatisierung hoheitlicher Aufgaben voranschritt. Fragte aber doch: »Warum überlassen wir es nicht der Polizei?«

»Bei aller Sympathie für Frankreich, auf die französischen Behörden sollten wir nicht zählen. Nicht in dieser Angelegenheit. In Frankreich gibt es gegenüber Terroristen aus allen Ländern eine erstaunliche Toleranz. Italienische Anarchisten, auf die eine lebenslange Gefängnisstrafe wartet, haben politisches Asyl erhalten und leben unbehelligt in Paris. Zu Franco-Zeiten wurde selbst baskischen Terroristen Asyl gewährt. Daher wünsche ich, dass diejenigen, die den Anschlag auf meine Familie begangen haben, in Deutschland vor Gericht kommen. Um es unmissverständlich zu sagen: Sie setzen die Täter fest und bringen sie nach Deutschland, wo wir sie der Polizei übergeben. Hier werden die Terroristen zu lebenslänglich Haft verurteilt. Würden Sie das für mich erledigen?«

»Ich brauche ein Team. Erfahrene, gut ausgebildete Männer.«

»Holen Sie sich, wen immer Sie brauchen. Die Mittel stehen zur Verfügung.«

»Die Täter sind bewaffnet.«

»Bewaffnet und skrupellos. Bei dem Anschlag haben die Terroristen, ohne zu zögern, auf Kinder geschossen.«

»Aber nicht getroffen.«

»Nein, Gott sei Dank. Aber sie haben ohne Vorwarnung geschossen, als die Jugendlichen sie von dem Anschlag abhalten wollten. Das Projektil wurde sichergestellt. Es konnte eindeutig der Waffe zugeordnet werden, aus der Wolfgang Morlock 1978 auf zwei Polizisten geschossen hatte. Achten Sie auf ihn. Er ist alt, aber gefährlich.«

»Ich brauche vier Dreierteams für die Festnahme. Vier weitere Teams in Reserve. Eine mobile Einsatzzentrale, Techniker …«

Jansen unterbrach ihn. »Besorgen Sie sich, was und wen immer sie benötigen, und schaffen Sie mir die Terroristen nach Deutschland.«

»ICH WERDE KEIN FALSCH ZEUGNIS REDEN«, erwiderte Bischof Theo von Simar. »Wenn Sie den Erpressern eine Falle stellen wollen…«

»Wir halten uns an die Abmachungen«, unterbrach Jansen ihn. »Es droht keine Gefahr.«

»Ich fürchte nicht um mich«, sagte der Bischof. Tatsächlich hatte er jede Furcht paradoxerweise in der furchtbarsten Zeit seines Lebens verloren, in den zwei Wochen in einer Zelle der Dortmunder Gestapo, die so winzig war, dass er die gegenüberliegenden Wände gleichzeitig mit den Händen berühren konnte. Mit Knüppeln war er geschlagen worden, dabei brach die Hüfte und wuchs nicht richtig zusammen, so dass er sein Leben lang hinkte. Die Folter hatte ihm Kraft gegeben und seinen Glauben gestärkt. In verbo ante tuem – Auf dein Wort hin, das wurde sein Lebensmotto. Aus der dunklen Zeit rührte auch die Verbundenheit zur Familie Jansen.

Sein Freund und Klassenkamerad Friedhelm Jansen hatte ihm beigestanden, und auch dessen Eltern, die bei den Nationalsozialisten als Parteigenossen und großzügige Spender hoch angesehen waren, hatten ihm bis zur Kapitulation Schutz gewährt. Nach dem Krieg verwendete sich daher der Bischof bei den Briten, bei den Tommies, wie man sie damals nannte, für die alten Jansens, so dass sie vor Repressalien bewahrt blieben und bald ihre Geschäfte wieder aufnehmen konnten. »Ich fürchte nicht um mich«, wiederholte der Bischof, »sondern um die heilige Kirche. Sie kann in Konflikten ihre Vermittlerrolle nur wahrnehmen, wenn man ihr Glauben schenkt. Zusagen müssen eingehalten werden. Ich werde gewiss nicht von der Polizei beobachtet werden?«

»Nein, Hochwürden. Keine Polizei, bis Sie das Geld übergeben haben.«

Wie es die Erpresser verlangt hatten, wartete der Bischof mit dem Geld in einem Berliner Hotel auf weitere Anweisungen. Um 22 Uhr 30 brachte ein Kurier einen Rollkoffer aus goldbraunem Hartplastik, der bis auf eine getippte Anweisung leer war: »Packen Sie das Geld in diesen Koffer um. Warten Sie auf unseren Anruf.«

Als er die Geldscheine in den Koffer schichtete, bemerkte der Bischof, dass die Innenverschalung am Rand kaum sichtbar eingedrückt war. Als habe dort jemand einen Schraubenzieher angesetzt. Er holte aus seinem Kulturbeutel eine Nagelfeile und hob die Verschalung an. Darunter sah er eine Art engmaschiges Kaninchengitter, mit dem der Koffer innen überzogen war. Schon in der Schule war Physik sein schwächstes Fach gewesen, und im Laufe der Zeit hatte sich zu seinem mangelnden Interesse an den Gesetzen der Natur sein Vorbehalt gegen den glaubensfeindlichen Erklärungswillen dieser Wissenschaft gesellt. Dennoch meinte er zu wissen, wozu das Gitter diente. Es war ein Faradayscher Käfig, der die Wellen eines versteckten Senders abschirmen würde.

Der Bischof befestigte die Innenverschalung wieder, machte es sich in dem roten Sessel mit steiler Lehne bequem und schaute einen Film im Kabelfernsehen an, bei dem er umgehend einschlief. Um Viertel nach drei in der Nacht weckte ihn der Anruf der Entführer. Eine Frau wies ihn an, mit dem Zug um 4 Uhr 45 ab Bahnhof Zoo zum Seehafen Rostock zu fahren und von dort mit der Fähre nach Gedser in Dänemark. Dort würde er weitere Anweisungen erhalten.

An der Grenze erregte der Bischof das Misstrauen des dänischen Zöllners, als er mit fester Stimme die Frage, ob er was zu verzollen habe, verneinte.

»Sie haben gar nichts auf dem Schiff gekauft? Keinen Alkohol? Keine Zigaretten?«

»Ich trinke nicht und ich rauche nicht.«

»Wenn Sie bitte Ihren Koffer öffnen würden.«

»Ich wäre Ihnen dankbar, wenn das diskret ginge.«

Der Zöllner führte ihn in ein graues, fensterloses Zimmer, dessen einzige Einrichtungsgegenstände ein Resopaltisch und zwei Stühle waren. Er half nicht, den Koffer auf den Tisch zu wuchten, und er ließ auch den Bischof ihn öffnen. »Was ist das für Geld?«, fragte er.

»Ich bin darüber nicht zur Auskunft befugt. Ich bedauere.«

Der Grenzer telefonierte mit einem Vorgesetzten, und dieser wiederum mit seinem Vorgesetzten, doch niemand kannte eine Handhabe gegen die Einführung von fünf Millionen Mark Bargeld. Deshalb ließ er den Bischof schließlich ziehen. »Passen Sie gut auf ihr Gepäck auf«, gab er ihm mit auf den Weg.

Auf dem Anleger wartete ein Taxifahrer und schwenkte eine Pappe mit dem Namen des Bischofs. Der Taxifahrer verstaute den Trolley im Kofferraum und fuhr los. Als sie das Hafengelände verließen, sagte er: »Ihr Ticket ist am KLM-Schalter hinterlegte, lässt Ihnen Ihre Sekretärin ausrichten.«

Es waren genaugenommen zwei Flugtickets. Von Kopenhagen nach Amsterdam mit einer niederländischen Fluggesellschaft und von dort vierzig Minuten später mit Air France nach Paris. Er konnte den Koffer nur bis Amsterdam aufgeben, das erklärte ihm am Schalter eine blonde Holländerin in kehligem Englisch. Als er die Gangway hinunterhinkte, sah er, wie auf dem Rollfeld ein Flugzeug beladen wurde. Ihm fiel ein Film von Stanley Kubrick über einen

Raubüberfall auf eine Pferderennbahn ein, der damit endete, dass der Koffer mit der Beute beim Beladen des Flugzeugs hinunterfiel und die Dollarscheine verwehten.

Der Flughafen Charles de Gaulle war berüchtigt dafür, Gepäck, das von den endlos langen Förderbändern in ein Gewirr von Röhren in seine Unterwelt getragen wurde, dort tagelang spurlos verschwinden zu lassen, um es irgendwann an völlig unerwarteter Stelle wieder auszuspucken. Und so wurde der Bischof mit jedem Koffer nervöser, der aus dem Tunnel auf das Gepäckband plumpste und der nicht seiner war.

Schließlich waren alle seine Mitreisenden verschwunden, der Bischof stand alleine in der weiten Halle und wartete auf fünf Millionen Mark. Es dauerte stundenlange Minuten, bis der Koffer endlich kam. Während des Fluges hatte eine der Rollen Schaden genommen und klemmte. Schwitzend schleifte der Bischof das Geld durch die endlosen Weiten des Flughafens. Immer wieder kamen Durchsagen auf Französisch und Englisch, sein Gepäck nicht unbeaufsichtigt zu lassen. Und dann hörte der Bischof seinen Namen. »Mr. Theo von Simar, please come to the information desk.«

Die Sprecherin schnitt seinen Nachnamen mit einem rasiermesserscharfen s an, und ließ es auf ein Bataillon von rs ausrollen. »Tzimarrrrr«. Am Informationsschalter erhielt er den Namen eines Hotels, in dem ein Zimmer auf seinen Namen gebucht war. Er war am Ende seiner Reise angekommen. Hier in Paris würde er das Geld übergeben.

ERIK STECKTE RONJAS FADENSCHEINIGE Uniformhose ab. Sie ging einige Schritte. Die Länge stimmte. Sie zog die Hose aus. Erik entfernte die Nadeln und klebte mit Teppichband fest, was er eingeschlagen hatte. Ronja zog die Hose wieder an und streifte auch die Jacke über das T-Shirt mit dem Wappen des Arbeitersamariterbundes. Dann ging sie in das Badezimmer der Pariser Ferienwohnung, die Nele angemietet hatte.

Nele hatte heiß geduscht, der Spiegel war beschlagen. Mit den weißen Seidenhandschuhen, die sie trug, wischte Ronja ihn frei. Wehmütig fuhr sie sich mit den Fingern durch das, was von ihrer Frisur geblieben war, nachdem Nele sie in kurze Fransen geschnitten hatte. Sie drehte sich vor dem Spiegel und überprüfte den Sitz ihrer Uniform. »Vor dir liegt eine Karriere als Couturier«, rief sie Erik zu. Dann lachte sie hysterisch. Die Aufregung! Der heikle Teil von Jackpot stand bevor. Bisher war ihr Risiko überschaubar gewesen, auch wenn immer etwas schiefgehen konnte, wie die Sprengung der Familiengruft gezeigt hatte. Sie tauchten auf und verschwanden. Sie schlugen zu, wann und wo immer sie wollten. Aber bei der Geldübergabe mussten sie die Nase aus dem Fenster strecken.

Sie hatten den Bischof am Flughafen von einem Taxi abholen und zu einem Hotel fahren lassen, wo erste Anweisungen und ein Funkgerät hinterlegt waren. Dann lotsten sie ihn durch die Stadt und beobachteten ihn dabei, so wie sie es schon mit dem Geldboten in Lissabon gemacht hatten. Nichts Verdächtiges, keine Zwischenfälle.

Sie dirigierten den Bischof in ein Bistro, wo sie einen kleinen Tisch für ihn am Fenster reserviert hatten. Trede beobachtete ihn aus einem Straßencafé auf der gegenüberliegenden Straßenseite. Erik hätte lieber einen Mann mehr in der Wohnung gehabt und Ronja den Bischof überwachen lassen. Aber Nele hatte Trede dort nicht haben wollen. »Nur Leute, die ich lange kenne«, darauf hatte sie bestanden. Ronja hatte ihr nicht widersprochen. Irgendeiner musste den Bischof beobachten. Ihrethalben auch Trede. Wenn es Nele denn guttat.

Es klingelte an der Tür. Das musste Morlock sein, endlich. Er hatte eine halbe Stunde Verspätung. Der Europabus war an der französischen Grenze kontrolliert worden. In der Regel ließen die Zöllner die Fahrgäste dösen. Der Beifahrer sammelte die Ausweise ein und brachte sie zu den Grenzern, die einen flüchtigen Blick darauf warfen, bevor sie den Bus durchwinkten. Doch auf dieser Fahrt hatte eine Gruppe Senegalesen das Misstrauen der Zöllner geweckt. Daher die Verspätung.

»Die Uniform steht dir gut«, sagte Morlock zu Ronja, »schön grell.«

»Sind die FC-Farben«, klärte Ronja ihn auf.

Eine Plauderei wie ein Pfeifen im Wald. Selbst Morlock wurde langsam nervös. »Und ihr seid euch sicher, niemandem fällt auf, dass ihr Uniformen vom Arbeitersamariterbund tragt?«

»Wenn irgendetwas auffällt, dann ist es Ronja. Frauen sieht man in Frankreich nie als *ambulancier.*« Nele benutzte den französischen Ausdruck. Dabei zog sie die Nase kraus. »Das ist ein Männerberuf. Die Uniform dagegen wird niemanden stutzig machen. Es gibt Dutzende verschiedener privater Ambulanzen in Paris, jede hat ihre eigene Uniform. Außerdem weiß kein Mensch, was die Abkürzung ASB bedeutet.«

Wenn nicht einmal Nele in den Uniformen ein Risiko sah! Ronja wandte sich wieder Morlock zu. »Wie war es in Schiphol?«, fragte sie ihn.

»Alles sauber. Wenn jemand am Bischof dran gewesen wäre, wäre mir das am Zoll aufgefallen.«

Also los.

Nele rief die Ambulanz an. In ihre Aussprache hatte sich der Akzent des Midi eingegraben, mit seinen klaren, hart gesprochenen Vokalen. Frei vom Pariser Näseln. »Transport d'un malade, ins Jeanne d'Arc-Krankenhaus in Orléans«, sagte sie am Telefon. Eine teure Fahrt, die sich die Ambulanz nicht entgehen lassen würde. Weit. Vor vier Stunden würde niemand den Wagen und die Sanitäter zurückerwarten.

»Privat«, sagte Nele. »Ja natürlich, die Rechnung regle ich vor Fahrtbeginn. Ça marche.« Sie zeigte auf das offene Fenster, durch das Straßenlärm hereinquoll. Ronja schloss die beiden Fensterflügel. Vorher beugte sie sich hinaus und blickte die Straße hinunter. Sie konnte Trede nicht sehen. Die grüne Markise des Straßencafés verbarg ihn.

»Mit Scheck. Liegend. Nein, das ist nicht nötig, Rollstuhl reicht.«

Nele gab die Adresse durch und fragte, wann die Sanitäter kämen. »Wann? Sehr gut. A toute.« Sie legte auf. »In spätestens zehn Minuten«, sagte sie den anderen.

Sie warteten schweigend. Ronja streifte eine Motorradsturmhaube über. Sie sah merkwürdig aus. Halb Sanitäter, halb Straßenräuber. Die anderen maskierten sich nicht. Wozu auch: Sie waren schon identifiziert.

Erik lockerte seine Nackenmuskeln. Er ließ langsam den Kopf kreisen, dann rollte er mit den Schultern. Morlock saß nach vorne gebeugt auf dem Stuhl.

Kaffeehausstil, geflochtene Sitzfläche. Er stützte seine Ellbogen auf den Oberschenkeln ab und ließ den Kopf hängen. Ronja schob die Sturmhaube hoch. »Was ist mit dir?«, fragte sie ihn. »Alles in Ordnung?«

Morlock richtet sich auf. »Könnte nicht besser sein. Morgen bin ich in Kanada. Die Taschen voller Geld. Endlich allein, endlich habe ich meine Ruhe.«

»Sei nicht so verbittert«, sagte Ronja. »Irgendwann wirst du Lara wiedersehen.«

»Danke für die Aufmunterung«, sagte Morlock. Er stand auf und nahm die Pistole, die auf dem Tisch lag. Er steckte sie sich hinten in den Hosenbund.

»Entladen«, verlangte Nele.

»Man sollte keine Drohungen aufstellen, die man nicht ausführen will«, widersprach Ronja.

Erik war entsetzt. »Ronja, wirklich! Wir haben doch darüber gesprochen.«

»Wir haben es so beschlossen«, insistierte Nele. »Also entladen bitte.«

»Wir brauchen die Knarre nicht«, sagte Erik. »Zwei Männer, die völlig unvorbereitet sind, gegen uns vier.«

»Mich kannst du nicht zählen«, sagte Ronja. »Ich bin nicht gerade ein Mike Tyson.«

»Es wird kein Problem geben«, versicherte Erik. »Wenn es Stress gibt, nehme ich den Wortführer. Nele und Ronja kümmern sich um den anderen. Morlock deckt.«

»Mit der ungeladenen Pistole«, bekräftige Nele.

»Warum nehme ich nicht die Pistole?«, fragte Ronja. »Dann kann Morlock zupacken.«

»Weil ein patriarchales Hirn«, sagte Nele, »sich nicht vorstellen kann, dass eine Frau schießt. Sie glauben es einfach nicht. Deshalb muss ein Mann die Pistole zeigen.«

»Der schießt aber auch nicht. Weil die Pistole nicht geladen ist.«

»Richtig«, sagte Nele. »Genau so soll es sein. Und kontrolliere bitte, dass keine Kugel im Lauf bleibt.«

Morlock gab nach. Er ließ das Magazin aus dem Griff der Waffe gleiten und steckte es in die Innentasche seines Jacketts. Dann zog er den Lauf vor und zeigte Nele, dass keine Patrone darinsteckte. Ronja zog die Sturmhaube vor ihr Gesicht und griff in die rechte Tasche ihrer Uniformjacke. Ihre Hand umschloss die kleine Dose mit Gas. Das kalte Blech beruhigte sie.

Alle nahmen ihre Positionen ein und hingen ihren Gedanken nach, bis es klingelte. Morlock stand hinter der Eingangstür. Nele im Durchgang von der Diele ins Wohnzimmer, wo Ronja mit bunter Uniform und schwarzer Sturmhaube auf einer Klappcouch vom Discounter saß und für einen Moment der Verwirrung sorgen würde. Erik versteckte sich hinter der Wohnzimmertür und würde die beiden Sanitäter fesseln, die Morlock mit der Pistole in Schach hielt. So würde es laufen, wenn es keinen Stress gab.

Morlock öffnete. »Entrez«, forderte Nele die beiden Sanitäter in blau-weißen Uniformen auf, die unschlüssig im Türrahmen stehen geblieben waren.

»Bonjour«, sagte der kleine Dicke, der aber gar nicht klein war, sondern nur so wirkte neben seinem Kollegen, einem Riesen mit Händen, mit denen er U-Bahn-Schächte ausheben könnte. »Bonjour«, sagte auch der Riese und schaute erstaunt zu Morlock, der an der Tür stehen blieb und schwieg, auch die Hand nicht zum Gruß bot, sondern hinter seinem Rücken hielt. An der Waffe in seinem Hosenbund.

»Kommen Sie«, sagte Nele, »... hierher.«

Die beiden Sanitäter kamen auf Nele zu und sagten schüchtern »Bonjour, Madame«. Nele wich zurück und winkte die zwei Männer ins Wohnzimmer. Dort sahen sie Ronja vor der Couch stehen, in ihrer rot-weißen Uniform und mit der schwarzen Sturmhaube vor dem Gesicht. Verblüfft von dem seltsamen Anblick fiel ihnen nichts anderes ein, als auch ihr »Bonjour« zu wünschen.

»Bekommen Sie jetzt keinen Schreck«, sagte Nele höflich. »Aber wir müssen uns Ihren Wagen ausleihen.« Sie deutete auf Morlock, der hinter ihnen stand und die Pistole auf den Riesen richtete. »Wir werden Ihnen nichts tun.«

Die beiden wendeten synchron ihre Köpfe und blickten in den Pistolenlauf.

»Enculé«, sagte der Riese, und der Kleinere stieß ein wütendes »Vas-te faire foutre« aus. Auch wenn Ronja kein Französisch sprach, begriff sie doch, dass die Männer ihnen feindselig gegenüberstanden. Ihr Zeigefinger suchte den Sprühkopf des CS-Gases.

»Die Hände auf den Rücken«, sagte Erik in flüssigem Französisch. Er zeigte das Klebeband, mit dem er die Sanitäter fesseln wollte.

»Allez«, sagte Morlock und gestikulierte mit der Pistole.

»Je t'emmerde«, sagte der Kleinere.

Mein Gott, dachte Ronja, französische Holzkopfmachos. Für diesen Schlag Mann war ihre Aufgabenteilung psychologisch ungeeignet.

Eine gutaussehende Frau, die das Wort führt. Erik, ein eher kleinerer Mann, der den Handlanger für die schöne Frau gab. Und sie selbst, eine Witzfigur in

Papageienuniform mit Maske. Dem würden sich zwei kräftige Männer, die Testosteron literweise ausschwitzten, nicht widerstandslos beugen. Und der alte gebrechliche Mann mit der Waffe, der mit einem Warnschuss in die Decke die Situation sofort hätte klären können, schoss nicht und sprach auch nicht. Ronja war wütend auf Nele, die mit ihrem penetranten Beharren auf dem Entladen der Waffe sie alle in Schwierigkeiten gebracht hatte. Niemals Drohungen aufstellen, die man nicht ausführen kann, verdammt!

Die beiden Sanitäter standen noch unschlüssig. Der Kleinere blickte seinen Partner an, dann Morlock in die Augen. »Die Hände auf den Rücken«, sagte Erik. »Wir müssen Sie fesseln. Fesseln oder erschießen.«

»Vas-y, tir«, sagte der Kleine so leise wie drohend. »T'es qu'un branleur, toi.« Schieß doch, Wichser.

In diesem Augenblick stürzte sich der Riese auf Erik und versuchte, ihn in den Schwitzkasten zu nehmen. Anacondataktik. Erik ließ die Rolle mit dem Klebeband fallen, ging leicht in die Knie, weshalb ihn sein Gegner nicht zu fassen bekam. Dann schlug er blitzschnell und locker seine Linke Richtung Kinn, wobei er sich auf die Zehenspitzen stellen musste, um überhaupt in die Nähe zu kommen. Der Schlag, der niemals hätte Wirkung erzielen können, selbst wenn Erik hoch genug gekommen wäre, erfüllte dennoch seinen Zweck. Denn der Riese riss seine Arme hoch zum Schutz. Erik ging wieder in die Knie und schoss seine Rechte genau waagrecht heraus, mit der Schubkraft einer Körperdrehung, die im Fußgelenk begann, sich in Knie, Hüfte und Schulter beschleunigte, in der Streckung des Ellbogengelenkes kumulierte und ihre ganze Energie in dem Moment entlud, als seine rechte Faust auf den Solarplexus des Riesen traf.

Man wünschte sich die Hiebe noch einmal in Zeitlupe, so schnell waren sie gekommen. Das Klebeband hatte den Boden noch nicht erreicht, als der Schlag auf das Sonnengeflecht ein Stöhnen aus dem Riesen presste und der Mann zusammensackte.

Morlock wich vor dem Kleineren zurück, der ihn bedrängte. Er kämpfte, als wäre er nicht bei sich. Den Schmerz von einem Schlag spürte er kaum, als wäre seine Schulter betäubt. Alles schien merkwürdig langsam abzulaufen. Ihm war, als sähe er sich dabei zu, wie er einen Kampf simulierte. Was gar nicht so fern vom vorab Besprochenen lag, denn bei Stress sollte er den Gegner ablenken und gar nicht versuchen, ihn zu überwinden, was auch bei dem stämmigen Pfleger aussichtslos gewesen wäre. Ihm gingen sinnlose Gedanken durch den Kopf. Das Zitat eines surrealistischen Malers fiel ihm ein: Jeder planlos geworfene Stein bewegt sich mit erstaunlicher Präzision auf die Stelle zu, an der er schließlich landet. Er erhielt einen Tiefschlag, der sein Ziel verfehlte und auf den Hüftknochen traf, was den Schläger schmerzte und Morlock erschreckte. Er ärgerte sich über die ungeladene Pistole, um gleich im nächsten Moment darüber erleichtert zu sein, weil keine Gefahr bestand, dass sich im Kampf ein Schuss löste und das planlos abgefeuerte Projektil sich mit erstaunlicher Präzision auf den Menschen zubewegte, den es töten würde. Der Sanitäter hing an seinem Arm und versuchte ihm die Pistole zu entreißen. Er war leichter als Morlock, aber kräftiger, schneller, jünger; Morlock verteidigte die Waffe mit aller Gewalt, lange würde er sie nicht mehr halten können ... da kam ihm die Absurdität des Ringens um die unnütze, weil ungeladene Pistole zu Bewusstsein. Er ließ die Waffe fallen, der Sanitäter hechtete ihr im Sprung nach und wurde von Ronja und Nele mit Reizgas aus dem Kampf genommen.

Dabei bekam Ronja selbst einen Sprühstoß ins Gesicht. Ihre Augen tränten, das Gas setzte sich in dem Stoff der Sturmhaube fest und verätzte ihre Haut. Sie unterdrückte den Impuls, sich die Maske vom Gesicht zu reißen, überließ den Stämmigen Morlock und Nele, obwohl Morlock hechelte wie ein alter Hund nach einem Dauerlauf im Hochsommer und Nele auch nicht unbehelligt geblieben war von dem Gas. Ronja tastete sich blind ins Badezimmer vor. Sie spülte ihre Augen aus, wusch sich gründlich das Gesicht und die Sturmhaube, die sie anschließend mit einem Föhn halbwegs trocknete. Sie zog die feuchte und stinkende Sturmhaube wieder über. Immerhin, das Gas war herausgewaschen, der Stoff brannte nicht mehr auf der Haut.

In der Diele lag die Pistole. Sie hob sie auf. In diesem Augenblick kam Morlock aus dem Wohnzimmer, wo er Nele und Erik geholfen hatte, die beiden Sanitäter mit Klebeband auf zwei Stühlen zu fesseln. Die beiden Knöpfe an seinem Jackett waren abgerissen, er sah arg zerzaust aus und keuchte. »Geht es wieder?«, fragte er Ronja. Dann sah er die Pistole in ihrer Hand. Er griff in seine Jacketttasche, holte das Magazin heraus und gab es Ronja. »Nimm«, sagte er. »Ich pack das Ding nicht mehr an.«

Ronja nahm achselzuckend das Magazin, schob es in den Griff und sicherte die Pistole. »Man weiß ja nie. Vielleicht nützt sie ja mal, wie auf dem Friedhof.«

»Kannst du damit umgehen?«

»Man steckt hier den Finger durch und zieht an dem Hebel.«

»Vorher entsichern.«

Ronja entsicherte und sicherte sofort wieder. »Sonst noch was?«

»Denk an den Rückstoß. Das ist ein dickes Kaliber.«

Im Wohnzimmer redete Nele beruhigend auf die gefesselten Sanitäter ein, während sie dem Kleineren der beiden die tränenden Augen mit Vichy ausspülte, weil das gerade zur Hand war. »Wir brauchen nur den Wagen. Ihnen geschieht nichts. Bleiben Sie ruhig, in spätestens vier Stunden werden Sie befreit.«

Morlock öffnete das Fenster. Nele kontrollierte das Klebeband, mit denen die Sanitäter an die Stühle gefesselt waren. Erik verklebte ihnen den Mund, dann schnitt er Löcher in das Band. »Könnt ihr atmen? Bekommt ihr genug Luft?«, fragte er den Riesen. Als der nicht reagierte, fuhr er ihn laut an. »Heh, je te parle!« Ich rede mit dir. Der Mann nickte. Dann klebte er ihnen mit einem kurzen Streifen auch die Augen zu.

Morlock verabschiedete sich, um die Telefonzelle zu beobachten, die nächste Station des Bischofs.

Ronja rief in dem Bistro an und ließ den Bischof ans Telefon holen. Obwohl die Sanitäter jetzt nichts mehr sehen konnten, behielt sie ihre Sturmhaube auf, nur etwas nach oben gerollt, so dass der Mund zum Sprechen frei war. »Verlassen Sie das Bistro und gehen Sie nach rechts die Straße hinunter«, sagte sie. »Geradeaus, über die kleine Querstraße bis zur Ampel an der Kreuzung. Nach hundert Meter kommen Sie zu einer Telefonzelle. Schlagen Sie im Telefonbuch von Paris Centre Jean-Pierre Dupont nach. Folgen Sie den Anweisungen.«

»Ich bin erschöpft«, sagte der Bischof. »Ich brauche Schlaf.«

»Es ist bald vorbei«, sagte Ronja.

Als Trede den Geldboten das Bistro verlassen sah, zahlte er und ging mit langen Schritten zu den anderen in die Wohnung. Im Hausflur zog er Autofahrerhandschuhe an und streifte sich eine Sturmhaube über den Kopf. »Hier stinkt es nach Gas«, sagte er in der Diele, und als er im Wohnzimmer die beiden gefesselten Sanitäter auf ihren Stühlen sah: »Die sehen ja ganz anders aus!«

Er meinte die Uniformen. Ronja bunt, die Sanitäter in dezentem, blau abgesetztem Weiß. Er umarmte Ronja und küsste sie.

»Das muss Liebe sein«, sagte Nele leise zu Erik, der aus dem Fenster den Krankenwagen unten auf der Straße beobachtete, der in der zweiten Reihe parkte. »Seht zu, dass ihr nicht gesehen werdet. Sanitäter steigen blau-weiß aus dem Krankenwagen und rot-gelb wieder ein. Das könnte auffallen.«

Trede kam nicht auf Anhieb in seine Uniformhose.

»Was ist los? Nervös?«, fragte Ronja. »So kenne ich dich gar nicht.«

»Wie gut man seinen Partner auch zu kennen glaubt, man entdeckt doch immer wieder neue Seiten an ihm. Das ist ja das Schöne an der Liebe«, sagte Trede.

Ronja grinste. »Hast du in meiner Cosmopolitan geschnüffelt? Oder woher kommen diese Weisheiten?«

Nele meldete sich genervt. »Jetzt hört mit dem Geturtel auf und holt die Kohle.«

Trede legte seinen rechten Arm um Ronjas Schultern, umfasste mit der linken Hand ihren Oberarm, drückte ihr einen Kuss auf die Wange und führte sie zur Tür. »Auf geht's.« Und zu Nele und Erik: »Bis gleich im Park.«

Nele zeigte ihm einen Vogel und schaute Ronja empört an. Die zuckte bedauernd mit den Schultern. Das hätte Trede natürlich nicht sagen dürfen, in Anwesenheit der beiden Sanitäter. Auch wenn es hundert Parks in Paris gab. Auch wenn die Sanitäter wahrscheinlich kein Wort Deutsch verstanden. Auch wenn sie längst alle aus dem Park verschwunden wären, bis die Sanitäter von der Polizei vernommen würden. Auch wenn die Worte in diesem Fall keinen Schaden anrichteten: Er hätte den Treffpunkt im Park nicht erwähnen dürfen.

»Du quatschst zu viel, Liebling«, sagte Ronja leise. »Einfach mal die Klappe halten.« Er war eben unerfahren. Nele hatte recht, Trede von Jackpot nur das Nötigste zu erzählen.

SIE SCHICKTEN IHN ZUM CENTRE Hospitalier Saint-Louis. Er betrat das Krankenhaus durch den Haupteingang. Das Foyer hatte die Größe des Rathausplatzes einer deutschen Kleinstadt, war aber erheblich belebter. Menschen saßen geduldig auf Stühlen, bis sie zu den panzerglasgeschützten Informationsschaltern vorgelassen wurden. Oder sie liefen ruhelos umher oder tranken Kaffee aus einem der zahllosen Kaffeeautomaten. Starrten sehnsüchtig den Ärzten hinterher, die auf quietschenden Gummisohlen durch die Eingangshalle hasteten. Der Bischof mit den fünf Millionen Mark fühlte sich verloren in dem Gewusel. Er schaute auf den Plan, den die Erpresser im Telefonbuch hinterlegt hatten. Er zog seinen Koffer an den Türhüterinnen hinter dem Sicherheitsglas vorbei in einen ocker gestrichenen, schummrig beleuchteten Gang, vorbei an Wartezonen und Wartesälen, wo Patienten, regungslos auf ihren Stühlen zusammengesunken, schicksalsergeben warteten. Alle fünfzig Meter passierte er einen Schalter, an dem man sich für eine Untersuchung oder Behandlung anmelden musste. Die Schwestern darin blickten auf, wenn er vorbeikam, und waren erleichtert, wenn er nicht stehen blieb und zu einem weiteren Fall unter all den viel zu vielen Fällen wurde, die sie schon zu bearbeiten hatten.

Der Bischof folgte dem Plan. Er ging zu einem Aufzug, an dem vier Gänge zusammenliefen. Er fuhr ein Stockwerk tiefer, ins erste Untergeschoss, es gab noch vier tiefere. Dort ging er links, die Wände waren jetzt grau, und noch einmal links. Seit er den Aufzug verlassen hatte, hatte er keinen Menschen mehr gesehen. An der Tür, die das Ende des Ganges verschloss, hatten ihn die Erpresser angewiesen zu warten, bis er allein war. Dann sollte er den Koffer vor der Tür abstellen, sein Funkgerät darauf legen, dreimal klopfen, auf ein Antwortklopfen warten und zurück in die Eingangshalle gehen. Es war eine schwere Metalltür mit einem Knauf statt einer Klinke. Der Knauf ließ sich nicht drehen, die Tür ließ sich von dieser Seite ohne Schlüssel nicht öffnen. Es könnte, überlegte der Bischof, eine Brandschutztür sein. Oder ein Notausgang, der sich nur in Richtung des Fluchtweges öffnen ließ. Ihm war es gleich, wie sich die Erpresser absetzen wollten. Er wollte nur seinen Auftrag erfüllen und schlafen.

Er stellte den Koffer ab, legte das Funkgerät darauf, klopfte dreimal gegen die Tür. Von der anderen Seite antwortete ein Klopfen. Der Bischof ging zurück in die Eingangshalle, setzte sich auf einen Stuhl und schloss die Augen. Eine halbe Stunde sollte er hier warten, mit niemanden sprechen und keine Telefonate führen, hatten die Erpresser angeordnet. »Wir beobachten Sie!«

Es interessierte ihn nicht, wer ihn beobachtete. Ob es der Dachdecker mit der Halskrause war, die Krankenschwester mit den schwarzen Ringen unter den Augen, der Junge mit der Platzwunde, der Mann auf Krücken mit den Spanndrähten durch seinen Unterschenkel oder die Frau in Turnschuhen mit den langen Beinen in ihrer Jeans.

Er schlief ein.

Das Centre Hospitalier war eine Medizinfabrik, in die die Kranken durch den Haupteingang in das weitläufige Foyer hineinströmten, wo sie sich vor Glaskabinen stauten, bis sie, nach Erledigung der Formalitäten, durch ein Gewirr von Gängen zu ihren Ärzten und Untersuchungen irrten. Von dort sah man sie dann einige Stunden später mit einer Diagnose für ihren Hausarzt in der Tasche durch den Haupteingang zurück ins Freie strömen. Den weniger Glücklichen unter ihnen wurde ein Bett zugewiesen, und irgendwann, Tage, Wochen oder in schlimmen Fällen Monate später, sah man sie das Krankenhaus wieder verlassen.

Was man nie, niemals sah, waren Tote.

Im Großraum Paris starben Jahr für Jahr etwa 150 000 Menschen, die Hälfte von ihnen in einem Krankenhaus. Im Centre Hospitalier Saint-Louis waren es jedes Jahr über zehntausend Tote, die kein Kranker jemals sah. Es wäre seiner Gesundung nicht förderlich. Sobald der Exitus eines Patienten festgestellt wurde, wurde die Leiche in ihrem Bett in einen separaten, der Pathologie benachbarten, aber ihr nicht zugehörigen Flügel gerollt. Die Stationsschwester informierte die Angehörigen, wenn es welche gab. Diese konnten sich dann von dem im Bett aufgebahrten Verstorbenen verabschieden. Anschließend wurde die Leiche von Mitarbeitern der Pathologie abgeholt und in gekühlten Räumen bis zum Abtransport durch einen Bestatter gelagert. Jede vierte wurde untersucht, um eventuellen Kunstfehlerprozessen vorzubeugen oder die genaue Todesursache zu ermitteln. Die Pathologie lag am Rande des Klinikkomplexes. Sie war eine Welt für sich, weit ab von der der Patienten. Sie hatte einen eigenen separaten, versteckten Eingang, eine eigene Zufahrt, eigene Parkplätze und eine eigene Tiefgarage für die Ambulanzen und die Leichenwagen.

Deshalb sah kein Kranker in diesem Krankenhaus jemals einen Leichenwagen.

Die Pathologie war mit dem Klinikkomplex nur verbunden durch die Rohrpost, mit der Gewebeproben zur Untersuchung geschickt wurden, und zwei von schweren Metalltüren verschlossenen Gängen. Die Türen konnten nur von der Pathologie aus geöffnet werden, was verhinderte, dass ein Patient sich verirrte und unvermittelt im Leichensaal der Gerichtsmedizin stand.

Zu den zehntausend Toten der Klinik kamen jedes Jahr weitere, die zur rechtsmedizinischen Untersuchung gebracht wurden. Insgesamt wurden Tag für Tag fast hundert Leichen von privaten Ambulanzen angeliefert oder abtransportiert. Niemand hatte jemals Zeit. Alles musste schnell gehen, es war eine Hektik wie in der Notaufnahme nach einem Erdbeben. Keiner der Ärzte, Techniker und Biochemiker verschwendete hier Zeit an Gedanken, die nicht unmittelbar dazu dienten, den Berg an Arbeit abzutragen und den Strom der Toten in Fluss zu halten. Kein Mensch achtete auf die Farbe der Uniform von Sanitätern. Niemand fragte sich, was sie wohl in dem Hartplastikkoffer hinter sich her zogen. Sie vermuteten in diesem Koffer, was immer in solchen Koffern war. Mordwerkzeuge. Der Torso einer Frauenleiche, deren Glieder später vom Fluss angespült wurden. Der verweste Leichnam eines Säuglings. Alles Routine in ihrer düsteren Welt.

So kamen Ronja und Trede unbehelligt mit dem Geldkoffer zu ihrem Krankenwagen in der Tiefgarage. Ronja setzte sich ans Steuer.

»Warum treffen wir uns nicht in der Ferienwohnung?«, fragte Trede.

»In die Wohnung kommen Bullen, sobald die Sanitäter vermisst werden. Das hätte uns bei der Übergabe unter Zeitdruck gesetzt.«

Sobald sie aus der Unterwelt der Pathologie auftauchten, funkte Ronja Nele an, die vor dem Haupteingang eine Zigarette paffte und durch die große Scheibe des Bischofs Nickerchen beobachtete. Nele ging auf Morlock zu, der von seinem Posten die Zufahrt zur Pathologie kontrolliert hatte. Sie zeigte ihm aus fünfzig Meter Entfernung den hochgestreckten Daumen. Dann fuhren sie beide mit unterschiedlichen U-Bahnen zum Treffpunkt.

Ronja hätte lauthals jubeln wollen, bemerkte aber nur ganz nüchtern: »Sieht so aus, als habe Jansen diesmal die Bullen rausgehalten.«

»Ich muss dir was sagen«, sagte Trede.

»Das ist ja so was von glatt gelaufen«, sagte Ronja.

»Glatt wie Blitzeis«, sagte Trede.

»Holla«, sagte Ronja besorgt, »was für eine Grabesstimme! Was ist? Willst du mit mir Schluss machen?«

»Aber ich liebe dich, das weißt du doch!«

»Warum machst du dich dann nicht schon mal nützlich und teilst das Geld auf wie besprochen?«

»Das ist nicht nötig. Wir können nicht zum Treffpunkt.«

WIR DÜRFEN DIE FRANZOSEN NICHT VOR den Kopf stoßen«, hatte Jansen Klier ermahnt. »Wenn Deutsche sich hoheitliche Aufgaben in Paris anmaßen, dann wird das diplomatische Wellen schlagen, da geraten unsere Köpfe schwer unter Wasser. In Frankreich müssen Franzosen handeln!«

Und zwar ohne ausländische Auftraggeber.

So wurde es abgewickelt: J&P lobte eine attraktive Belohnung für die Ergreifung und Überstellung der Erpresser an die deutschen Behörden aus. Auch wenn von dieser Belohnung niemand erfuhr außer der nach einem römischen Prätorianer benannte Sempronius Sécurité, war doch, juristisch betrachtet, zwischen dem Textilhandelskonzern und der Sicherheitsfirma kein Dienstverhältnis zustande gekommen. Und Klier war, formal betrachtet, nur selbständiger Berater bei einer Aktion gegen auf französischem Territorium operierende deutsche Erpresser.

Die Männer der Sempronius Securité hatten ihr Handwerk bei den Forces Spéciales oder der GIGN, den Sondereinsatzkommandos der französischen Polizei, gelernt. Es waren Männer, die mit einem Wurfmesser einen Fußballtorwart töten konnten, ohne den Strafraum zu betreten. Männer ohne Skrupel, die ein Greenpeace-Schiff sprengten, wenn es dazu Befehl gab, oder in Afrika einen Rebellen folterten, wenn nationale Sicherheitsinteressen dies verlangten. Irgendwann waren diese Männer aus dem Staatsdienst ausgetreten und in die private Wirtschaft gewechselt. Private Firmen übernahmen hoheitliche Aufgaben. Die glänzende Zukunft der Sicherheitsbranche, von der Klier überzeugt war, hatte bereits begonnen.

Die Einsatzbesprechung fand in einem abhörsicheren, fensterlosen Raum im 24. Stockwerk eines Pariser Hochhauses statt, von dem Klier fand, es sähe irgendwie japanisch aus. »Keine Scharfschützen, keine automatischen Waffen, der Einsatz muss schnell und ohne Aufsehen durchgeführt werden«, sagte er in fließendem Französisch mit schwerem saarländischen Akzent zu seinen Männern, die mit Schlips und Kragen an hufeisenförmig angeordneten Tischen vor ihm saßen.

»Der Auftrag lautet, die Zielpersonen nach Deutschland zu bringen. Und zwar lebend. Also packt nicht zu hart zu.«

Die Männer nickten folgsam, obwohl das ihre Aufgabe erschwerte. Beim Kampf auf das Wohlergehen des Gegners zu achten, hatten sie bei den Forces Spéciales nicht trainiert.

Klier schob dem ihm am nächsten sitzenden Mann einen Stapel Dossiers zu und ließ sie ihn verteilen. »Prägt euch die Eigenarten und die Gesichter der Zielpersonen ein. Nicht vergessen: Morlocks Foto ist fast zwanzig Jahre alt. Das Phantombild zeigt, wie er heute aussehen könnte. Auch die Bilder von Nele Wahls und Erik Lasker sind drei Jahre alt. Sie werden sich verändert haben. Also achtet nicht auf die Frisur.«

Dafür hagelte es gekränkte Proteste. Einer der Männer sagte: »Ich schlage vor zu tauschen. Frederic und ich nehmen die Frau.«

»Und zwar dreimal hintereinander, hahaha«, ergänzte Frederic.

Gut genug für allgemeines Gelächter, an dem Klier sich nicht beteiligte. »Noch jemand eine Frage? Nein. Dann war's das für heute, Männer.«

Während der Besprechung hatte im Rücken der Leibwächter ein drahtiger, kleiner Mann mit verschränkten Armen an der Wand gelehnt. Es war Jean-Pierre Labat, früher Scharfschütze in einer Eliteeinheit, jetzt Geschäftsführer der Sicherheitsfirma. Er sah, dass seine Männer Klier als Leitwolf angenommen hatten, und lächelte zufrieden. Am nächsten Tag erkundete er mit Klier den Einsatzort im Jardin du Luxembourg.

»Das ist ja wohl nicht möglich«, sagte Klier.

Labat zuckte die Achseln. »*Ihr* Informant.«

Aus seinem Büro rief Klier Benz an. »Ihr Agent ist einer Desinformation aufgesessen«, bellte er ins Telefon. »Und deswegen haben wir jetzt die Spur zu den Erpressern verloren.«

»Desinformation? Wie kommen Sie darauf?«, fragte Benz gelassen.

»Der Treffpunkt ist aus Tätersicht völlig ungeeignet.«

»Ja, dann freuen Sie sich doch.«

»Ein vier Meter hoher Eisenzaun mit vergoldeten Spitzen, nur acht Ausgänge...«

»Verlassen Sie sich darauf: Die Erpresser werden in den Park kommen. Der Zugriff findet dort statt. Und sorgen Sie dafür, dass bei der Festnahme mein Mann heil bleibt. Ich brauche ihn noch.«

Während des Gesprächs war Klier unruhig mit dem Telefon in der linken und dem Hörer in der rechten Hand durch das Zimmer geirrt. Als er zu dem Fenster mit dem wunderbarem Blick auf die Pariser Staus ging, zog er den Bürostuhl mit, um den sich die Telefonschnur gewickelt hatte. »Wenn es sich um intelligente Täter handelt, wie Sie behaupten«, sagte er, »dann werden Sie nicht in den Park kommen. Dort sitzen sie in der Falle.«

»Sie verstehen die Denkweise von Terroristen nicht. Die interessieren sich nicht für Fluchtwege. Deshalb wählen sie keine Treffpunkte mit vielen Ausgängen, sondern welche mit wenig Eingängen. So erkennen sie ihre Verfolger.«

Bei der zweiten Ortsbegehung musste Klier dem Verfassungsschutzmann recht geben. Der Treffpunkt war taktisch eher für die Gegenseite geeignet. Viel Publikum bedeutete viele potentielle Geiseln. Oder viele Zeugen, wenn der Einsatz nicht wie geplant verlief. Die Vans für die Überführung würden außerhalb des Parks in der Rue Fleurus parken müssen, fast zweihundert Meter vom Zugriffsort entfernt. Eine weite Strecke, die sie die vier Täter an Hunderten von Parkbesuchern vorbeischleppen mussten, und zwar so schnell, dass den Zeugen nicht genug Zeit blieb, in denen sie auf den dummen Gedanken kommen könnten, sich zu fragen, was eigentlich vorginge.

Die Operation war schwieriger als erwartet.

»WIR KÖNNEN NICHT ZUM TREFFPUNKT fahren«, wiederholte Trede. Ronja starrte mit ausdrucksloser Miene auf die endlose Schlange von Autos, die sich vor ihnen auf der Périphérique stauten.

»Hast du mich verstanden?«

Ronja schreckte aus ihren Gedanken auf. »Entschuldigung«, sagte sie zerstreut und schickte ihrem Beifahrer ein kurzes Lächeln.

»Hast du mir zugehört?«

»Sicher, wir können nicht zum Treffpunkt fahren.« Ihre Aufmerksamkeit schwenkte von Trede weg dem Rückspiegel zu, in dem sie einen Motorradfahrer sah, der zwischen der zweiten und der dritten Spur auf sie zuraste. Ronja zog den Krankenwagen nach rechts. Der Motorradfahrer schoss an ihnen vorbei und bedankte sich mit einem Tritt in die Luft. »Die sind wahnsinnig hier«, sagte Ronja. »Der hatte doch mindestens Hundertzwanzig drauf.«

»Ronja! Ich rede mit dir!«

»Mach dir keine Sorgen. Wir schaffen es schon rechtzeitig. Wenn es sein muss mit Sirene und Blaulicht. Das ist ja der Vorteil von einem Krankenwagen. Aber wir haben Zeit satt.«

»Ronja! Ich habe gesagt: Wir können nicht zum Treffpunkt.«

Sein Ton weckte ihre Aufmerksamkeit. »Was ist mit dir? Panikanfall?«

Trede wurde laut. »Wir können nicht zum Jardin du Luxembourg. Das ist eine Falle. Hör zu, was ich dir sage. Wir müssen sofort verschwinden.«

Die Autoschlange setzte sich in Bewegung, fünfzig Meter ging es voran, dann stoppte der Verkehr wieder. Vor ihnen fuhr ein holländischer Tourist. Ein Junge drückte sich an die Heckscheibe und machte Faxen. Ronja zog Grimassen, was bei dem Jungen einen Lachanfall auslöste.

Trede zog die Jacke des Arbeitersamariterbundes aus. »Die Bullen haben von dem Treffpunkt Wind gekriegt. Sie haben die anderen verhaftet, und wenn wir zum Park fahren, fahren wir auch ein.«

Ronja wurde ärgerlich. »Es läuft alles perfekt«, sagte sie, »aber anstatt uns einfach zu freuen, verhagelst du mit deinen dämlichen Witzen die Stimmung. Da sind mir deine sexistischen Kalauer lieber.« Sie äffte ihn nach: »Was sagt eine Frau, wenn sie zum ersten Mal in einem Auto sitzt? Toll, drei Spiegel. Hahaha.«

»Das ist kein Witz. Die Bullen kennen den Treffpunkt, und sie haben die anderen verhaftet.«

Ronja fauchte ihn an: »Hältst du mich eigentlich für eine Vollidiotin? Mal angenommen, die Bullen haben den Treffpunkt spitzgekriegt. Woher willst denn *du* das wissen. Also hör mit deiner penetranten Blödelei auf. Das ist nicht witzig.«

Sie zog ihren linken Ellbogen in den Wagen, kurbelte das Seitenfenster hoch, streckte die Arme und legte beide Hände an das Lenkrad. Auch wenn es nichts zu lenken gab, da alle Autos standen, wäre die Haltung jedem Fahrlehrer eine Freude. Leise und nachdenklich sagte sie. »Du warst die ganze Zeit bei mir. Du kannst nicht mehr wissen als ich. Mal angenommen, der Park ist eine Falle: Woher willst du das wissen?«

Sie schaute ihn lange an. Die Härchen an ihren Unterarmen stellten sich auf.

ERIK KAM ÜBER DIE RUE DE MÉDICIS. Er durchquerte den Schlosspark und ging an den Tennisplätzen vorbei zu den Schachspielern an den Spieltischen aus Gusseisen und emailliertem Lavastein, die die Stadt hier eigens für sie hatte aufstellen lassen. Einige, die keinen Platz an den Tischen gefunden hatten, saßen auf Parkbänken, das Brett zwischen sich, und je ein Bein über das Knie gefaltet. Die Szene wirkte ruhig, da alle unbewegt auf ihren Hintern saßen, aber zugleich auch hektisch, denn an den meisten Brettern wurde Blitzschach gespielt und deswegen unentwegt und heftig auf die Schachuhren eingeprügelt. Erik schaute sich in der Runde um. Niemand kam ihm verdächtig vor, niemand war auffällig, oder genauer gesagt: Jeder einzelne der Schachspieler sah so auffällig verschroben aus, wie man es von einem Schachspieler erwartete. Kein Grund zur Sorge. Den heiklen Job hatten Ronja und Trede.

Einige Tische waren von Kiebitzen umlagert. Dort blitzten Schachmeister um zehn Francs gegen jeden, der keine Blamage scheute. Erik setzte sich zu zwei wohl schwächeren Spielern, denn er war ihr einziger Zuschauer. Hier konnten Nele, Morlock, Ronja und Trede ihn von weitem sehen. Konnten sie ihn nicht sehen, würden sie sich sofort absetzen. Nele würde durch den Eingang an der Orangerie kommen, Morlock von der Rue Fleurus. Er würde sich in hundert Metern Entfernung von den Schachspielern, aber im Blickfeld von Erik, auf eine Bank setzen und auf Ronja und Trede warten. Sie würden, ohne ihn zu beachten, an ihm vorbeigehen. Würde Morlock Verfolger bemerken, würde er sofort den Park verlassen. Das wäre für alle das Zeichen zur Flucht. Mehr war nicht geplant, und eigentlich waren diese Absprachen, auf die Nele gedrängt hatte, schon eine Überplanung. Der Schwachpunkt war die Geldübergabe. Wenn sie es bis hierher geschafft hatten, waren sie in Sicherheit.

Erik würde fünfundvierzig Minuten warten. Wenn die anderen bis dahin nicht gekommen waren, waren sie verhaftet. Dann hätte er noch eine Stunde, bis die Sanitäter gefunden wären und eine Großfahndung drohte. Bis dahin musste er die Stadt verlassen haben.

Trede hatte nicht damit gerechnet, dass Ronja ihm begeistert um den Hals fallen würde. Wut, Hass, Verzweiflung, Angst, Enttäuschung, alles schien ihm menschlich verständlich. Auf jede mögliche Reaktion Ronjas hatte er sich eine Antwort zurechtgelegt. In jedem Fall wollte er so nah wie möglich an der Wahrheit bleiben, Ronja aber gleichzeitig überflüssige Details ersparen. Beispielsweise dass er nicht Lutz Trede hieß und niemals magenkrank war. Das schien ihm inzwischen so unwichtig, dass er es fast vergessen hatte.

Wie äußerlich gelassen sie sein Geständnis aufnahm, erstaunte ihn dann aber doch. Als wäre ihr das Schicksal ihrer Freunde gleichgültig. Waren es überhaupt Freunde? Kannten solche Leute überhaupt Freunde? Vielleicht waren es einfach Kampfgefährten? Vielleicht empfanden sie wie Soldaten, was wusste er schon? Man marschiert zusammen, einige sterben, andere treten an ihre Stelle. Der Kampf geht weiter. Wenn es so war, umso besser. Das würde es ihm leichter machen, sie zu überzeugen.

»Es war die einzige Möglichkeit, dich zu beschützen«, so hatte er begonnen. Sie hatte ihn mit frostiger Stimme aufgefordert, zu erzählen. »Spuck aus«, hatte sie gesagt, nicht geschrien, nicht einmal geschimpft. Sie liebte ihn tatsächlich mehr, als er zu hoffen gewagt hatte. Aussprache, gegenseitiges Verstehen, Glück, so würde es sein.

»Es ging um mein Leben«, sagte er. »Sie haben mir im Knast die Behandlung verweigert. Ich hatte unendliche Krämpfe, die Schmerzen waren so groß, ich krümmte mich auf dem Boden, um sie auszuhalten. Ich rollte mich unter der Pritsche zusammen und wartete, dass es vorbeiginge. Keine Behandlung, nichts.«

»Das ist psychosomatisch«, behauptete der Gefängnisarzt zynisch. »Haben Sie Probleme, allgemeine Unzufriedenheit?«

»Der verarschte mich, während ich Schmerzen hatte, als fräße sich eine Ratte durch meine Eingeweide. Und dann tauchte der Typ vom Verfassungsschutz auf…«

»Name?«, unterbrach Ronja.

»Benz nannte er sich. Glaube nicht, dass der wirklich so heißt. Der Mann versprach mir Heilung. Sie haben eine bakterielle Entzündung, sagte er. Hochdosierte Antibiotika, und in drei Tagen sind Sie putzmunter.

Ich konnte nicht richtig zuhören, ich hatte mich vor Schmerz in die dunkelste Ecke unter der Pritsche verkrochen. Benz bückte sich zu mir und hielt mir die offene Hand hin. Zwei grüne Tabletten. Es dauerte keine zehn Minuten, da hörten die Schmerzen auf.

Er wollte mich auf eine, wie er sagte, gefährliche Terroristin ansetzen. Beate Seiler. Nennt sich Ronja, warum, wissen wir nicht.Dann fragte er mich, ob ich Probleme damit hätte, Terroristen hinter Schloss und Riegel zu bringen. Hatte ich, ehrlich gesagt, damals nicht. Ich wusste über Stadtguerilla nur, was ich aus der Zeitung kannte. Für mich wart ihr Terroristen. Asoziale, die in den Knast gehörten. Kapiert, was in diesem Land wirklich los ist, habe ich erst durch dich. Aber damals, das gebe ich zu, war ich schon irgendwie freiwillig dabei.

Klar haben sie mich mit der Krankheit erpresst. Aber ich will das gar nicht schönreden. Wahrscheinlich hätte ich auch so mitgemacht. Ein paar Monate früher raus, regelmäßig Kohle, dickes Spesenkonto... Ich fand das cool. Geheimdienst. Terroristenbekämpfung. Ich hatte ja keine Ahnung, wer ihr seid.

Bis ich dich kennenlernte. Wie du dir denken kannst, war das natürlich kein Zufall. Die Nummer mit der verlorenen Brieftasche hatte Benz sich ausgedacht. Sie spricht *dich* an. Nicht du sie. Wenn du sie ansprichst, wird sie misstrauisch.

Benz war überzeugt, du wärst ein führendes Mitglied in den Anarchistischen Zellen. Ich sollte belastendes Material sammeln und dein Umfeld ausforschen. Mit wem du Kontakt hast und so weiter. Und dann habe ich mich in dich verliebt. Und habe Benz gesagt, es gibt nichts. Du bist sauber. Du bist nicht in den Zellen. Benz hat mir nicht geglaubt. Wen die erst einmal auf ihrer Liste haben, den kann man nicht so schnell reinwaschen. Ich musste ihm irgendetwas liefern, damit er mir traute. Irgendwas Kleines, was er mir abnimmt und dir keine Schwierigkeiten macht. Und überhaupt, damit ich nicht abgezogen werde und sie jemand anderen schicken, der dich nicht beschützen würde. Irgendwann habe ich einfach gesagt, nur um irgendetwas anzuführen, du würdest Erik Lasker Geld bringen. Nicht, weil du die Zellen unterstützten würdest. Nur aus alter Verbundenheit. Das war bescheuert, das gebe ich zu. Das hätte ich nicht sagen dürfen. Ich habe mir nichts dabei gedacht.«

»Das ist Unterstützung, Vollidiot! Das gibt zehn Jahre!«

Diese Paranoia aller Linken, es gäbe für alles die Höchststrafe. Unterstützung einer terroristischen Vereinigung, das kann im Einzelfall auch mit einer Geldstrafe abgehandelt werden. Aber das sagte Trede nicht, weil er das als Trede natürlich nicht wissen konnte.

»Tut mir leid«, sagte er. Und dachte: Sie kauft mir die Geschichte ab! Deshalb fuhr er fort, ohne weiter auf den Paragraphen 129a einzugehen. »Benz wurde ganz rattig, als hätte ich ihm einen Schuss Heroin gesetzt, gleich wollte er mehr. Ich sollte ihm Erik Lasker und Nele Wahls liefern. Immerhin hatte das den Vorteil, dass Benz mir nun glaubte, was ich ihm über dich erzählte, du hättest nichts mit den Zellen zu tun. So konnte ich dich weiter aus der Sache raushalten. Bis heute. Benz kennt deine Rolle nicht. Du gibst Erik Geld, sonst nichts.

Als es dann mit Jackpot losging, habe ich dir für alles Alibis gegeben! Für alle

Anschläge! Da war sie nicht, ich war mit ihr im Kino, in der Kneipe, im Bett... Ich habe dich gedeckt, die ganze Zeit. Sonst wärst du schon lange eingefahren, spätestens seit der gescheiterten Geldübergabe in Lissabon.«

»Woher weißt du davon? Es stand nicht in der Zeitung, und wir haben es dir auch nicht erzählt.«

»Na, von Benz natürlich. Benz hat mich bei jedem Anschlag gefragt, wo du zu der Zeit warst. Und ich habe dir immer ein Alibi gegeben. Nur dank mir haben sie dich nicht überprüft. Du warst doch für sie die Verdächtige Nummer eins, die anderen kannten sie auch seit Lissabon. Morlock, Erik und Nele habe ich nicht verraten, die kannten sie schon. Ich weiß nicht, was ihr in Lissabon für einen Scheiß gebaut habt, aber irgendetwas habt ihr falsch gemacht. Seitdem wussten sie Bescheid. Sie kannten die ganze Gruppe, einschließlich dir. Nur dass ich dich ihnen ausgeredet habe. Und dann kam noch die Sache mit Zafer.«

»Hast du Zafer auch verraten?«

Das regte ihn auf, er kurbelte das Seitenfenster runter, beugte sich, ohne auf Motorradfahrer zu achten, weit hinaus und schrie mit aller Kraft: »Scheiße«, atmete tief den Pariser Smog ein und lehnte sich wieder zurück.

»Ich habe gar keinen verraten, schon gar nicht Zafer. Er hat einen Unfall gebaut, und da haben sie den Schmuck gefunden.«

»Ein getürkter Unfall, das hatten wir schon einmal.«

»Fakt ist: Es war genau umgekehrt! Zafer hat *mich* verpfiffen. Und damit hatten sie mich in der Hand, bei meiner Vorstrafe.«

Die Idee war ihm spontan gekommen. Jetzt machte er eine Pause um zu überlegen, ob er sich nicht verhedderte mit diesem neuen Strang. Ronja beobachtete ihn misstrauisch von der Seite, während der Krankenwagen vorrollte. Der Holländer musste wohl im Rückspiegel gesehen haben, dass sie nicht aufpasste. Er hupte, sie schaute auf die Straße und trat wuchtig auf die Bremse. Fast wären sie aufgefahren, das fehlte gerade noch, dachte Trede und fuhr fort.

»Mit dem Ding bei dem Juwelier hatten sie mich in der Hand. Benz hat mich erpresst: Du lieferst, oder du bist geliefert, hat er gedroht. Dann habe ich gemacht, was man in solchen Situationen macht: Ich habe ihm verraten, was er sowieso schon wusste. Das ist korrekt, das habe ich gemacht. Das muss ich zugeben.«

Trede schaute nach vorne. Brüllte dann plötzlich und schlug seinen Ellbogen laut knallend gegen das Türblech: »Und ich würde es wieder machen, Scheiße. Für dich. Für uns. Wenn ich wegen dem Juwelierding verurteilt wäre, wären meine Alibis für dich völlig wertlos. Der Benz hat mich erpresst. Aber es hat ihm nichts genutzt. Er hat von mir nichts bekommen, was er nicht schon hatte.«

»Den Treffpunkt. Den hast du verraten.«

Das war der Schwachpunkt seiner Geschichte. Sinnlos, es abzustreiten, das würde Ronja nur gegen ihn aufbringen. Er hatte lange darüber nachgedacht und war zu dem Schluss gekommen, es wäre das Beste, die Wahrheit zu sagen.

»Ich steckte in einem Dilemma, egal was ich machte, es war falsch! Ich hatte nur die Wahl, ob ich meine Liebe zu dir verrate. Oder drei Typen auf der Flucht, die ich nicht kenne und die früher oder später sowieso gefasst werden.«

Ronja sah ihn mit demselben ausdruckslosen Blick an, mit dem sie ihre Kleider aussuchte, wenn sie sie sich vorhielt, ohne sie vom Bügel zu nehmen. Auch ihr Gesichtsausdruck war wie von der Stange. Angehalten, ausgewählt. Ihr Blick allerdings beunruhigte ihn. Supraleitend, so kalt war er.

»Den Treffpunkt musste ich ihnen sagen, was sollte ich denn machen? Hätte ich den Treffpunkt nicht genannt, hätten sie euch eben anders verfolgt, per Satellit. Und dann hätten sie dich entdeckt. Die Frage war alleine: Wie viele von euch kann ich beschützen? Und ich kann nicht alle beschützen. Ich kann nur dich beschützen!«

Er dachte wieder: Die Paranoia der Linken! Ronja schluckte offensichtlich den Blödsinn mit der Verfolgung per Satellit. Das konnte, wenn überhaupt, nur das Militär. Und die würden sich hüten, ihre Technik zur Verfügung zu stellen wegen ein paar Kaufhauserpressern.

Er sagte: »Ihr hattet von Anfang an keine Chance. Schon weil Jansen mit seiner ganzen Kohle dahintersteht und Druck macht. Einen Erpresser lassen sie schon mal mit Geld abziehen. Aber doch keine Politischen. Das weißt du doch besser als ich! Ich habe mich für meine Liebe entschieden. Für unsere Liebe. Wenn du mir jemals verzeihen kannst.

Du sagst ja gar nichts! Sag was. Niemand weiß, dass du bei Jackpot dabei bist. Die glauben, ich hole das Geld. Sonst hätten die die Übergabe auch nie zugelassen. Die hätten dich niemals mit dem Geld abziehen lassen. Niemals. Weil ich gesagt habe, ich hole es, haben die überhaupt auf die Verfolgung des Bischofs verzichtet! Ich konnte euch nicht alle schützen. Ich habe mich für dich entschieden. Das tut mir leid für Erik, Nele und Morlock. Aber ich hatte keine Wahl.« Sagte Trede und wiederholte: »Ich hatte einfach keine Wahl!«

Morlock schlurfte auf den Park zu. Er hatte es nicht eilig. Die Geldübergabe war gelaufen wie geplant. Der Bischof saß im Foyer die Zeit ab, wie sie es von ihm gefordert hatten, die Sanitäter würden frühestens in neunzig Minuten gefunden werden. Ihnen blieb genug Zeit, aus Paris zu verschwinden.

Morlock fühlte sich verkatert, obwohl er seit Tagen nichts getrunken hatte. Ein leichter Druck am Hinterkopf, ein flaues Gefühl im Magen und trübselige Laune. Max würde eine leichte depressive Verstimmung diagnostizieren und lange Spaziergänge in der Sonne verordnen. Ein Schokoladengeschäft zog Morlock auf die gegenüberliegende Straßenseite. Lara liebte Süßigkeiten. Welche würde sie wählen, fragte er sich vor dem Schaufenster. In der Mitte stand ein Rosenbusch aus Bitterschokolade und Zuckerguss, einen halben Meter hoch und 2400 Francs teuer. Dekadent, würde Lara finden.

In diesem Augenblick spiegelte sich im Schaufenster eine Silhouette. Er drehte sich um und sah eine alte Frau an einem Gehstock zügig die Straße hinuntereilen. Am Straßenrand parkten zwei schnelle Vans, wie sie in den letzten Jahren in Mode gekommen waren. Zweimal das gleiche Modell, die gleiche Farbe, die gleichen getönten Scheiben, beide blitzblank geputzt. Mietwagen dachte Morlock. Der Lieferwagen fiel ihm ein, der ihn zur Flucht aus Barcelona getrieben hatte. Die Vans aber bewegten sich nicht.

Er schaute auf seine Uhr. Er hatte Zeit. Er wandte sich wieder dem Schaufenster zu. Lara würde sich keine Skulptur, keine Figuren und keine Ornamente wünschen. Nur Substanz. Er sah, ganz hinten in der Auslage versteckt, eine kleine Schachtel mit sechs Pralinen für siebzig Francs, etwa zwanzig Mark. Immer noch ein stolzer Preis, fand Morlock. Er betrat den Laden. Ein elektronisches Klingeln imitierte täuschend echt ein Glöckchen. Er kaufte die Pralinen. Er würde sie Lara von unterwegs schicken, als Trost für das Fischessen, zu dem er nicht hatte kommen können. Die kleine Aufmerksamkeit hellte seine Laune für einen Moment auf, dann verdunkelte sie sich wieder, weil er ihr die Süßigkeiten nicht persönlich geben konnte. »Ach, was soll's«, grummelte er.

Im Park angekommen, schaute er zunächst nach rechts, wo Pétanquespieler vor der grünen Holzhütte Schlange standen, in der sie ihre Kugeln verwahrten. Links, weit hinten bei den Schachspielern, erblickte er Erik in seiner James-Dean-Jacke. Morlock setzte sich auf die Bank, die dem Eingang am nächsten war und wartete auf das Liebespaar mit den fünf Millionen. Die Schlange vor dem Kugellager löste sich auf, das Bouleturnier begann. Bei den Schachspielern bewegte sich nichts. Morlock schaute zu Erik, der bei einer Partie kiebitzte. Er saß regungsloser noch als die Schachspieler. Das war ein gutes Zeichen. Es hieß, alles war in Ordnung.

Es waren noch viele Menschen im Park unterwegs, obwohl es langsam auffrischte. Sie saßen auf Bänken und lasen Zeitung oder sie flanierten über die Wege. Die Tennisplätze waren besetzt, und das Bouleturnier schien von Bedeutung, denn man hörte die Streitereien hundert Meter weit. In Morlocks Blickfeld kam ein Mann. Er versperrte kurz die Sicht auf Erik. Der Mann war wohl Anfang vierzig. Er trug Turnschuhe zu einem Straßenanzug. Das sah man in letzter Zeit öfter, allerdings eher bei jüngeren Männern. Pariser Mode, dachte Morlock. Hauptsache originell.

Der Mann schaute sich um. Schaute zu den Schachspielern, zu den Tennisplätzen, zur Orangerie, in Morlocks Richtung. Er kratzte sich am Ohr, so schien es Morlock. Wo hatte er schon das schon mal gesehen, einen Mann, der die gleiche seltsame Bewegung mit seinem Arm gemacht hatte, wie ein schüchternes Kind, das winkt, aber dabei die Hand nicht über die Schulter zu heben wagt.

In Lissabon, auf dem Aquädukt.

Morlock zog die Pralinenschachtel aus der Tasche seines Jacketts, riss das Geschenkpapier ab und wählte nach reiflicher Überlegung eine Praline aus Nougat und marmorierter dunkler und heller Schokolade, mit einer rosa Verzierung aus einer Süßigkeit, die er nicht kannte. Er schob die Praline in den Mund und ließ sie zwischen Gaumen und Zunge schmelzen. Dann stand er auf und ging auf den Ausgang zu. »Scheiße«, dachte er. »Lanrue hätte ich gerne noch kennengelernt.«

Ronjas Gedanken kegelten durcheinander wie die Lottozahlen in der Lostrommel. Sie sah auf die Uhr. Sie brauchte Zeit, Zeit zum Nachdenken. Der Stau kam ihr gelegen. Es war noch früh genug. Sie musste Entscheidungen treffen, die ihr Schicksal und das ihrer Freunde bestimmen würden. Eriks Leben und ihres, das von Nele und von Morlock hingen von Informationen aus dem Munde eines Verräters ab.

Trede sagte: »Du bist sauer, das verstehe ich.«

»Und was stellst du dir vor, wie es jetzt weitergeht?«, fragte sie so gefasst ihr das möglich war.

»Wir nehmen das Geld und verschwinden.«

Nichts konnte sie ihm glauben, nicht einmal den Verrat. Vielleicht war die Verhaftung gelogen? Vielleicht wollte er sie das nur glauben machen, damit sie mit ihm und dem Geld floh? Vielleicht wollte er einfach nur nicht teilen? Möglich war alles.

Trede beugte sich in den Fußraum, kramte in der Sporttasche mit ihrer Kleidung, zog einen Briefumschlag hervor. »Ich habe Rohlinge für Pässe. Wir brauchen nur Daten und Fotos einzugeben, in die Hülle schweißen, fertig. Ich habe alles für uns vorbereitet. Jetzt liegt es an dir.«

Das war zu viel. »Was liegt an mir?«, schrie sie ihn an.

»Na, ob du mitkommst«, sagte Trede, völlig überrascht von dem Wutausbruch gerade an dieser Stelle. »Ich kann nicht mehr zurück. Ich habe dem Verfassungsschutz gesagt, ich hole das Geld. Die anderen drei sind verhaftet, von dir wissen sie nichts, das Geld ist weg... Ich bin übergelaufen, so werden sie es sehen. Und so ist es ja auch. Deshalb kann ich nicht zurück.«

Ronja fasste sich wieder, aber es gelang ihr nicht, den Nebel in ihrem Gehirn zu lichten. »Kapier ich nicht«, sagte sie.

»Ich kann nur zurück, wenn ich dich verrate. Und selbst dann kriege ich Ärger. Ich werde dich aber nicht verraten. Ich bin kein Verräter. Ich habe denen weisgemacht, du bist nicht bei den AZ. Ich habe dich bis hierher gedeckt, und das werde ich auch weiter tun. Egal zu welchem Preis. Und da das Geld sich nicht von alleine abholen kann, bin ich für den VS der Haupttäter. Ich habe das Geld geklaut. Fünf Millionen, das ist ja auch eine Versuchung.«

»Kein Verräter?« schrie Ronja. »Du hast Morlock, Nele und Erik verraten.«

»Nein. Die waren sowieso fällig. Ich konnte sie nur nicht schützen. Wenn ich es versucht hätte, hätte das nur dazu geführt, dass sie dich auch gekriegt hätten!« Jetzt schrie auch Trede. Verräter wollte er nicht auf sich sitzen lassen. »Das habe ich doch schon alles erklärt!«

Wieder ganz ruhig ließ sich Ronja bestätigen: »Du hast also tatsächlich den Treffpunkt verraten?«

»Ich habe gar nichts verraten. Es sollten vier Leute verhaftet werden. Das habe ich verhindert. Es sind nur drei verhaftet worden, mehr konnte ich nicht tun. Die drei waren nicht zu beschützen. Der Verfassungsschutz hatte die schon lange auf dem Schirm.«

Sein Blick sprang von links nach rechts, von oben nach unten, suchte irgendwo Halt. Er sah in der Türablage eine Packung Kaugummis. Er schüttete daraus zwei in die Hand und reichte die Schachtel Ronja, die sie wegschlug. Die babyblauen Kaugummis prasselten gegen die Windschutzscheibe.

»Entschuldigung«, sagte Trede leise. »Ich weiß, wie blöd das Ganze aussieht. Es ging aber nicht anders.« Dann machte er eine Pause. Er kurbelte das Fenster einen Spalt auf und spuckte die beiden Kaugummis auf die Straße. »Wir heben ihren Anteil natürlich auf, bis sie wieder draußen sind.«

Ronja nickte wie betäubt. Morlock kommt nicht mehr raus, dachte sie. Nele und Erik frühestens in fünfzehn Jahren.

»Ich musste so handeln. Wenn ich das Geld zurückgeben würde, würde man fragen, wer die Fahrerin in dem Krankenwagen war. Das kannst nur du gewesen sein. Eine Madame X würde mir niemand abnehmen. Und das ist mir das Allerwichtigste, dass du nicht einfährst. Lieber gehe ich selber in den Knast.«

Langsam nahm Ronjas Verstand die Arbeit wieder auf. Er widerspricht sich, dachte sie. Einmal geht der Verfassungsschutz von einem Geldabholer aus, einmal weiß er von einem Pärchen. Gerade wie es Trede in die Argumentation passt.

»Willst du nicht die Sirene einschalten, damit wir hier wegkommen? Je schneller wir aus Paris raus kommen, umso besser«, sagte Trede.

Um sich zu beruhigen, stellte Ronja sich vor, dies sei nur ein Film. Es geschehe nicht wirklich, sagte sie sich. Was soll diese Frau tun, die den Krankenwagen steuert? Sie hörte Tredes Stimme aus der Ferne heranwehen: »Ich würde dich sehr vermissen. Aber ich kann dich nicht festbinden. Wenn du nicht mit mir kommen willst…« Trede ließ den Satz schweben, bevor er fortfuhr. »Du musst nicht mitkommen, wenn du nicht willst. Du hast die Wahl. Von dir wissen sie nichts. Du kannst deinen Anteil nehmen und nach Hause fahren. Wenn deine Genossen dichthalten, kann dir nichts passieren. Ich muss dann eben alleine fliegen. Ich kann nicht zurück. Ich setze dich an einem Bahnhof ab, und unsere Wege trennen sich. Das wäre furchtbar. Aber es ist deine Entscheidung. Wenn ich irgendetwas tun kann, um dich zu überzeugen, mit mir zu kommen, dann sag es mir. Ich liebe dich. Verlass mich nicht. Und stell bitte die Sirene an, ich werde langsam nervös.«

Die Autoschlange kroch los, der Wagen vor ihr war fünfzig Meter vorgezogen. Der kleine Junge winkte wieder. Ronja konnte nur seine strohblonden Haare und die weißen Handinnenflächen sehen, den Rest verschluckten die Reflexe auf dem Heckfenster. Hinter ihnen hupte ein Auto. Ronja zog langsam vor. Dann fragte sie in einem Ton, der drohen sollte, aber nur verzweifelt klang: »Was genau hast du ihnen gesagt?«

»Nur unseren Treffpunkt. Sonst nichts. Ich wusste ja gar nicht, wo die Übergabe stattfinden sollte.«

Ronjas Gedanken flüchteten sich zu einem sonnigen Mittwochnachmittag in ihrer Kindheit. Sie war beim Schlittschuhlaufen eingebrochen. Das Wasser stand ihr bis zur Brust. Unmöglich, aus dem Loch herauszuklettern, ihre Hände fanden auf dem Eis keinen Halt. Die Erwachsenen liefen am Ufer hin und her und riefen ihr Sätze zu, die sie nicht verstand. Männer versuchten, zu ihr zu kommen, aber sie brachen weit vor dem Loch selbst ein. Eine Viertelstunde hatte Ronja im eisigen Wasser ausharren müssen, bis die Feuerwehr mit einer Leiter kam und sie befreite. Bis heute hatte sie sich in ihrem Leben nie wieder so hilflos gefühlt. Aber selbst damals war ihr nicht so kalt gewesen wie jetzt hier im Stau.

»Also, machst du mit, oder muss ich das Ding allein durchziehen?«

Ronja schaute ihn kalt an. »Vielleicht ist dir ja dein Anteil zu klein und du willst alles? Was ist schon eine Millionen, wenn man fünf haben kann? Vielleicht bin ich dir auch lästig?«

»Schau mich nicht so an, Ronja. Du machst mir Angst«, sagte Trede. »Du weißt, wie sehr ich dich liebe.« Dann beugte er sich wieder hinunter zu seiner Tasche und holte einen zweiten Briefumschlag hervor, aus dem er zwei Flugtickets zog. »Wir fahren nach Lyon. Von dort fliegen wir nach Brüssel.« Er hielt ihr die Tickets vor die Augen. »Und von Brüssel auf die Bahamas.« Er holte zwei weitere Tickets aus dem Umschlag und versuchte ihr alle Flugscheine in die Hand zu drücken, doch sie wehrte ab. Es war tatsächlich wahr. Kein schlechter Witz, kein düsterer Traum.

»O.K.«, sagte Ronja. »Dann los.« Sie stellte Blaulicht und Sirene an. Die Wagen vor ihr bildeten eine Gasse. Ronja gab Gas.

»Na endlich,« sagte Trede.

Der Weg zum Parkausgang war frei. Morlock blickte zurück. Der Mann mit dem Funk war stehen geblieben und schaute ihm nach, die Hand am Ohr. Zwei andere Männer aber schälten sich aus der Zuschauermenge bei den Schachtischen heraus und trabten auf ihn zu. Einer trug eine dunkelblaue Bommelmütze auf seinem kahlen Schädel, der andere eine Windjacke aus militärgrüner Fallschirmseide. Schachspielende Skinheads, dachte Morlock. Der kleinere von beiden – sie waren beide nicht sehr groß – trug einen Kapuzenpulli mit Reißverschluss. Wenn er einen längeren Schritt machte, um mit seinem Partner gleichzuziehen, zeichnete sich unter seiner Jacke eine Pistole ab. Nur Bullen tragen Schulterhalfter, dachte Morlock. Er drehte sich um und schob seine Hand unter das Jackett, in Höhe eines Schulterhalfters, wenn er denn auch eines trüge.

Nur um zu sehen, wie sie reagierten.

Sie verlangsamten ihren Gang.

Morlock ging einige Schritte rückwärts und hielt sie im Blick. Dann drehte er sich um und strebte ohne Hast dem Ausgang zu, wobei er abwechselnd über die rechte und linke Schulter zurückschaute und die Hand unter dem Jackett behielt. Als er seine beiden Verfolger Distanz wahren sah, keimte Hoffnung auf.

»Zielperson ist bewaffnet. Er geht zum Ausgang Fleurus. Drei folgt«, flüsterte der Beobachter an sein Handgelenk.

»Wegbleiben«, funkte Klier. »Wir übernehmen.«

Team drei ließ Morlock ziehen. Dem Gegner einen Ausweg anbieten. Keine Geiselnahme provozieren. Kein Schusswaffengebrauch im Park. Die Anweisung war klar. Im Park wird nicht geschossen.

Als Erik Morlock umdrehen und zum Ausgang eilen sah, war das, als habe er sich eine Hofmann-Brille aufgesetzt. Was vor Sekunden noch so friedlich und normal wirkte, zeigte plötzlich sein wahres Gesicht. Aus Schachspielern wurden Todfeinde. Auf einmal sprang ins Auge, was ihm vorher nicht aufgefallen war: zu viele Männer waren schlank, als habe eine Epidemie alle Übergewichtigen hinweggerafft. Kaum einer rauchte. Zu viele trugen Mütze und Hüte und Kappen, unter denen sie, wie er jetzt sah, ihre kurz geschorenen Haare verbargen. So viele waren da mit weiten Jacken. Und kaum jemand trug Schuhe mit Ledersohlen. Nicht einmal die beiden Yuppies am Nebentisch, selbst ihre Krawatten waren aus Leder, aber unter ihrer Bundfaltenhose sah er Mokassins mit Kreppsohlen.

Die Hofmann-Brille. Eine Sonnenbrille in einem Film von John Carpenter, durch die man die hässliche Fratzen und die geheimen Befehle der Außerirdischen sehen kann, die mit der Machtelite der Menschen gemeinsam das Volk ausbeuten und unterdrücken. Eriks Durchblick kam leider zu spät. Mindestens zehn Bullen, dachte er. Er saß in der Falle.

Der Film hieß *Sie leben!* Er erinnerte sich gut daran, weil es sein letzter Kinobesuch in Deutschland war. Er hatte sich mit Nele über den Film gestritten. Ein nichtiger Anlass, der ihnen beiden verdeutlichte, wie wenig sie doch zusammenpassten. Sie hatten die Nacht noch zusammen verbracht, jeder auf seiner Seite des Bettes, Rücken an Rücken. Am nächsten Tag kam der Bußgeldbescheid und sie mussten gemeinsam fliehen.

Erik war gelähmt. Die beste Fluchtchance hatte er Richtung Fleurus, wohin auch Morlock ging, verfolgt von zwei Männern. An denen müsste er vorbei. Sie waren nicht sehr groß, kleiner als er selbst. Das könnte machbar sein, dachte er. Es sei denn, sie würden schießen. Würden sie? Nur wenn sie sich sehr sicher waren, ihn zu treffen und niemand anderen. Es war zu viel Publikum da. Leute mit Ledersohlen unter den Schuhen.

Nele hatte sich im Kino von der ersten Szene an über den Film lustig gemacht. Das sei genau sein Niveau: Außerirdische denunzierten die gewerkschaftlichen Widerstandskämpfer als kommunistische Terroristen und bepflasterten Werbewände und Zeitungen mit unsichtbaren Befehlen, die nur mit der Hofman-Brille sichtbar wurden: *Gehorche! Konsumiere! Sieh fern!* Auf Geldscheinen stand »*Dies ist dein Gott!*«. Wahrscheinlich, sagte Nele, stünde auch irgendwo *Guck dir diesen Scheißfilm an!* Denn ohne solch einen hypnotischen Befehl würde sich das kein vernünftiger Mensch antun. Und überhaupt: sei dieser Hofman nicht der Erfinder des LSD? Das wusste Erik nicht, das war vor seiner Zeit. Ihm gefiel der Film, bis Nele ihm endgültig den Spaß daran verdarb. Der Ölarbeiter Nada massakrierte gerade einige als Polizisten getarnte Aliens, als Nele aufstand und ging. Er war ihr gefolgt und erfuhr nie, wie die Geschichte endete. Es war ein Carpenter-Film. Ein Regisseur ohne Happyend-Garantie. Dessen Filme konnten auch schlecht enden.

Er sah Nele aus Richtung Orangerie auf ihn zukommen. Sie könnte jetzt eine Hofmann-Brille gut gebrauchen. Erik sah zu zwei Tennisspielern, die auf einen freien Platz warteten und die schon gewartet hatten, als er hier angekommen war. Sie hatten Nele noch nicht gesehen. Und auch die anderen schlanken Männer ohne Ledersohlen achteten bisher nur auf ihn.

Das Heulen der Sirene teilte das Meer aus Autos vor ihnen, der Krankenwagen raste mitten hindurch. An jeder Kreuzung bremste Ronja heftig ab. Sie fielen in die Sicherheitsgurte und wurden in die Sitze zurückgeschleudert. Hinten rumpelte der Geldkoffer, in den Kurven machte er schleifende Geräusche, vor den Kreuzungen knallte er gegen Metall.

»Wo fährst du hin? Das ist nicht der richtige Weg!«

»Ich fahre zum Park. Wir müssen sie warnen.«

»Bist du irre! Dann werden wir auch verhaftet!«

»Du hast gesagt, sie wissen nichts von mir. Also riskiere ich nichts.«

»Es ist zu spät. Es ist viel zu spät.«

»Wieso? Du hast ihnen doch nichts verraten. Dann wissen sie nichts von einem Krankenwagen. Also riskieren wir nichts.« Ein alter Renault versperrte den Weg. Ronja fuhr ihm leicht auf die Stoßstange und hupte zusätzlich zur Sirene. Der Fahrer winkte entschuldigend. In der Hand hielt er einen Joint. Er machte gemächlich Platz.

»Ja, du hast recht«, gab Trede nach. »Fahr ruhig. Du wirst sehen, sie wissen nichts von dem Krankenwagen. Dann musst du mir glauben, dass ich kein Verräter bin.«

Ein verstohlenes Blinzeln in Richtung Nele, dann sprang Erik von seinem Stuhl auf und warf den Schachtisch um, das Brett schepperte zu Boden und die Figuren flogen meterweit. Die beiden Spieler nahmen es mit Erstaunen und Gelassenheit hin. Ihr Blick war entrückt; dass Brett und Figuren verschwunden waren, schien nicht bedeutend genug, die Berechnung ihres nächsten Zuges zu unterbrechen.

Der Security-Mann, der Morlock im Blick hatte, wandte sich dem Lärm zu und kratzte sich hektisch am Ohr. Erik rannte los, zwei Schachspieler sprangen auf und verfolgten ihn. Sie verloren etwas Zeit, weil sie eine knallrote Armbinde aus der Tasche zogen und sich über den Oberarm streiften. Der Schnellere der beiden packte Erik mit seinen tätowierten Pranken am Kragen. Erik ließ seine Arme seitlich hochkreisen und schlug dann schwungvoll von oben auf die Handgelenke des Tätowierten, dessen Arme nach unten wegflogen. Erik riss seine Arme hoch, streckte sie blitzschnell und stieß dem Mann kräftig vor die Brust, der meterweit flog und die beiden Yuppies umriss, die sich ebenfallls rote Armbinden übergestreift hatten. Ein bärenhafter Mann mit Lederschlips löste sich aus dem dichten Kreis der Zuschauer am Tisch des russischen Großmeisters, der schimpfte, die Flics wären schlimmer als die Kommunisten, aber niemand verstand, was er sagte, weil der Sinn seiner Worte an seinem russischen Akzent nicht vorbeikam.

Der Mann mit dem Lederschlips richtete eine Pistole auf Erik und schrie, er solle sich auf den Boden knien. Erik ignorierte ihn. Er würde nicht schießen, zu viele Unbeteiligte. Auch der russische Großmeister ließ sich durch die Pistole nicht einschüchtern, er griff nach dem Arm des Mannes und sackte, bewusstlos geschlagen, zu Boden.

Das führte zu einem Proteststurm, denn der Großmeister hatte viele Anhänger, ein wildes Geschrei hob an, und um die Menge zu beruhigen, schrien Kliers Männer immer wieder »Police, Police«, was später Ärger machen würde. Amtsanmaßung. Erik fühlte sich von roten Armbinden umzingelt. Er sah noch aus dem Augenwinkel Nele, die kehrtgemacht hatte und den Park in die Richtung verließ, aus der sie gekommen war, dann verfehlte er mit einem Ellbogenschlag das Kinn eines Armbindenträgers, dann holte ihn einer der Yuppies mit einem Fußfeger von den Beinen. Dann wurde es dunkel, weil ihm ein Leinensack über den Kopf gestülpt wurde.

Morlock schaute nur einmal kurz zurück. Er konnte Erik nicht helfen. Der Funkmann sprach in seinen Ärmel. Morlock erkannte zwei Verfolger, die beide Abstand hielten. Damit sie weiter Abstand hielten, ließ er seine Hand unter der Jacke. Weglaufen war natürlich ausgeschlossen. Laufen in seinem Alter war so würde- wie aussichtslos. Gab es irgendwo einen Durchgang, fragte er sich, hinter dem er für einige Sekunden ihren Blicken entzogen war? Ein Kaufhaus, wo er in der Menge untertauchen konnte? Doch seine Überlegungen erwiesen sich als müßig in dem Augenblick, in dem er den Park verließ. Draußen erwartete ihn ein Mann, die Pistole im Anschlag, und schrie ihn auf Deutsch an: »Keine Bewegung!«

Für eine Sekunde erstarrte Morlock. Dann riss er seine Hand unter dem Jackett hervor und zeigte auf den Mann mit der Pistole.

Klier war ausgezeichnet ausgebildet. Er wusste, was zu tun war. Wenn er wartete, bis er genau erkennen konnte, ob der Gegenstand in der Hand des Mannes eine Waffe war, wartete, bis seine Augen diese Information an sein Gehirn geleitet hätten und bis diese Information verarbeitet worden wäre und die Nerven den Befehl an die Zeigefingermuskulatur geschickt hätten zu kontrahieren… Wenn er so lange wartete, wäre er tot, wenn es denn eine scharfe Waffe wäre.

Also schoss Klier sofort. Wie er es gelernt hatte. Die Kugel traf Morlock in die Brust und zerfetzte die Aorta. Morlock stürzte nach hinten. Sein Kopf krachte auf den Boden. Klier lief zu ihm, beugte sich zu ihm hinunter und schaute sich um, Hilfe suchend und zugleich fürchtend.

»Du steckst ganz schön in der Scheiße, Bulle«, sagte Morlock und bewegte schwach die leere Hand.

In der Ferne heulte die Sirene eines Krankenwagens. »Der kommt für mich«, sagte Morlock. Er wollte lachen, aber statt eines Tones kam nur ein Schwall Blut. »Heh, ich kenn dich doch! Du warst doch in Lissabon?«

»Rede nicht so viel, spar deine Kräfte.«

»Was macht denn ein deutscher Bulle in Paris?«

Klier sah das Blut stoßweise aus dem Brustkorb schießen. »Wir bringen dich ins Krankenhaus. Du wirst wieder«, sagte er. Gleich ist es vorbei, dachte er, traurig darüber, einen Menschen erschossen zu haben und voller Selbstmitleid wegen der Komplikationen, die das nach sich ziehen würde.

»Mach dir keinen Kopf wegen mir, Bulle«, sagte Morlock. »Du hast mir einen Gefallen getan.« Dann starb er.

Labat kam aus dem Kommando-Lieferwagen, um Klier von Eriks Verhaftung zu berichten. »Die anderen werden wir kaum kriegen nach dem Tumult, die sind weg mit dem Geld«, sagte er. »Ist er tot?«

Klier nickte. Er schaute Labat an und klopfte auf sein Pistolenhalfter. Labat betrachtete den Mann, dessen Blut sich auf die Straße ergoss. Er holte ein Papiertaschentuch aus der Hosentasche und zog die Pistole aus dem Holster. Er wischte die Waffe ab und legte sie, wobei er sie nur mit dem Taschentuch anfasste, in Morlocks Hand. Er legte dessen Finger an den Abzug, richtete die Hand des Toten zu Klier hin und drückte Morlocks Finger am Abzug. Der Schuss verfehlte Klier, der mit keiner Wimper zuckte. Ein Scharfschütze, der dich nicht treffen will, trifft dich nicht.

Die Kugel durchschlug Windschutzscheibe und Seitenfenster eines alten Citröen DS und blieb in der Mauer unter dem Hausnummernschild stecken. Labat ließ Morlocks Hand los, die Pistole mit den Fingerabdrücken des Toten polterte auf den Boden, die Hand mit den Schmauchspuren fiel darauf.

Klier dankte Labat mit einem Nicken. »Wir müssen so schnell wie möglich abrücken«, sagte er.

Der Krankenwagen raste über die Rue Fleurus heran. Genau auf sie zu.

»Die fehlen gerade noch«, sagte Labat.

»Die sind im Einsatz. Die halten nicht an«, hoffte Klier.

»WIR SIND ZU SPÄT. WIE ICH GESAGT HABE. Fahr durch ... was machst du denn...«, schrie Trede.

Ronja verlangsamte die Geschwindigkeit. Aus dem Park kam ein Dutzend Männer mit roten Armbinden, die in ihrer Mitte einen Mann mitschleiften, dem sie einen Sack über den Kopf gestülpt hatten. Braune James-Dean-Lederjacke.

Dann sah sie die zwei Männer auf dem Bürgersteig hocken. Einer der beiden stand auf und machte ihr Zeichen, weiterzufahren. Der andere kümmerte sich um einen Mann, der in einem See von Blut auf dem Boden lag. »Nein!«, schrie Ronja. Auch Trede schrie, er schrie Ronja an, die zurückschrie »Das ist Morlock!« Sie fuhr auf den Bürgersteig zu, Weiterfahren, winkte der Mann mit ausladender Geste und ließ den Arm kreisen, und zeigte auf seine rote Armbinde. Trede rüttelte an Ronjas Schulter, dann griff er ins Steuer.

»Lass mich ... LOS«, brüllte Ronja. Sie machte eine Vollbremsung, stellte die Sirene aus und rannte auf Morlock zu. Der Mann mit der Armbinde versuchte sie aufzuhalten und redete auf Französisch auf sie ein. Er wollte sie nicht durchlassen, aber sie riss sich los und kniete sich in die Blutlache. Der Mann, der neben Morlock hockte, kreuzte seine beiden Zeigefinger und zuckte bedauernd die Schultern. Ronja umfasste Morlocks Handgelenk. Eine Pistole fiel aus seiner Hand und platschte in die Blutlache. Kein Puls. Exitus.

Ronja stand langsam auf, schaute den beiden Männern in die Augen und ging zurück zum Krankenwagen. Trede hatte sich eine Zigarette angezündet, die er vor sein Gesicht hielt, um sich hinter der Hand zu verbergen. Aber niemand beachtete ihn.

»Ist er tot?«, fragte er.

Ronja antwortete nicht. Sie stellte die Sirene wieder an und raste los.

Lange, über mehrere Ecken und Kreuzungen hinweg, schwiegen beide. Trede drückte seine Zigarette aus, fuhr sich mit beiden Händen durchs Gesicht und legte den Kopf in den Nacken. »Du bist wirklich mutig«, sagte er schließlich. »Du wolltest ihn mitnehmen, nicht wahr? Aber das war völlig aussichtslos. Sie hätten ihn uns nicht gelassen. Sie wären mit eingestiegen. Aber klar, so denkt man in solch einer Situation nicht. Man will den Freund retten, koste es, was es wolle. Das ist unklug, aber toll. Im Grunde bin ich wie du. Du kommst mit mir, nicht wahr? Wir kaufen uns ein Haus am Meer. Ich habe noch nie jemand so geliebt wie dich. Warum hältst du an?«

Meine Jacke, sagte Ronja. Sie hatte sie ausgezogen und über den Sitz gelegt. In irgendeiner Kurve war sie hinuntergefallen. Sie drehte sich um, hob die

Jacke vom Wagenboden auf, zog die Pistole aus der Tasche, entsicherte und schoss. Es war ganz einfach.

Die Kugel durchschlug Tredes Lunge, drang durch die Seitentür nach draußen und blieb in dem Bauzaun der Großbaustelle stecken. Trede schaute sie verwirrt an. Er atmete gurgelnd. Ronja schoss das Magazin leer. Sie hielt einfach drauf, ohne zu zielen. Bei jedem Schuss schlug der Rückstoß ihren Arm nach hinten. Die Schulter schmerzte. Eine Kugel streifte Trede am Hals. Blut spritzte durch die Fahrerkabine, auf ihre Haare und ihr Hemd. Es lief in langen Schlieren die Windschutzscheibe herunter. Das Beifahrerfenster war zerschossen. Blut verschmierte den Außenspiegel.

Die Sirene heulte weiter.

Ronja ließ die Waffe in den Fußraum fallen. Sie schaute Trede nicht an. Sie betätigte den Scheibenwischer. Sie stellte ihn wieder ab. Sie schlug auf den Schalter, der die Sirene verstummen ließ. Es war still. Ronja horchte auf das ferne Rauschen der Périphérique, es hörte sich an wie Meeresbrandung, dachte sie. Niemand war auf der Straße, keine Menschen, keine Autos. Auf dem Bauzaun klebten keine Plakate. Eine verlassene Straße mitten in der Stadt.

Ronja fuhr auf die Baustelle. Eine Werkbank mit Kreissäge pendelte hoch oben am Baukran. Unten, wo kein Wind hinkam, lag Baufolie lose auf den Holzplatten für die Betonverschalung.

Ronja stieg aus und sank mit ihren blutbefleckten Birkenstocks bis zu den Knöcheln in den Matsch. Sie öffnete die rückwärtige Flügeltür. Sie fuhr die Rampe herunter und holte den Rollstuhl. Sie zog Trede vom Beifahrersitz, er plumpste in den Rollstuhl und riss ihn um. Ronja versuchte, ihn wieder aufzurichten. Zu schwer. Sie kam nicht auf das Wort, das lähmte sie. Dann fiel es ihr ein: Krankenfahrstuhl. So nannten es Sanitäter. Sie zog und zerrte an Trede. Unmöglich, ihn in den Stuhl zu hieven. Sie packte die Leiche unter den Schultern und zog sie durch den Matsch auf die Rampe. Sie fuhr die Rampe hoch und rollte Trede hinein. Sie holte den Rollstuhl, warf ihn in den Rückraum und fuhr die Rampe wieder hoch.

Ihre Uniformjacke war von Blut und Matsch durchtränkt.

Sie stieg in den Wagen. Sie hatte keine Zeit zu suchen, deshalb nahm sie den Kopfkissenbezug und putzte damit und mit destilliertem Wasser das Blut vom Außenspiegel und der Windschutzscheibe. Sie wusch sich das Blut aus den Haaren und von den Händen. Sie schlug die Splitter der zerschossenen Seitenscheibe aus dem Rahmen.

Sie bemerkte die Baufolie. Sie stieg aus, um sich ein Stück abzureißen. Zu fest. Sie holte aus dem Krankenwagen eine Verbandsschere und schnitt sich ein großes Stück Folie ab und breitete sie über die blutgetränkten Sitze aus. Sie stieg auf den Fahrersitz und schaute auf die Uhr. Eine halbe Stunde wäre der Krankenwagen noch sicher. Dann würde er vermisst. Aus dem CB-Funkgerät krächzte eine Stimme. Sie verstand nichts. Sie stellte den Funk ab.

Sie fuhr langsam, wohin, wusste sie nicht. In Bewegung bleiben. Immer in Bewegung bleiben. Sie musste improvisieren.

Sie fragte sich, was mit Nele war. War sie auch verhaftet, oder hatte sie fliehen können? In welchem Möbelhaus könnte sie sie treffen? Würde sie in Paris bleiben oder versuchen nach Toulouse zu kommen? Paris wäre wahrscheinlicher...

Unsinnige Überlegungen. Das hatte noch Zeit. Sie brauchte einen Plan. Sie zog Bilanz.

Sie war alleine in einer fremden Stadt. In einem Land, dessen Sprache sie nicht sprach. Sie saß in einem bald heißen Fahrzeug und fuhr eine Leiche spazieren. Sie hatte keine Ahnung, was passiert war. Alles, was sie zu wissen glaubte, stammte aus dem Mund eines Lügners.

Die Frage war, ob Trede sie tatsächlich aus der Sache herausgehalten hatte. Möglich war es. Sonst wäre er nicht so verblüfft über die Pistole gewesen. Er hätte Vorkehrungen getroffen. Das hieß: Sie suchten nicht nach ihr.

Die zweite Frage war: Glaubte der Staatsschutz tatsächlich, Trede hätte alleine das Geld geholt? Dann würden sie *ihn* suchen. Und solange sie ihn suchten, würden sie nicht nach ihr suchen.

Also musste die Leiche verschwinden.

Ronja kannte sich gut in Paris aus. Wie viele Wochenenden hatte sie hier verbracht? War freitagnachts am Kölner Hauptbahnhof in den Bus gestiegen und dann acht Stunden später zum Frühstück am Gare du Nord angekommen. Aber das war schon lange her, sie kannte die Bars und Bistros im Quartier Latin und die Sehenswürdigkeiten. Nirgends ein gutes Versteck für eine Leiche. Dann fiel ihr die Île des Impressionistes ein. Dort konnte sie mit dem Krankenwagen bis ans Ufer der Seine fahren. Sie stellte Sirene und Blaulicht an und drückte das Gaspedal durch. Nach zehn Kilometern bog sie auf eine Schotterpiste, die sich einige hundert Meter zwischen Gebüschen hindurchschlängelte und unter einer Schnellstraßenüberführung direkt am Ufer der Seine endete.

Sie befreite Tredes Kopf aus dem Rollstuhl, in dessen Gestänge er sich während der kurvenreichen Fahrt verklemmt hatte. Sie schnitt ihm die Uniform vom Körper. Solange er nicht gefunden wurde, drohte ihr keine Gefahr. Vorausgesetzt, er hatte sie nicht verraten.

Wenn er gefunden wurde, durfte er nicht identifiziert werden. Keine Kleidung, keine persönlichen Gegenstände. Und bei Vorbestraften keine Fingerkuppen. Seine Fingerabdrücke waren gespeichert. Sie musste ihm die Fingerkuppen abtrennen. In einer Schublade fand sie allerlei geeignetes Werkzeug. Sogar ein Skalpell, das ihr aber zu schwach schien. Scharf, aber nicht stabil. Sie nahm die Verbandsschere, mit einer Schere zerlegte sie auch Hühnchen. Sie setzte am oberen Fingergelenk an. Sie musste nur zudrücken und Haut und Bänder durchtrennen.

Sie zögerte. Vielleicht erst die Haare, Haare hielten sich bei Wasserleichen sehr lange. Sie schnitt ihm die Haare ab. Dann nahm sie seine Hand. Sie suchte das erste Fingerglied, setzte die Schere an – und nach kurzem Zögern wieder ab. Sie brachte es nicht über sich.

Sie hatte einmal einen Zeitungsartikel über Wasserleichen gelesen; wenn sie sich nur genauer erinnern könnte… Manche Menschen ertrinken und ihr Körper sinkt auf den Grund eines Sees und taucht nie wieder auf. Andere Wasserleichen treiben an die Oberfläche, obwohl sie mit Ketten beschwert sind. Aber warum? Es wollte ihr nicht einfallen. Stattdessen erinnerte sie sich, dass man die Fingerabdrücke auch dann noch abnehmen konnte, wenn die Haut vom Wasser zersetzt war. Die Linien bilden sich darunter wieder ab. Du musst dich zusammenreißen, dachte sie. Die Fingerkuppen abschneiden, es war ganz einfach, einmal kräftig die Scherengriffe zusammengedrückt. Das wäre es mit dem Finger. Und anschließend die anderen neun.

Ausgeschlossen.

Sie würde ihn mit seinen Fingern in die Seine werfen und hoffen, der Fluss hielte ihn so lange auf dem Grund fest, bis sich alles Fleisch vom Knochen gelöst hätte oder von Fischen und Krebsen abgefressen wäre.

Dann erinnerte sie sich, wann Wasserleichen nicht mehr auftauchten: Wenn es sich um einen kalten, tiefen See handelte. Die Leiche sank auf den Grund, und wegen der Kälte bildeten sich keine Fäulnisbakterien. Der Körper quoll nicht auf und wurde durch die Gase nicht an die Oberfläche getrieben. Anders als in warmen, flachen Gewässern. Wie der Seine. Die Fäulnisgase blähten die Leiche auf wie einen Ballon, und nach wenigen Tagen, spätestens nach zwei bis drei Wochen, trieb die Leiche an die Oberfläche.

Je stärker sie beschwert war, umso länger würde es dauern.

Ronja holt die Baufolie von den Sitzen und breitet sie vor dem Heck des Wagens aus. Sie zieht den Leichnam heraus, er fällt auf die Folie. Sie zerrt ihn auf der Folie zum Ufer. Womit beschweren? Der Wagenheber wäre gut. Aber er lässt sich vielleicht zurückverfolgen. Haben Krankenwagen spezielle Wagenheber? Sie glaubt es nicht, sicher ist sie sich aber nicht. Besser nichts aus dem Krankenwagen. Hier auf dem Fundament der Brücke gibt es nichts, was wiegt. Sie schaut auf die Uhr. Sie geht zur Fahrerkabine und schaltet den CB-Funk ein. Es wird pausenlos eine Durchsage wiederholt. Ronja vermutet: Die Sanitäter werden vermisst. Bald wird die Polizei eingeschaltet. Sie werden zu der Wohnung fahren, zu der der Wagen bestellt wurde. Niemand öffnet. Vielleicht machen sich die Sanitäter bemerkbar. Dann werden sie die Tür aufbrechen. Ansonsten holen sie den Schlüsseldienst. Es dauert nicht mehr lange. Sie muss sich beeilen.

Doch den Wagenheber zum Beschweren? Besser nicht. Sie holt sich eine Plastiktüte und sammelt Schotter an der Piste, den sie zu Trede in die Plane schüttet. Es dauert zu lange. Dann fallen ihr die großen Steinbrocken am Rande der Piste auf. Sie wickelt die nackte Leiche und einige schwere Steine in die Plane ein. Sie verknotet die Enden der Plane. Sie schleift Trede ans Wasser. Das Ufer ist einbetoniert, wie ein Kanal. Es fällt glatt im Fünfundvierzig-Grad-Winkel ab. Sie will die Leiche nicht in den Fluss rollen, weil sie befürchtet, ein Knoten löst sich und Trede schwimmt fort. Sie zieht ihn über den Rand und stößt ihn vorsichtig hinunter, seine Füße voran. Der trockene Beton ist zu rau, Ronja muss schieben, dazu muss sie selbst auf die Schräge klettern. Mit der linken Hand hält sie sich an der Kante fest, mit der rechten stößt sie Trede zum Wasser. Mit der Hand reicht sie nicht weit genug. Ronja will aber auch die Kante nicht loslassen, da sie befürchtet, in den Fluss zu stürzen. Mit dem Fuß hat sie mehr Reichweite, sie tritt Trede hinunter. Sobald er ganz ins Wasser eingetaucht ist, kommt die Leiche ins Rutschen. Die Steine ziehen sie auf den Grund des Flusses.

Plötzlich kommen Ronja Tränen. Auf keinen Fall wegen Trede, befiehlt sie sich. Reiß dich zusammen, sagt sie sich. Da war nie was. Es hat ihn nie gegeben. Und wen es nicht gibt, den kann man auch nicht lieben. Und auch nicht ermorden.

Denk nach. Was jetzt? Der Krankenwagen muss weg. Hier kann sie ihn nicht stehen lassen. Sie kann ihn auch nicht irgendwo auf einem abgelegenen Feld abbrennen. Wie käme sie dann weg?

Sie verlässt die Impressionisteninsel und fährt mit Blaulicht und Sirene auf der Schnellstraße dorthin, wo es lange dauert, bis Polizei und Feuerwehr bei einem brennenden Fahrzeug sind. Sie fährt nach nach Clichy-sous-Bois.

Das Banlieu sah aus, als wäre es für die Sprengung geräumt worden. Eingangstüren von Wohntürmen waren herausgebrochen, Rollladen heruntergelassen, zerborstene Fensterscheiben waren mit Karton geflickt oder sie fehlen ganz. Nur die Satellitenschüsseln bezeugten, dass die Häuser bewohnt waren. Einige Gebäude standen auf Stelzen, zwischen denen gelegentlich Menschen auftauchten. Sie waren alle zwischen fünfzehn und zwanzig Jahre alt und männlich. Frauen schien es in dieser Gegend keine zu geben, jedenfalls nicht um diese Zeit.

Ronja fuhr langsam durch die Straßen. Ausgebrannte Autowracks von irgendeinem Jugendaufstand wegen irgendeines Polizeiübergriffes standen herum.

Junge Männer schauten misstrauisch dem Krankenwagen hinterher, der durch ihre Straße schlich.

Ronja bog in einen schmalen Zufahrtsweg ein, der entlang einer Mauer aus Betonplatten führte, die eine Trafostation umzäunten. Zur anderen Seite hin sah man über Brachland hinweg, in dem nie gebaut werden würde, auf fünf Hochhäuser. Es war die bessere Gegend von Clichy-sous-Bois. Es gab Balkone. Wer zu alt, zu krank oder zu gebrechlich war, seinen Müll zehn Stockwerke hinunterzutragen, konnte ihn vom Balkon auf die Straße werfen. Denn die Aufzüge fuhren seit zwanzig Jahren nicht mehr.

Ronja fuhr von der Straße ab auf die Brache und parkte abseits der Trafostation. Wenn ein Umspannwerk brannte, kamen Polizei und Feuerwehr selbst ins Banlieu.

Die Sporttasche mit ihrer Kleidung war voller Blut, auch die Jeans hatte einige Spritzer abbekommen. Die Weste aber und die Pumps waren sauber. Ronja zog sich im Innenraum des Krankenwagens um.

Dann zog sie den Schlauch von der OP-Absaugeinheit ab, verließ den Wagen, öffnete den Tank und saugte Diesel an, den sie in den Kanister für das destillierte Wasser füllte. Sie holte ihre Sporttasche und den Geldkoffer aus dem Wagen. Sie verschüttete den Diesel in der Fahrerkabine und im Krankentransportbereich. Dann vergoss sie alle Desinfektionsmittel und den medizinischen Alkohol, den sie im Verschlag fand.

Sie holte die Pistole und legte sie mit den Ausweisrohlingen zu den Millionen im Koffer. Sie zündete sich eine Zigarette an und klemmte sie in ein Streichholzheftchen. Sie legte Streichhölzer und Zigarette in den Wagen. Die Zigarettenpackung warf sie hinterher. Ihr Leben würde sich grundlegend ändern. Warum nicht auch mit dem Rauchen aufhören?

Sie zerrte den Geldkoffer hinter sich her. Weil eine Rolle klemmte, wollte der Koffer bei jeder Bodenunebenheit zur Seite kippen. Sie versuchte ihn zu tragen, aber das Papier darin wog zu schwer.

Drei Minuten später blieb Ronja stehen und schaute zurück. Gleich musste die Glut der Zigarette zu den Streichholzköpfchen heruntergebrannt sein.

Die Streichhölzer entzündeten sich und lösten eine Explosion aus, dem ein gieriges Feuer folgte, das von der Sauerstoffflasche beatmet wurde. Ronja schaute einige Augenblicke den Flammen zu. Dann ging sie zur Haltestelle der Stadtbahn, die defekte Rolle des Koffers knirschte und kratzte. An der Treppe, die hoch zu der Haltestelle führte, standen fünf Halbwüchsige mit Kapuzenpullis und warteten auf die erste Abwechslung der Nacht.

Eine Frau mit einem Koffer.

Ronja unterdrücke ihre Tränen. Jetzt war kein guter Moment dafür. Sie fühlte sich schuldig am Tode Morlocks, weil sie Trede in die Gruppe gebracht hatte. Schuldig an der Verhaftung Eriks, der die nächsten fünfzehn Jahre im Gefängnis verbringen würde. Und sosehr sie das Gefühl nicht zulassen wollte, sie fühlte sich schuldig wegen des Mordes. Aber Scheiße: Er hat es verdient. Aber nein. Aber.

Ronja ging auf die Gruppe zu. Nur kein Zaudern. Die Jugendlichen machten keinen Platz. Eine Hand griff nach dem Koffer. Sie schaute dem jungen Mann direkt ins Gesicht. Er sprach sie in einem Französisch an, das in ihren Ohren guttural klang. Es war ein junger Nordafrikaner, kaum fünfzehn Jahre alt.

Ronja ließ den Koffer los. »Thank you very much to carry my baggage«, sagte sie und ging, ohne den Jungen weiter zu beachten, die Treppe hoch.

Der Junge starrte ihre verständnislos nach. »Quoi? Elle blablatte quoi, la pute?«, fragte er in die Runde, »Was quatscht die Nutte da für 'n Scheiß?« Er kotzte die Wörter mehr, als dass er sie sprach. Ein Schwarzer mit der Figur eines Gewichthebers übersetzte Ronjas Englisch ins Französisch der Vorstädte. Die anderen lachten laut auf, das Gelächter schallte zwischen den Betonplatten. »Na los, trag der Madame den Koffer, sei brav. Sei ein lieber Junge, na los, los.« Und als der liebe Junge zögerte, hagelte es Tritte, Schläge und Gelächter, bis er Ronja den Koffer hinterhertrug. Ronja gab ihm zwanzig Francs. Der Junge bedankte sich höflich und kehrte zu seinen Freunden zurück. Zwanzig Francs, jetzt guckten *sie* aber!

Der Bahnsteig war leer. Fuhr überhaupt noch eine Bahn?

Ronja setzte sich auf eine Bank und wartete. Sie war allein. Unbeobachtet. Sie ließ ihren Tränen Lauf.

Es endete, wie es angefangen hatte, nur eine Drehung in der Abwärtsspirale tiefer. Sie hatten das Ding gedreht, um den Untergetauchten nach der Auflösung der AZ ein neues Leben weit weg zu ermöglichen. Was war dabei herausgekommen?

Morlock war tot, Erik verhaftet. Und wo war Nele? Sie wusste es nicht.

Und sie selbst? Sie konnte nicht riskieren, in ihr altes Leben zurückzukehren. Sie musste untertauchen, ohne darauf vorbereitet zu sein. Von einem Moment auf den anderen hatte sie alles verloren. Ihre Wohnung, ihre Arbeit, ihre Freunde, ihren Namen, alles. Sie war allein.

So hatte es mit Morlock angefangen. So ging es mit ihr weiter. Sie besaß nichts außer dem, was sie am Leibe bei sich trug. Und einen Koffer mit fünf Millionen Mark sowie vier Rohlingen für fälschungssichere deutsche Reisepässe.

Zwanzig Minuten später kam eine Bahn.

Der Krankenwagen brannte die ganze Nacht und den nächsten Vormittag. Das Feuer war unersättlich, es ließ selbst das Metall schmelzen. Das Bodenblech tropfte auf den Boden. Vier Tage später kamen zwei Beamte der Spurensicherung mit zwölf Männern der CRS als Geleitschutz und identifizierten das ausgebrannte Wrack als den Krankenwagen, der im Zuge einer Schutzgelderpressung ausländischer Täter gekapert worden war.

WENIGE TAGE SPÄTER.

Benz war mit der Straßenbahn an den Stadtrand gefahren und dort mit zwei Dutzend ausgemergelten Drogensüchtigen in einen Bus umgestiegen. Zwei Haltestellen später, an der psychiatrischen Klinik, ließen ihn die bleichen Gestalten allein zurück. Benz schaute ihnen versonnen nach, wie sie im Gänsemarsch zur Methadonausgabe trotteten. In die Scheibe war ein Satz geritzt, von dem er nur ein Wortschnipsel entziffern konnte. Funz.

Daran wird's gelegen haben, dachte er ärgerlich. Woran sonst? Den Eltern würde er allerdings eine heroische Version auftischen. Eine, die ihnen besser gefallen würde, als die auf der Hand liegende. Ihm kam ein Merkspruch seines Ausbilders in den Sinn: Das Naheliegende heißt deshalb das Naheliegende, weil es der Wirklichkeit nahe liegt. Er hätte sich die Fotos von Nele Wahls vorher mit einem anderen Blick anschauen sollen. Nicht wie ein Geheimdienstler, sondern mit einem ganz normalen Männerblick. Preisfrage: Würden Sie mit dieser Traumfrau und fünf Millionen Mark durchbrennen? Auf diese Frage hätte er bei einer Frau wie Nele Wahls unbedingt ein Ja einkalkulieren müssen. Dann müsste er jetzt nicht das Debakel nebst den zugehörigen Akten schreddern. Dann wäre er nicht auf die Verschwiegenheit von Tredes Eltern angewiesen, die natürlich ganz anders hießen, worin das Problem begründet lag. Denn Trede musste Trede bleiben. Im Sinne des Amtes. Und auch in seinem eigenen Interesse.

Dieser ganze verdammte Einsatz! Was schieflaufen konnte, war schiefgelaufen. Statt alle Mitglieder der Anarchistischen Zellen zu überführen und verurteilen, gab es nur einen toten Terroristen und einen verhafteten.

Die Bundesanwaltschaft hatte eine einschüchternde Anklage gegen Erik Lasker verfasst. An jedem Anschlag, den die Anarchistischen Zellen jemals begangen hatten, soll er beteiligt gewesen sein, und wäre er dafür nicht zu spät geboren, hätte man ihm auch noch den Mord an Kaiserin Sisi angehängt. Die Anklage stand allerdings vorläufig nur auf dem Papier, eine Verurteilung lag in weiter Ferne, denn die Bundesanwaltschaft war Erik Laskers nicht habhaft geworden.

Weil Klier und seine Leute in der Nähe der luxemburgischen Grenze in eine Schwarzgeld-Razzia geraten waren, bei der man kein Geld fand, aber einen Toten und einen entführten Mann, saß Erik Lasker im Pariser Gefängnis La Santé und seine Anwälte sabotierten gerissen die Auslieferung.

Klier kam vorübergehend in Haft, wurde aber entlassen, da das forensische Gutachten und die Zeugenaussage von Jean-Pierre Labat den Untersuchungsrichter überzeugten, er habe Wolfgang Morlock in Notwehr erschossen.

Jansen tobte, weil er nicht alle die bestrafen konnte, die das Familienmausoleum in Trümmer gelegt hatten. Immerhin hatte er gute Aussichten, sich auf Kosten des Verfassungsschutzes finanziell schadlos zu halten. Auch um das zu verhindern, wollte Benz, dass Trede Trede blieb, und dafür brauchte er die Zustimmung der Eheleute Rühl.

Die Argumentation des Anwalts von Jansen & Peters war nicht leicht zu parieren: »Der Beauftragte der J&P AG, Bischof Theo von Simar, hat dem Beauftragten des Bundesamtes für Verfassungsschutz, Lutz Trede, im Rahmen einer geheimdienstlich-polizeilichen Operation gegen Terrorismus und Organisierte Kriminalität, treuhänderisch einen Geldkoffer mit 5 Millionen DM ausgehändigt, dessen Rückgabe an die J&P AG das Gericht beschließen möge. Die Einlassung der Gegenseite, Lutz Trede habe eigenmächtig gehandelt und durch Unterschlagung des Geldes de facto sein Dienstverhältnis aufgelöst, weshalb nicht der Verfassungsschutz, sondern Lutz Trede in Person, Aufenthalt derzeit unbekannt, regresspflichtig sei, ist insofern nicht stichhaltig, als die Übergabe des Geldes an Lutz Trede wie im Rahmen der Operation festgelegt, stattgefunden hatte, und also folglich der Eintritt einer einseitigen De-facto-Auflösung des Dienstverhältnisses zwischen Lutz Trede und dem Bundesamt für Verfassungsschutz erst *nach* Besitzerwechsel des Geldes in die Hände des Verfassungsschutzes stattgefunden haben kann...« und so weiter und so fort.

Eine knifflige Angelegenheit. Die Rechtsabteilung machte sich Sorgen wegen des Verfahrens, und diese Sorgen wären noch erheblich größer, wenn bekannt würde, dass nicht ein als Agent provocateur vorübergehend angeworbener vorbestrafter Räuber das Geld unterschlagen hatte, sondern ein verbeamteter Agent, der vom Bundesamt für Verfassungsschutz jahrelang ausgebildet worden war. Dann wäre der Fall nicht mehr knifflig, sondern verloren. Auch ginge es dann nicht mehr nur um die fünf Millionen Mark. Dann ginge es um den Ruf des Amtes. Dann gäbe es einen weiteren Skandal in der endlosen Kette von Skandalen, die die Behörde und ihre Mitarbeiter zermürbte.

Die Eltern des verschwundenen Agenten wohnten in einem würfelförmigen Häuschen mit Flachdach. Die kleinen Fenster zur Straße hin waren quadratisch, nur die Tür störte das beruhigende Bild gleichschenkliger Rechtecke. Vor dem Haus führte ein vier Meter langer Plattenweg über den quadratischen Rasen, dessen Ränder mit einer Nagelschere geschnitten schienen und auf dem, exzentrisch, nicht wie zu erwarten genau in der Mitte, eine Birke klaglos vor sich hin kümmerte.

Benz klingelte. Marianne, Hausfrau, neunundfünfzig Jahre alt, öffnete ihm. Erstaunlich gut erhalten, dachte Benz. Hübscher als auf dem Foto in den Akten. Sportliche Figur, würde sie ihr Alter als neunundvierzig angeben, würde jeder erstaunt bemerken, sie sehe aber jünger aus. »Guten Tag«, sagte er und hielt seinen Dienstausweis hoch. »Mein Name ist Benz. Ich arbeite für die Regierung.«

Die Frau erbleichte. »Ist etwas mit unserem Sohn?«

»Darf ich reinkommen?«

Die Frau führte ihn ins Wohnzimmer, wo ihr Mann auf der Couch saß, in der Hand eine qualmende Zigarre und vor sich ein Glas Mariacron.

»Das ist Herr Benz von der Regierung«, sagte Marianne. Man hörte geradezu ihr Herz klopfen vor Sorge. Sie deutete auf ihren Mann und sagte überflüssigerweise: »Mein Mann.« Der stand auf, schüttelte Benz die Hand. Er wollte sich die Sorge um seinen Sohn nicht anmerken lassen und bemerkte beiläufig, er arbeite auch für die Regierung. Oberfinanzdirektion. Im Unterschied zu seiner Frau sah man ihm sein Alter an. Er schleppte sich im letzten Jahr vor seiner Pensionierung durch ein Aktengebirge, an dem selbst Reinhold Messner scheitern müsste. Die Anstrengung hatte tiefe Spuren in sein Gesicht gegraben, dem ein Vollbart ein für einen Finanzbeamten verwegenes Aussehen gab. »Von der Regierung also«, fügte er an. Sein Sohn hatte ihm eingeschärft, niemals zu erwähnen, für wen er arbeite, weshalb er den Namen der Behörde völlig aus seinem Wortschatz gestrichen hatte.

»Ich hoffe, es ist nichts mit unserem Sohn?«, mischte sich Marianne ein. »Er hat sich lange nicht bei uns gemeldet.«

»Ich bin der Vorgesetzte ihres Sohnes.«

»Setzen Sie sich doch«, sagte Marianne.

»Darf ich Ihnen ein Glas anbieten...«, sagte der Mann und hielt die Weinbrandflasche hoch.

Benz lehnte ab. »Ich will keine langen Umschweife machen: Ihr Sohn war in eine Aktion gegen eine terroristische Erpresserbande eingebunden...«

Marianne hielt sich erschrocken die Hand vor den Mund. Ihr Mann zog an der Zigarre.

Benz wartete einen Moment, und sagte dann kurz und knapp: »Und jetzt sind Ihr Sohn, eine Terroristin sowie das Lösegeld verschwunden.«

»Um Gottes willen!«, stöhnte die Mutter.

»Wir haben schon lange nichts mehr von ihm gehört«, sagte der Vater.

Das würde er wahrscheinlich auch sagen, wenn er sich im Wandschrank versteckte, dachte Benz. Aber das spielte keine Rolle. »Die Polizei geht davon aus, dass Ihr Sohn die Beute unterschlagen hat und alleine oder mit einer Mittäterin auf der Flucht ist.«

»Das ist völlig ausgeschlossen«, sagte der Mann mit Bart. »Mein Sohn ist kein Dieb. Er steht auf der Seite des Gesetzes.«

Benz zählte die grauen Strähnen in dem akkurat geschnittenen Vollbart. Trede hatte seine Mittäter verraten, um die Beute nicht teilen zu müssen, dachte er. Und er hatte ihn, seinen Vorgesetzten und väterlichen Freund, verraten. Und er hatte sein Vaterland verraten. Doch das sagte Benz nicht. Er sagte: »Ich bin völlig Ihrer Meinung. Ich arbeite seit zwanzig Jahren in dem Beruf, und in dieser Zeit konnte ich mir einiges an Menschenkenntnis aneignen. Ihr Sohn ist ein ehrlicher Junge. Auch wenn auf den ersten Blick natürlich einige belastende Momente gegen ihn sprechen.«

Die Mutter war erleichtert, in Benz einen Bündnisgenossen gefunden zu haben. Sie bot ihm etwas Anderes, ohne Alkohol zum Trinken an.

»Ach, vielleicht nehme ich jetzt doch einen Cognac«, sagte Benz.

Der Mann goss ihm genau zwei Deziliter ein, kein Molekül mehr oder weniger. Benz nahm bedächtig einen Schluck. Der Alkohol brannte auf der Zunge.

»Was ich in all den Jahren gelernt habe: Wer einmal lügt, lügt immer wieder; genauso wie ein ehrlicher Mensch immer ehrlich sein wird. Das sind Charakterfragen. Vertrauen in einen ehrlichen Menschen wird nie enttäuscht werden. Und Ihr Sohn ist ein ehrlicher Mensch.«

Marianne hob zu einer Anekdote aus der Kindheit ihres Sohnes an, aber zur Erleichterung von Benz unterbrach ihr Mann sie. »Lass doch bitte den Herrn Benz ausreden.«

»Es tut mir leid, Ihnen das sagen zu müssen, aber ich rechne mit dem Schlimmsten.«

Marianne schrie spitz auf, schlug die Hände vor den Mund und starrte Benz an. »Ich habe es geahnt«, sagte sie unter Tränen. Der Mann stand auf und nahm seine Frau in den Arm. Sie sagte: »Er hat so lange nichts von sich hören lassen, das war gar nicht seine Art.«

Sondern eine Dienstanweisung, die, hätte Trede dagegen verstoßen, seine fristlose Kündigung nach sich gezogen hätte und möglicherweise ein Verfahren wegen Geheimnisverrat obendrein. Er war immer noch Trede für ihn, selbst im Wohnzimmer der Familie Rühl. Und so sollte es bleiben. Benz ließ ihnen Zeit für Traurigkeit. Schließlich baten sie ihn, alles genau zu erzählen.

»Das kann ich leider nicht, die Details der Operation sind streng geheim. Ich kann Ihnen nur so viel sagen: Ihr Sohn sollte im Rahmen einer Erpressung das Lösegeld sicherstellen.«

Jetzt kam es darauf an. Benz ließ seinen Blick durch den Raum schweifen, als könnte er aus der Gestaltung des Wohnzimmers Argumente destillieren, die die Eltern überzeugten. Das Amt brauchte ihr Schweigen. *Er* brauchte ihr Schweigen. Das Zimmer war in gedeckten Brauntönen gehalten. Farben wie in einem Herbstwald bei Regen, dachte Benz. Zum Garten hinaus führte eine gläserne Terrassentür, die an ein großes Fenster grenzte, das fast die ganze Wand einnahm. Weiße Gardinen mit Blumenornamenten oben und unten reichten von der Decke bis knapp über den Boden. Die braunen Vorhänge waren aufgezogen und mit einer goldgelben Kordel gebunden.

»Ich weiß nicht, was geschehen ist. Nur in einem bin ich mir sicher: Ihr Sohn ist kein Dieb. Er hat das Lösegeld nicht unterschlagen.« Benz nippte am Cognac und stellte das Glas wieder ab. »Ich fürchte ... er wurde enttarnt und ermordet.« Eine Notlüge für das Wohl des Amtes.

»Er ist so ein guter Junge«, schluchzte Marianne. Ihr Mann schaute Benz äußerlich unbewegt an. Er hatte über vierzig Jahre beim Finanzamt gearbeitet. Die Menschen, die dienstlich mit ihm sprachen, wollten etwas von ihm. Um dies zu erreichen, logen sie. Immer. Er fragte sich, was Benz wollte. Wenn man seinen Sohn des Diebstahls verdächtigte, warum kam dann ein Mann vom Verfassungsschutz und nicht die Polizei?

»Ursprünglich sollte Ihr Sohn das Lösegeld alleine holen. Wahrscheinlich wurden die Täter misstrauisch und begleiteten ihn. Und töteten ihn.«

Die Mutter ging zu einem Schrank aus heller Eiche, öffnete eine Flügeltür, hinter der der Fernseher verborgen war, und holte ein Schälchen mit Erdnüssen heraus, das neben der Fernbedienung stand. Benz griff zu, zerkaute die Erdnüsse und schluckte sie hinunter. »Ich stehe mit meiner Ansicht allerdings alleine. Für die Polizei ist Ihr Sohn der Hauptverdächtige. Man wird wohl öffentlich nach ihm fahnden. Angesichts der Bedeutung des Falles wohl auch in der Sendung *XY ungelöst*.«

Marianne wollte etwas sagen. Ihr Mann berührte sanft mit den Fingern ihren Unterarm, was ihren Mund verschloss. »Worauf wollen Sie hinaus?«, fragte er.

»Ihr Sohn war zur Tarnung in eine andere Identität geschlüpft. Die eines verstorbenen Schwerverbrechers mit dem Namen Lutz Trede. Nur ich kenne dessen wahre Identität.« Den Abteilungsleiter, seinen Mitwisser, verheimlichte er. »Und ich möchte es dabei belassen. Ich möchte, dass nach Lutz Trede gefahndet wird. Ihr Sohn *war* ein Jahr lang Lutz Trede. Alle kennen ihn so. Man wird ihn nicht finden. Leider. Denn er ist tot und irgendwo im Wald vergraben oder liegt auf dem Grund eines Sees. Aber so wird der wahre Name Ihres Sohnes aus der Geschichte herausgehalten. Er ist ein Held und verdient es nicht, als Verbrecher beschuldigt zu werden, Beschuldigungen, gegen die er sich nicht wehren kann. Sein Name sollte nicht in den Schmutz gezogen werden. Dafür zu sorgen, das bin ich ihm schuldig. Der Name Ihres Sohnes bleibt sauber. *Ihr* Name bleibt sauber. Ihre Familie wird nicht mit hineingezogen. Wo Sie wohnen, wer Sie sind, all das wird in der Öffentlichkeit nicht erwähnt werden.«

»Aber sein Bild kommt im Fernsehen«, wandte der Finanzbeamte ein. »Sie können ja nicht mit dem von diesem Trede fahnden.«

»Das wird niemandem auffallen. Ihr Sohn ähnelt Lutz Trede, auch deshalb hatten wir ihn ausgesucht. Aber selbst wenn dies nicht der Fall wäre: Die Zuschauer sehen ein Bild und darunter steht der Name Lutz Trede. Warum sollten sie daran zweifeln? Die Menschen glauben den Fernsehbildern. Wenn ein alter Bekannter Ihres Sohnes das Bild sieht, dann wird er nur denken, der Trede sehe seinem Freund ähnlich.«

»Aber die Polizei…?«, fragte Marianne.

Das war der Einstieg in die Zustimmung. Die Eltern würden schweigen. »Sie sind nun Geheimnisträger«, sagte Benz beim Abschied. »Ich muss Sie darauf hinzuweisen: Wenn Sie die gegebene Zusage brechen, machen Sie sich strafbar.«

Zufrieden, Schaden vom Amt abgewendet zu haben, fuhr er zurück zu seinem Schreibtisch. Der Agent und Trede waren endgültig zu einer Person verschmolzen. Der Abteilungsleiter hatte das abgesegnet. Die Akten würden entsprechend nachbearbeitet.

Es war eine Berichtigung, von der alle profitierten, fand Benz. Selbst der wahre Trede. Immerhin war er der einzige Verbrecher, dem posthum noch ein wirklich dickes Ding geglückt war.

Und er, Benz, selbst? Er hatte eine Schlacht verloren, aber nicht den Krieg. Er würde Trede finden. Und das Geld. Der Verfassungsschutz würde die Millionen zurückerhalten. Oder er und der Abteilungsleiter, je nach dem.

Natürlich hatten sie nicht ausdrücklich über diese Möglichkeit gesprochen. Das tat man nicht, schon gar nicht als Geheimdienstler. Absprachen waren auch nicht nötig. Man konnte sich vertrauen. Vertrauen war das Wichtigste im Leben.

DREI MONATE SPÄTER SCHAUKELTE EINE JUNGE Französin mit dem Namen Josianne ihr Neugeborenes in der Wiege und fragte ihren Mann: »Und? Was wirst du tun?«

Dominic breitete die einhundertfünfzig Geldscheine auf dem Tisch aus. Er tippte auf das Porträt von Eugène Delacroix auf einem der Scheine. »Weißt du, wer das ist?«, fragte er. Seine Frau zuckte die Schulter und lächelte gespielt verschämt.

»Ehrlich gesagt, gucke ich immer nur auf die Zahlen, nicht auf die Bilder.«

»Delacroix. Er hat *Die Freiheit führt das Volk an* gemalt.«

»Dieses?«, fragte Josianne, wobei sie aufstand, ihre Brüste entblößte und den rechten Arm nach oben streckte, ganz wie die Freiheit, die auf den Barrikaden das Volk anführt

Dominic lachte und griff nach ihr. Sie entzog sich und bedeckte ihren Busen wieder. »Also: Was wirst du tun?«

An diesem Tag hatten zwei Touristinnen bei Dominic einen Rundflug über Paris gebucht. Er machte mit ihnen die übliche Tour, Paris und die Schlösser im Westen, tausend Francs pro Person. Er fand beide Frauen sehr hübsch. Die eine war kleiner, mit kurzem Rock und runden Formen und einer Indianernase. Sehr sexy. Die andere Typ Modell, groß und schlank, mit einem ebenmäßigen Gesicht. Beide trugen ihre strohblonden Haare in derselben Frisur. Perücken, wie er erst auf dem zweiten Blick erkannte.

Das Modell sprach fließend Französisch, was ihn erstaunte, denn er hielt sie für eine Deutsche. Keine Französin würde sich so anziehen. Eine Männerhose, die am Hintern schlabberte. Die Kleine sprach die ganze Zeit kein Wort. Irgendwann holte sie zwei Polaroidfotos aus ihrer Handtasche und zeigte ihm das obere. Das Modell fragte: Wissen Sie, was das ist?

Natürlich. Eine Sig Sauer P 226 Selbstladepistole, 9 mm. Er war Hubschrauberpilot. Hubschrauberfliegen lernte man beim Militär. Er kannte sich aus mit Waffen.

Das Modell nickte, als habe er gerade einen psychologischen Test bestanden.

Die Blonde zeigte ein zweites Polaroid. »Zwei Aktenkoffer voller Fünfhundert-Francs-Scheine«, sagte er gefällig.

»Es sind zusammen genau drei Millionen Francs« sagte das Modell.

Die Kleine kramte in ihrer Handtasche. Sie holte einen Briefumschlag hervor. Sie gab ihn dem Modell, das ihn an ihn weiterreichte. Hundertfünfzig Mal reckt die Freiheit ihre Faust. »Das sind 15 000 Francs. Sie können sie behalten. Egal, wie Ihre Antwort lautet. Sie gehören Ihnen.«

Sie hatten noch gar nichts gefragt, und er hatte schon 15 000 für die Antwort erhalten. Ihm gefiel die Art der beiden Frauen, Geschäfte zu machen.

»Wir möchten Sie bitten, folgende Geschichte zu erzählen: Zwei Frauen buchten bei Ihnen einen Rundflug. Sie hatten kaum abgehoben, da hielten sie Ihnen eine Pistole an den Kopf.« Sie hielt ihm das Foto der Pistole an die Schläfe. Die Kleinere grinste. Dann fuhr die Große fort. »Sie zwangen Sie mit vorgehaltener Waffe, zum Gefängnis La Santé zu fliegen und dort auf dem Gefängnishof zu landen. Nein, Sie würden die Personen nicht wiedererkennen, sie trugen große Sonnenbrillen und Perücken.«

»So wie jetzt?«

»Genau wie jetzt. Schauen Sie sich die Pistole an. Man wird Sie danach fragen, vor allem, wenn Sie sich mit Waffen auskennen.«

»Mit der Pistole war ich schon auf dem Schießstand«, sagte er.

Das Modell zerriss die beiden Polaroids und steckte die Schnipsel in die Tasche ihrer Freundin.

»Wir werden Sie morgen anrufen. Sie sagen Ja oder Nein. Wenn Sie Nein sagen, behalten Sie das Geld und vergessen uns. Wenn Sie Ja sagen, werden wir uns in Kürze bei Ihnen melden. Wir werden Ihnen vor dem Flug einen der beiden Aktenkoffer mit anderthalb Millionen Francs geben und den Schlüssel zu einem Schließfach, in dem sich der zweite befindet. Nach geglückter Aktion werden wir Ihnen sagen, wo sich das Schließfach befindet. Drei Millionen Francs. Das Ende aller Ihrer finanziellen Sorgen.«

»Nun sag schon«, fragte Josianne zum dritten Mal. »Was wirst du tun?«

»Was soll ich schon tun?«, knurrte Dominic. »Was erwartest du? Soll ich den Helden spielen, wenn man mir eine Knarre an den Kopf hält?«